··· LOS SECRETOS DE ···

*Sir Richard Kenworthy*

··· LOS SECRETOS DE ···

# Sir Richard Kenworthy

# JULIA QUINN

# TITANIA

Argentina • Chile • Colombia • España
Estados Unidos • México • Perú • Uruguay • Venezuela

Título original: *The Secrets of Sir Richard Kenworthy*
Editor original: Avon – An Imprint of HarperCollinsPublishers, New York
Traducción: Laura Fernández Nogales


1.ª edición Enero 2016

Fotocomposición: Ediciones Urano, S.A.U.
Impreso por Romanyà Valls, S.A. – Verdaguer, 1 – 08786 Capellades (Barcelona)

Impreso en España – *Printed in Spain*

*Para Tillie, mi querida hermana.*
*Y también para Paul, aunque sigo pensando que tendrías*
*que haber sido caballero Jedi.*

# 1

Mansión Pleinsworth
Londres
Primavera de 1825

El libro que su hermana había leído dos docenas de veces rezaba: «Es una verdad universalmente aceptada que todo hombre soltero en posesión de una gran fortuna debe querer esposa».

Sir Richard Kenworthy no poseía ninguna fortuna, pero era soltero. En cuanto al asunto de la esposa...

Bueno, era un tema peliagudo.

«Querer» no era la palabra adecuada. ¿Quién podía querer una esposa? Suponía que los hombres enamorados, pero él no estaba enamorado, nunca lo había estado y no tenía previsto enamorarse en un futuro próximo.

Tampoco es que fuera del todo contrario al amor. Sencillamente, no tenía tiempo para esas cosas.

Pero la esposa...

Se revolvió incómodo en la silla y leyó el programa que tenía en la mano.

«Sea usted bienvenido al decimonoveno concierto de la familia Smythe-Smith, donde podrá disfrutar de la actuación de un cualificado cuarteto compuesto por violín, violín, chelo y pianoforte».

Tenía un mal presentimiento.

—Ya te lo he dicho antes, pero te agradezco de nuevo que me acompañes —le dijo Winston Bevelstoke.

Richard miró a su amigo con escepticismo.

—Me has dado las gracias tantas veces que empieza a darme mala espina —le contestó.

—Ya me conoces: tengo unos modales impecables —le recordó Winston encogiéndose de hombros.

Siempre había hecho ese gesto. En realidad, cuando Richard recordaba a su amigo, a menudo lo veía haciendo ese movimiento despreocupado con los hombros.

—A nadie le importa que yo olvide las lecciones de latín. Soy el segundo hijo.

Y se encogía de hombros.

—El bote ya había volcado cuando llegué a la orilla.

Y se encogía de hombros.

—Como siempre, la mejor opción es echarle la culpa a mi hermana.

Y se encogía de hombros. Aunque también esbozaba una sonrisa maliciosa.

Antes, Richard era tan despreocupado como Winston. En realidad, le encantaría volver a serlo.

Pero, como ya se ha mencionado, no tenía tiempo para eso. Disponía de dos semanas. Suponía que quizá pudiera contar con tres. Cuatro era el límite.

—¿Conoces a alguna? —le preguntó a Winston.

—¿A alguna?

Richard levantó el programa.

—Las concertistas.

Winston carraspeó y apartó la mirada con culpabilidad.

—No sé si yo las llamaría concertistas…

Richard observó el escenario que habían instalado en el salón de baile de Pleinsworth.

—¿Las conoces? —repitió—. ¿Te las han presentado?

Siempre aceptaba de buen grado los habituales comentarios crípticos de su amigo, pero esa noche estaba allí por un motivo.

—¿A las chicas Smythe-Smith? —Winston se encogió de hombros—. Las conozco a casi todas. A ver, ¿quién toca este año? —Miró el programa—. Tenemos a Lady Sarah Prentice al pianoforte; qué raro, está casada.

Maldición.

—Normalmente sólo tocan las solteras —le explicó Winston—. Las exhiben cada año en esta actuación. Y cuando se casan, ya pueden retirarse.

Richard ya lo sabía. En realidad, ese era el principal motivo por el que había accedido a asistir. Aunque tampoco le habría sorprendido a nadie. Cuando un caballero soltero de veintisiete años reaparecía en Londres después de haberse ausentado durante tres años... No hacía falta ser ninguna alcahueta para saber lo que significaba.

Pero no esperaba tener tanta prisa.

Frunció el ceño y clavó los ojos en el pianoforte. Parecía bueno. Caro. Era mucho más bonito que el que tenía él en Maycliffe Park.

—¿Quién más? —murmuró Winston leyendo la elegante caligrafía del programa—. La señorita Daisy Smythe-Smith al violín. Oh, sí, la conozco. Es espantosa.

Doble maldición.

—¿Qué le pasa? —preguntó Richard.

—No tiene sentido del humor. Cosa que no tendría por qué ser tan mala, tampoco se puede decir que todo el mundo sea la alegría de la huerta. El problema es que en ella es demasiado evidente.

—¿Y por qué es tan obvio?

—No tengo ni idea —admitió Winston—. Pero es así. Aunque es muy guapa. Una rubia de rizos cimbreantes y todo eso.

Hizo un gesto rubio y cimbreante con la mano pegada a la oreja, y Richard se preguntó cómo podía ser que su ademán fuera tan contrario de lo que representaría cualquier mujer morena.

—Lady Harriet Pleinsworth, también al violín —prosiguió Winston—. Me parece que no la conozco. Debe de ser la hermana pequeña de lady Sarah. Recién salida del colegio, si no me falla la memoria. No puede tener más de dieciséis años.

Triple maldición. Quizá fuera mejor que se marchara.

—Y al chelo... —Winston deslizó los dedos por la gruesa cartulina

del programa hasta que encontró el nombre que buscaba—. La señorita
Iris Smythe-Smith.

—¿Qué tiene de malo ésta? —preguntó Richard.

Porque parecía improbable que no hubiera nada que decir.

Winston se encogió de hombros.

—Nada. Que yo sepa.

Cosa que probablemente significara que en su tiempo libre cantaba
a la tirolesa. Siempre que no estuviera practicando la taxidermia.

Con cocodrilos.

Antes Richard era un tipo con suerte. De verdad.

—Es muy pálida —dijo Winston.

Miró a su amigo.

—¿Y eso es malo?

—Claro que no. Es sólo que... —Winston guardó silencio y frunció
el ceño concentrado—. Bueno, para ser sincero, eso es lo único que recuerdo de ella.

Richard asintió despacio y posó los ojos sobre el chelo que aguardaba apoyado en su pie. También parecía caro, aunque tampoco es que él
supiera nada sobre violonchelos.

—¿A qué viene tanta curiosidad? —le preguntó Winston—. Ya sé
que estás impaciente por casarte, pero estoy convencido de que puedes
apuntar más alto.

Eso quizá hubiera sido verdad dos semanas atrás.

—Además, tú necesitas alguien con dote, ¿no?

—Todos necesitamos una mujer con dote —contestó Richard con
seriedad.

—Muy cierto. —Winston era el hijo del conde de Rudland, pero era
el segundo hijo. No iba a heredar una fortuna espectacular. Y menos
teniendo un hermano mayor en plena forma con dos hijos—. Es muy
probable que la hija de los Pleinsworth tenga diez mil —comentó eva-
luando el programa con los ojos—. Pero como ya he dicho, es muy joven.

Richard esbozó una mueca. Hasta él tenía límites.

—Las que tienen nombre de flor...

—¿Nombre de flor? —le interrumpió Richard.

—Iris y Daisy —le explicó Winston—. Sus hermanas se llaman Rose y Marigold, y no recuerdo qué más. ¿Tulip? ¿Bluebell? Espero que no se llame Chrysanthemum, la pobre.*

—Mi hermana se llama Fleur.

Richard se sintió obligado a mencionarlo.

—Y es una chica encantadora —respondió Winston a pesar de no conocerla.

—Ibas a decirme algo —le apuntó Richard.

—¿Ah, sí? Oh, sí, es verdad. Las chicas con nombre de flor. No estoy seguro de sus dotes, pero no pueden ser muy cuantiosas. Me parece que la familia tiene cinco hijas. —Winston hizo una mueca con los labios mientras pensaba en ello—. Puede que alguna más.

Richard se planteó con esperanza que eso no tenía por qué significar necesariamente que las dotes fueran bajas. No sabía mucho sobre esa parte de la familia Smythe-Smith. A decir verdad, no sabía nada sobre esa familia, salvo que una vez al año se reunían todos, elegían a cuatro intérpretes de entre sus miembros, y celebraban un concierto al que la mayoría de sus amigos eran reacios a asistir.

—Toma —espetó Winston de repente ofreciéndole dos tapones de algodón—. Me lo agradecerás.

Richard se lo quedó mirando como si se hubiera vuelto loco.

—Para las orejas —le aclaró Winston—. Confía en mí.

—«Confía en mí» —repitió Richard—. Viniendo de ti, esas palabras me dan escalofríos.

—Te aseguro que no estoy exagerando —afirmó su amigo metiéndose el algodón en las orejas.

Miró a su alrededor con discreción. Winston no se esforzaba en

---

* Las hermanas Smythe-Smith tienen todas nombre de flor, empezando por la protagonista, Iris, cuyo nombre significa «lirio», y sus hermanas Daisy (margarita), Rose (rosa) y Marigold (caléndula). Luego Winston trata de adivinar el nombre de la quinta hermana: Tulip (tulipán), Bluebell (campanilla) y Chrysanthemum (crisantemo). *(N. d el T.)*

ocultar lo que hacía, pero él estaba convencido de que taparse las orejas en un concierto era de mala educación. Sin embargo, no parecía que hubiera muchas personas que se estuvieran dando cuenta y, los que lo advertían, ponían cara de envidia, y no de censura.

Richard se encogió de hombros y siguió el ejemplo de su amigo.

—Me alegro de que hayas venido —dijo Winston inclinándose para que pudiera escucharlo a través de los tapones—. No sé si habría sido capaz de soportarlo sin refuerzos.

—¿Refuerzos?

—La afligida compañía de los solteros atormentados —bromeó Winston.

¿«La afligida compañía de los solteros atormentados»? Richard puso los ojos en blanco.

—Espero que no pretendas hablar con coherencia estando borracho.

—Oh, muy pronto podrás gozar de ese placer —contestó Winston sirviéndose del dedo índice para abrir el bolsillo de su abrigo y dejarle entrever una pequeña petaca de metal.

Richard abrió los ojos como platos. No era ningún mojigato, pero ni siquiera a él se le ocurriría beber en un concierto interpretado por chicas adolescentes.

Entonces empezó la actuación.

Un minuto después, Richard ya estaba reajustando el algodón que se había metido en las orejas. Al final del primer movimiento, sentía el doloroso latido de una vena en la frente. Pero cuando llegó el largo solo de violín, comprendió la verdadera gravedad de la situación.

—La petaca —suplicó jadeante.

Para su sorpresa, Winston ni siquiera sonrió.

Richard dio un buen trago de lo que resultó ser vino caliente con especias, pero la bebida no ayudó mucho a apaciguar el dolor.

—¿Podemos marcharnos en el entreacto? —le susurró a Winston.

—No hay entreacto.

Richard miró el programa horrorizado. Él no era músico, pero estaba convencido de que los Smythe-Smith tenían que ser conscientes de que lo que estaban haciendo... Que eso a lo que llamaban concierto...

Era un ataque a la dignidad del ser humano.

Según el programa, las cuatro señoritas que había sobre el improvisado escenario estaban tocando un concierto de piano de Wolfgang Amadeus Mozart. Y Richard siempre había pensado que en un concierto de piano debería de haber alguien que tocara el piano. Sin embargo, la señorita sentada ante el elegante instrumento, sólo tocaba la mitad de las notas necesarias, si llegaba. Desde donde estaba sentado no podía verle bien la cara, pero por su forma de encorvarse sobre las teclas, parecía una instrumentista muy concentrada.

Aunque no muy habilidosa.

—Esa es la que no tiene sentido del humor —le recordó Winston haciendo un gesto con la cabeza en dirección a una de las dos violinistas.

Ah, la señorita Daisy. La rubia de los rizos cimbreantes. Era evidente que, de todas las intérpretes, ella era la que mejor opinión tenía de sí misma como músico. Mientras su arco volaba sobre las cuerdas, ella se agitaba y se balanceaba como si fuera una gran virtuosa. Sus movimientos eran casi hipnóticos, y Richard imaginó que un hombre sordo habría afirmado que esa chica tenía un don para interpretar música.

Cuando, en realidad, tenía el don de la estridencia.

En cuanto a la otra violinista... ¿Era el único en toda la sala que se había dado cuenta de que esa chica era incapaz de interpretar una partitura musical? Miraba a todas partes menos a su atril, y no había pasado ni una sola página desde que había empezado el concierto. Llevaba todo el tiempo mordiéndose el labio, lanzándole miradas histéricas a la señorita Daisy y tratando de imitar sus movimientos.

Ya sólo quedaba la violonchelista. Observó cómo deslizaba el arco sobre las largas cuerdas de su instrumento. Resultaba muy difícil discernir las notas de su chelo por debajo de los sonidos frenéticos que producían las dos violinistas, pero de vez en cuando alguna nota triste escapaba a toda aquella locura, y Richard no podía evitar pensar...

«Es bastante buena».

En seguida se dio cuenta de que estaba fascinado por aquella mujer menuda que trataba de esconderse detrás de un chelo enorme. Por lo menos ella era consciente de lo malísimas que eran. Su sufrimiento era intenso, palpable. Cada vez que hacía una pausa entre nota y nota, parecía meterse para adentro, como si pudiera reducirse hasta la nada y desaparecer con un ¡pop!

Se trataba de la señorita Iris Smythe-Smith, una de las chicas con nombre de flor. Parecía increíble que estuviera emparentada con la feliz inconsciencia de Daisy, que seguía retorciéndose con su violín.

Iris. Era un nombre raro para una chica tan delgada. A él los lirios siempre le habían parecido las flores más brillantes de todas, le encantaban todos esos tonos de violeta y azul tan intensos. Pero esa chica era tan pálida que tenía la piel prácticamente incolora. Tenía el pelo de un tono demasiado rojo para poder describirla como rubia y, sin embargo, tampoco se podía decir que fuera pelirroja. No alcanzaba a verle los ojos desde donde estaba sentado, pero teniendo en cuenta el resto de los tonos de su cuerpo, sólo podían ser claros.

Era la clase de chica en la que no se fijaría nadie.

Y, sin embargo, Richard no podía quitarle los ojos de encima.

Se dijo que se debía al concierto. ¿Adónde iba a mirar?

Además, le relajaba mantener la vista concentrada en un punto fijo. La música era tan discordante que se mareaba cada vez que apartaba la mirada.

Casi se le escapa la risa. La señorita Iris Smythe-Smith, la del reluciente pelo pálido y ese chelo demasiado grande para ella, se había convertido en su salvadora.

Sir Richard Kenworthy no creía en las señales, pero estaba dispuesto a aceptar esa.

¿*P*or qué ese hombre la estaría mirando tan fijamente?

El concierto ya era suficiente tortura; Iris ya debía de saberlo. Aquella era la tercera vez que la subían al escenario y la obligaban a hacer el ridículo delante de una cuidadosa selección de integrantes de la élite londinense. El público de los Smythe-Smith siempre reunía a una mezcla de personas interesante. Primero estaba la familia, aunque, para ser justos, había que dividirlos en dos grupos diferentes: las madres y todos los demás.

Las madres miraban al escenario con sonrisas beatíficas, convencidas de que el despliegue del exquisito talento musical de sus hijas las convertía en la envidia de sus iguales.

—Lo habéis bordado —la animaba su madre año tras año—. Muy equilibrado.

«Estás ciega», era la muda respuesta de Iris. «Y sorda».

En cuanto al resto de los Smythe-Smith —los hombres, por lo general, y muchas de las mujeres que ya habían pagado sus deudas en el altar de la ineptitud musical—, apretaban los dientes, y se esforzaban por ocupar las sillas hasta cerrar aquel círculo de humillación.

Sin embargo, la familia era muy fecunda, e Iris rezaba por que llegara el día en que alcanzarían un número tal que las madres ya no podrían invitar a personas que no fueran de la familia.

Se imaginaba diciéndole a todo el mundo que ya no quedaban plazas. Por desgracia, también imaginaba a su madre pidiéndole al hombre de confianza de su padre que averiguara si podían alquilar un auditorio.

En cuanto al resto de los asistentes, algunos de ellos acudían cada año. Iris sospechaba que muchos lo hacían sólo por compromiso. También estaba convencida de que había quienes sólo iban para reírse. Y por último, estaban los pobres inconscientes, los que, evidentemente, vivían debajo de las rocas. En el fondo del océano.

En otro planeta.

Iris no comprendía que no hubieran oído hablar del concierto de las Smythe-Smith o, para ser más exactos, que nadie les hubiera advertido. Pero cada año veía alguna triste cara nueva.

Como aquel hombre de la quinta fila. ¿Por qué la miraba fijamente?

Estaba bastante segura de que no lo había visto nunca. Era moreno y tenía la clase de pelo que se rizaba con la humedad, y su rostro reflejaba una elegancia delicada que resultaba bastante agradable. Pensó que era guapo, aunque tampoco demasiado.

Era probable que no tuviera ningún título. La madre de Iris había sido muy meticulosa con la educación social de sus hijas. Costaba imaginar que existiera algún noble soltero menor de treinta años al que Iris y sus hermanas no reconocieran nada más verlo.

Quizá fuera un *baronet*. O un caballero con tierras. Debía de estar bien relacionado, porque advirtió que iba acompañado del hijo pequeño del conde de Rudland. Habían coincidido en varias ocasiones, aunque eso sólo significaba que el honorable señor Bevelstoke podía sacarla a bailar si le apetecía.

Cosa que no era así.

A Iris no le ofendía o, por lo menos, no mucho. Ella no solía bailar más de la mitad de los bailes de cualquier fiesta, y le gustaba tener la ocasión de observar a la alta sociedad en plena efervescencia. A menudo se preguntaba si las estrellas de la nobleza advertirían realmente lo que ocurría a su alrededor. Cuando uno estaba siempre en el ojo del huracán, ¿podría sentir la caricia de la lluvia o el mordisco del viento?

Puede que ella fuera la chica fea del baile. No se avergonzaba de ello. En especial porque disfrutaba siendo la fea del baile. Algunas de las...

—Iris —siseó alguien.

Era su prima Sarah, que la llamaba inclinándose sobre el pianoforte con expresión angustiada.

Vaya, estaba distraída y había olvidado su entrada.

—Lo siento —murmuró Iris por lo bajo aunque nadie pudiera escucharla.

Ella nunca olvidaba sus entradas. Iris ya sabía que el resto de las intérpretes eran tan malas que, en realidad, no importaba si entraba a tiempo o no, pero le daba igual, era una cuestión de principios.

Alguien tenía que intentar tocar bien.

Se concentró en su chelo durante las siguientes páginas de la partitura, y se esforzó por ignorar a Daisy, que no dejaba de pasearse por todo el escenario con su violín. Sin embargo, cuando Iris alcanzó la siguiente y esperada pausa en la parte del chelo, no pudo evitar levantar la cabeza.

Él seguía mirándola.

¿Es que tenía algo en el vestido? ¿O en el pelo? Levantó la mano y se la llevó al peinado por impulso suponiendo que tropezaría con alguna ramita.

Pero no tenía nada en la cabeza.

Ahora sólo estaba enfadada. Estaba intentando ponerla nerviosa. Esa era la única explicación posible. Menudo palurdo maleducado. Además de idiota. ¿De verdad creía que podría irritarla más que su propia hermana? Haría falta un minotauro tocando el acordeón para superar a Daisy.

—¡Iris! —siseó Sarah.

—Arrrrgh —gruñó Iris.

Se le había vuelto a pasar la entrada. Aunque ¿quién era Sarah para quejarse? Ella se había saltado dos páginas enteras del segundo movimiento.

Iris localizó el punto correcto en la partitura y se reenganchó aliviada de advertir que estaban llegando al final del concierto. Lo único que tenía que hacer era tocar las notas finales, hacer una reverencia como si le importara e intentar sonreír mientras durara el aplauso forzado.

Luego podría aparentar que le dolía la cabeza, marcharse a casa, leer un libro e ignorar a Daisy y fingir que no tendría que volver a hacerlo el año próximo.

A menos, claro está, que se casara.

Era la única escapatoria. Toda soltera de la familia Smythe-Smith estaba obligada a incorporarse al cuarteto en cuanto quedaba libre una plaza del instrumento que supiera tocar, y seguiría formando parte de él hasta que recorriera el pasillo de una iglesia y se desposara.

Sólo tenía una prima que había conseguido casarse antes de verse obligada a subir al escenario. Fue una confluencia espectacular de suerte e ingenio. Frederica Smythe-Smith, ahora Frederica Plum, había aprendido a tocar el violín, igual que su hermana mayor Eleanor.

Pero Eleanor no había ennoviado, como decía la madre de Iris. En realidad, lo de Eleanor fue todo un récord: estuvo tocando en el cuarteto durante siete años hasta que se volvió loca por un bondadoso coadjutor, que tuvo la increíble sensatez de amarla con la misma intensidad.

Iris sentía bastante afecto por Eleanor, incluso aunque se considerara una instrumentista consumada. Cosa que no era.

En cuanto a Frederica… La falta de éxito de Eleanor en el mercado del matrimonio significó que, cuando su hermana pequeña alcanzó la mayoría de edad, la silla de violinista seguía ocupada. Y si Frederica había conseguido encontrar marido con tanta rapidez…

Era toda una leyenda. Por lo menos para Iris.

Ahora Frederica vivía en el sur de la India, cosa que Iris sospechaba estaría relacionada con su huida orquestal. Hacía años que no la veía ningún miembro de la familia, aunque, de vez en cuando, alguna de sus cartas conseguía llegar a Londres, con noticias sobre calor, especias y algún elefante ocasional.

Iris odiaba los climas cálidos y no le gustaba mucho la comida picante, pero cuando se sentaba en el salón de baile de su primo e intentaba fingir que no estaba haciendo el ridículo delante de cincuenta personas, no podía evitar pensar que la India le parecía bastante agradable.

Nunca se había pronunciado sobre los elefantes.

Quizá encontrara marido aquel año. A decir verdad, tampoco se había esforzado mucho durante los dos años que llevaba en sociedad. Pero era muy complicado esforzarse cuando era —y eso era innegable— una chica que pasaba tan desapercibida.

Excepto —levantó la mirada y luego bajó la vista inmediatamente— para ese hombre tan extraño de la quinta fila. ¿Por qué la estaba mirando?

No tenía sentido. Iris odiaba —más aún de lo que odiaba ponerse en ridículo— las cosas que no tenían sentido.

# 2

$\mathcal{R}$ichard se dio cuenta de que Iris Smythe-Smith planeaba abandonar el concierto en cuanto tuviera la ocasión. No es que fuera tan evidente, pero llevaba observándola durante lo que le había parecido una hora, y después de tanto mirarla, era casi un experto en descifrar las expresiones y los gestos de la reticente chelista.

Tendría que actuar con presteza.

—Preséntanos —le pidió Richard a Winston haciendo un discreto movimiento con la cabeza en dirección a la chica.

—¿En serio?

Richard asintió con sequedad.

Winston se encogió de hombros. Era evidente que estaba sorprendido por el interés de su amigo en la incolora señorita Iris Smythe-Smith. Pero no demostró mucha curiosidad. Richard se deslizó por entre la multitud con su elegancia habitual. La muchacha en cuestión aguardaba incómoda junto a la puerta, pero tenía una mirada despierta con la que recorría la sala y observaba a sus ocupantes y la forma que tenían de relacionarse entre ellos.

Estaba planeando su evasión. Richard estaba seguro.

Pero iban a frustrar sus planes. Winston se paró delante de ella antes de que tuviera ocasión de poner su plan en práctica.

—Señorita Smythe-Smith —dijo cargado de buen humor y amabilidad—. Me alegro mucho de volver a verla.

Ella le hizo una reverencia suspicaz. Era evidente que no tenía la clase de relación con Winston que diera pie a un saludo tan cálido.

—Señor Bevelstoke —murmuró.

—¿Me permite que le presente a mi buen amigo, sir Richard Kenworthy?

Richard se inclinó.

—Es un placer conocerla —le dijo.

—Lo mismo digo.

Sus ojos eran tan claros como los había imaginado, aunque como la única luz que le iluminaba el rostro era la de las velas, no podía discernir su color exacto. Quizá fueran grises, o azules, y estaban enmarcados por unas pestañas tan claras que habrían sido invisibles de no haber sido por su sorprendente longitud.

—Mi hermana me ha pedido que le presente sus excusas —dijo Winston.

—Sí, ella suele asistir al concierto, ¿verdad? —murmuró la señorita Smythe-Smith con una imperceptible sonrisa en los labios—. Es muy amable.

—Oh, no creo que la amabilidad tenga nada que ver con ello —contestó Winston con astucia.

La señorita Smythe-Smith alzó una de sus pálidas cejas y miró fijamente a Winston.

—Pues yo creo que la amabilidad tiene mucho que ver.

A Richard le dieron ganas de darle la razón. No podía imaginar por qué la hermana de Winston se sometería a tal actuación en más de una ocasión. Y admiraba la perspicacia que demostraba la señorita Smythe-Smith en el asunto.

—Me ha enviado a mí en su lugar —prosiguió Winston—. Dijo que no estaría bien que nuestra familia quedara sin representación este año—. Miró a Richard—. Fue implacable al respecto.

—Por favor, trasládele mi gratitud —dijo la señorita Smythe-Smith—. Si me disculpan, debo…

—¿Le puedo hacer una pregunta? —la interrumpió Richard.

Ella, que ya se había dado la vuelta en dirección a la puerta, se quedó helada. Lo miró con cierta sorpresa. Igual que Winston.

—Claro —murmuró.

Su mirada no era tan plácida como su tono de voz. Ella era una joven señorita de buena educación y él era un *baronet*. No podía contestarle de otra forma, y ambos lo sabían.

—¿Cuánto tiempo lleva tocando el chelo? —espetó.

Le hizo la primera pregunta que le vino a la cabeza y, en cuanto la formuló, se dio cuenta de que era bastante grosera. Ella sabía que el cuarteto era horrible y también que él debía de pensar lo mismo. Preguntarle por su aprendizaje era una crueldad. Pero Richard estaba bajo presión. No podía dejarla marchar. Por lo menos tenía que intentar darle un poco de conversación.

—Yo...

La joven tartamudeó y Richard se sintió fatal. No era su intención... Oh, qué diantre.

—Ha sido una actuación maravillosa —terció Winston con aspecto de querer atizarle.

Richard habló con presteza, estaba ansioso por recomponer su imagen a los ojos de Iris.

—Me refería a que parece usted más talentosa que sus primas.

La joven parpadeó varias veces. Maldita sea, ahora había insultado a sus primas, pero supuso que era mejor faltarles a ellas que a Iris.

Richard prosiguió.

—Estaba sentado en su lado del escenario y, de vez en cuando, podía escuchar el chelo aislado de los demás instrumentos.

—Comprendo —contestó ella muy despacio y, quizá, también con cautela.

Era evidente que la chica no sabía qué pensar sobre el interés que le estaba mostrando.

—Es usted bastante buena —le dijo.

Winston lo observó con incredulidad. Richard ya imaginaba por qué. No había sido fácil discernir las notas del chelo por debajo de todo aquel escándalo, y para cualquier oído inexperto, Iris habría debido de deparecer tan terrible como el resto de las intérpretes. El hecho de que Richard estuviera diciendo aquello debía de parecer el peor y más falso de los cumplidos.

Pero la señorita Smythe-Smith sabía que era mejor intérprete que sus primas. Richard lo había visto en sus ojos y la joven reaccionó a su afirmación.

—Todas hemos estudiado música desde pequeñas —dijo.

—Claro —replicó él.

Era lo que debía decir. No iba a insultar a su familia delante de un desconocido.

Entonces se hizo un silencio incómodo en el trío, y la señorita Smythe-Smith volvió a esbozar esa sonrisa educada con la evidente intención de excusarse.

—¿La violinista es hermana suya? —preguntó Richard antes de que ella tuviera ocasión de hablar.

Winston le lanzó una mirada curiosa.

—Una de ellas, sí —contestó la joven—. La rubia.

—¿Es su hermana pequeña?

—Sí, es cuatro años menor —dijo con un tono de voz más agudo—. Esta es su primera temporada, aunque tocó en el cuarteto el año pasado.

—A propósito —intervino Winston evitando que Richard tuviera que pensar en otra pregunta que evitara la huida de la joven—, ¿por qué estaba lady Sarah sentada al pianoforte? Pensaba que sólo las solteras podían tocar en el cuarteto.

—Nos faltaba una pianista —contestó—. Si Sarah no se hubiera ofrecido, el concierto se habría cancelado.

La pregunta evidente quedó suspendida en el aire. ¿Tan malo habría sido eso?

—Le habría roto el corazón a mi madre —explicó la señorita Smythe-Smith, y fue imposible discernir qué clase de emoción le teñía la voz—. Y también a mis tías.

—Ha sido muy amable por su parte —comentó Richard.

Y entonces la señorita Smythe-Smith dijo algo de lo más sorprendente. Murmuró:

—Nos lo debía.

Richard reaccionó en seguida.

—Disculpe, ¿qué ha dicho?

—Nada —respondió ella esbozando una enorme y falsa sonrisa.

—No, debo insistir —la presionó Richard intrigado—. No puede hacer una afirmación como eso y no explicarse.

La joven miró a su izquierda. Quizá se estuviera asegurando de que su familia no la escuchaba. O puede que sólo estuviera intentando no poner los ojos en blanco.

—No es nada, de verdad. El año pasado no tocó. Se retiró el mismo día de la actuación.

—¿Se canceló el concierto? —preguntó Winston frunciendo el ceño mientras se esforzaba por hacer memoria.

—No. La institutriz de su hermana se ofreció a ocupar su puesto.

—Ah, sí —dijo Winston asintiendo—. Ya me acuerdo. Un detalle por su parte. Me pareció increíble que se supiera la pieza.

—¿Su prima estaba enferma? —preguntó Richard.

La señorita Smythe-Smith abrió la boca para hablar y, entonces, en ese mismo instante, cambió de idea acerca de lo que iba a decir. Richard estaba convencido de ello.

—Sí —se limitó a decir—. Estaba muy enferma. Y ahora, si me disculpan, me temo que debo ocuparme de un asunto.

La joven hizo una reverencia y se marchó cuando ellos inclinaron la cabeza.

—¿De qué iba todo eso? —se apresuró a preguntar Winston.

—¿El qué? —contestó Richard fingiendo ignorancia.

—Prácticamente te has puesto delante de la puerta para evitar que se marchara.

Richard se encogió de hombros.

—La encuentro interesante.

—¿A ella? —Winston miró en dirección a la puerta por la que se acababa de marchar la señorita Smythe-Smith—. ¿Por qué?

—No lo sé —mintió Richard.

Winston se volvió hacia Richard, luego miró la puerta de nuevo y volvió a mirar a su amigo.

—Pues no es tu tipo.

—No —convino Richard a pesar de que nunca había pensado en sus preferencias en ese sentido—. No lo es.

Pero lo cierto era que nunca había tenido que buscar esposa. Y, además, en menos de dos semanas.

Al día siguiente, Iris estaba atrapada en el salón con su madre y Daisy esperando el inevitable goteo de visitantes. Su madre había insistido en que debían quedarse en casa y aguardar a las visitas. La gente querría felicitarlas por su actuación.

Iris imaginó que sus hermanas casadas pasarían por allí, y lo más probable sería que también lo hicieran unas cuantas damas más. Las que asistían al concierto cada año por compromiso. El resto evitaría las casas de los Smythe-Smith —cualquiera de sus casas—, como si fueran las plagas bíblicas. Lo último que nadie deseaba era entablar una conversación educada sobre un desastre anual.

Era como si los acantilados de Dover se desplomaran en el mar y todo el mundo se sentara a tomar el té y comentara:

—Oh, sí, un gran espectáculo. Aunque lo de la casa del vicario ha sido una lástima.

Pero todavía era temprano y aún no habían sido agraciadas con la aparición de ningún visitante. Iris se había llevado algo para leer, pero Daisy seguía radiante de alegría y aguardaba con actitud triunfal.

—Creo que estuvimos fantásticas —anunció.

Iris levantó los ojos del libro lo justo para decir:

—En absoluto.

—Quizá tú no tocaras bien, ahí escondida detrás de tu chelo, pero yo nunca me había sentido tan viva y en sintonía con la música.

Iris se mordió el labio. Se le ocurrían muchas respuestas a ese comentario. Era como si su hermana pequeña le estuviera suplicando que empleara todo el sarcasmo de su arsenal. Pero se contuvo. El concierto siempre la ponía de mal humor y no importaba lo molesta que fuera Daisy —y lo era, vaya si lo era—, no era culpa suya que Iris estuviera tan irritable. O, por lo menos, no del todo.

—Ayer por la noche asistieron muchos caballeros atractivos —comentó Daisy—. ¿Te diste cuenta, mamá?

Iris puso los ojos en blanco. Por supuesto que su madre se había dado cuenta. Su trabajo era percatarse de todos los hombres disponibles que había en la sala. No, era mucho más que eso. Era su vocación.

—Estaba el señor St. Clair —observó Daisy—. Está muy apuesto con esa cola.

—Nunca te mirará dos veces —espetó Iris.

—No seas desagradable, Iris —la regañó su madre. Pero luego se dirigió a Daisy—. Pero tiene razón. Y tampoco queremos que lo haga. Es demasiado libertino para una joven de buena cuna.

—Estaba hablando con Hyacinth Bridgerton —señaló Daisy.

Iris miró a su madre; tenía muchas ganas de escuchar su respuesta. Los Bridgerton eran la familia más popular de la zona, incluso a pesar de que Hyacinth —el más joven—, tuviera mala fama.

La señora Smythe-Smith hizo lo que hacía siempre que no quería responder a algo. Alzó las cejas, bajó la barbilla y resopló con desdén.

Fin de la conversación. Por lo menos en lo que respectaba a ese tema.

—Winston Bevelstoke no es un libertino —apuntó Daisy mirando de reojo hacia su derecha—. Estaba sentado cerca del escenario.

Iris resopló.

—¡Es guapísimo! —exclamó la hermana pequeña.

—Yo nunca he dicho que no lo sea —respondió Iris—. Pero debe de tener casi treinta años. Y estaba en la quinta fila.

Ese comentario pareció desconcertar a su madre:

—La quinta...

—Eso no está delante del escenario —intervino Iris.

Odiaba que la gente no se percatara de los pequeños detalles.

—Oh, por el amor de Dios —espetó Daisy—. Qué más da dónde estuviera sentado. Lo que importa es que estaba allí.

Eso era verdad, pero seguía sin ser lo más importante.

—Winston Bevelstoke nunca se interesaría por una chica de diecisiete años.

—¿Por qué no? —preguntó Daisy—. Me parece que estás celosa.

Iris puso los ojos en blanco.

—Eso es tan absurdo que no sé ni por dónde empezar a explicártelo.

—Me estaba mirando —insistió Daisy—. Y el hecho de que siga

soltero demuestra que es un hombre selectivo. Quizá sólo esté esperando a encontrar a la mujer adecuada.

Iris respiró hondo y reprimió la réplica que le hacía cosquillas en los labios.

—Si te casas con Winston Bevelstoke —le dijo con serenidad—, yo seré la primera en felicitarte.

Su hermana entornó los ojos.

—Ya está otra vez con el sarcasmo, mamá.

—No seas sarcástica, Iris —dijo Maria Smythe-Smith sin despegar los ojos de su labor.

Iris frunció el ceño cuando escuchó la clásica regañina de su madre.

—¿Quién era el caballero que iba con el señor Bevelstoke? —preguntó la señora Smythe-Smith—. El moreno.

—Estuvo hablando con Iris después del concierto —terció Daisy.

La señora Smythe-Smith miró a Iris con perspicacia.

—Ya lo sé.

—Se llama sir Richard Kenworthy —explicó Iris.

Su madre alzó las cejas.

—Estoy convencida de que sólo quería ser amable.

—Pues estuvo siendo amable durante mucho rato —comentó Daisy entre risas.

Iris la miró con incredulidad.

—Sólo hablamos durante cinco minutos. Si llegó.

—Ya es más tiempo del que te dedican la mayoría de los caballeros.

—Daisy, no seas desagradable —la regañó su madre—. Pero estoy de acuerdo con ella. Yo también creo que fueron más de cinco minutos.

—No es verdad —murmuró Iris.

Su madre no la escuchó. O, para ser más exactos, decidió ignorar su comentario.

—Tendremos que averiguar más cosas sobre él.

Iris abrió la boca indignada. Sólo había pasado cinco minutos en compañía de sir Richard y su madre ya le estaba planificando el futuro.

—El tiempo pasa para todos —dijo la señora Smythe-Smith.

Daisy sonrió.

—Genial —espetó Iris—. La próxima vez intentaré captar su interés durante un cuarto de hora. Eso debería bastar para pedir un permiso especial.

—¿Tú crees? —preguntó Daisy—. Eso sería muy romántico.

Iris se quedó mirándola. ¿Desde cuándo Daisy no captaba las ironías?

—Cualquiera se puede casar en una iglesia —explicó su hermana—. Pero un permiso especial es especial.

—Como su nombre indica —murmuró Iris.

—Cuestan mucho dinero —prosiguió Daisy—. Y no se lo conceden a cualquiera.

—Todas tus hermanas se casaron en una iglesia —dijo su madre—. Y tú también lo harás.

Eso puso fin a la conversación durante, por lo menos, cinco minutos. Justo la cantidad de tiempo que Daisy podía permanecer sentada en silencio.

—¿Qué estás leyendo? —preguntó alargando el cuello en dirección a Iris.

—*Orgullo y prejuicio* —respondió.

No levantó la vista, pero marcó el fragmento por el que iba con el dedo. Por si acaso.

—¿No lo habías leído ya?

—Es un buen libro.

—¿Cómo es posible que un libro sea lo bastante bueno como para leerlo dos veces?

Iris se encogió de hombros, gesto que, una persona menos obtusa, habría interpretado como una señal de que no quería seguir conversando.

Pero no era el caso de Daisy.

—Yo también lo he leído, ¿sabes? —le dijo.

—¿Ah, sí?

—Y para ser sincera, no me pareció muy bueno.

Iris levantó la vista.

—¿Disculpa?

—Es muy poco realista —opinó Daisy—. ¿Tengo que creerme que la señorita Elizabeth rechazaría la proposición matrimonial del señor Darcy?

—¿Quién es la señorita Elizabeth? —preguntó la señora Smythe-Smith. La conversación de sus hijas hizo que se olvidara de su labor—. Y ya que estamos hablando de esto, ¿quién es el señor Darcy?

—Es muy evidente que esa chica nunca conseguiría una oferta mejor que la del señor Darcy —prosiguió Daisy.

—Eso es lo que le dijo el señor Collins cuando le pidió matrimonio —rebatió Iris—. Y entonces se lo pidió el señor Darcy.

—¿Quién es el señor Collins?

—Son personajes de ficción, mamá —le explicó Iris.

—Y, según mi opinión, todos bastante tontos —opinó Daisy con actitud altiva—. El señor Darcy es muy rico. Y la señorita Elizabeth no tiene dote. El hecho de que él se dignara a pedirle...

—¡Él la amaba!

—Pues claro —contestó Daisy malhumorada—. Es la única explicación para entender que le propusiera matrimonio. ¡Y luego ella lo rechazó!

—Tenía sus motivos.

Daisy puso los ojos en blanco.

—Tuvo suerte de que se lo volviera a pedir. Sólo digo eso.

—Creo que debería leerme ese libro —dijo la señora Smythe-Smith.

—Toma —se ofreció Iris; de repente se sentía abatida. Le tendió el libro a su madre—. Puedes leerte el mío.

—Pero vas por la mitad.

—Ya lo he leído.

La señora Smythe-Smith cogió el tomo, pasó las hojas hasta llegar a la primera página y leyó la primera frase, que Iris ya conocía de memoria.

—«Es una verdad universalmente aceptada que todo hombre soltero en posesión de una gran fortuna debe querer esposa». Bueno, esa es una gran verdad —se dijo la señora Smythe-Smith.

Iris suspiró y se preguntó en qué ocuparía ahora el tiempo. Suponía que podía ir a buscar otro libro, pero estaba demasiado cómoda arrellanada en el sofá para pensar siquiera en levantarse. Suspiró.

—¿Qué? —preguntó Daisy.

—Nada.

—Has suspirado.

Iris se esforzó por reprimir un rugido.

—No todos los suspiros tienen que estar relacionados contigo.

Daisy sorbió por la nariz y se dio la vuelta.

Iris cerró los ojos. Tal vez pudiera echar una siesta. No había dormido muy bien la noche anterior. Nunca descansaba la noche del concierto. Siempre se decía que lo conseguiría y se consolaba pensando que disponía de otro año entero antes de empezar a temerlo de nuevo.

Pero el sueño no llegaba. Era incapaz de evitar que su cerebro reprodujera cada momento y cada nota mal tocada. Las miradas de burla, lástima, conmoción y sorpresa… Suponía que podía perdonar a su prima Sarah por haberse fingido enferma el año anterior para no tener que tocar. Lo comprendía. En realidad, nadie la comprendía mejor que ella.

Y entonces sir Richard Kenworthy le pidió a su amigo que se la presentara. ¿A qué habría venido eso? Iris no era tan tonta como para pensar que podía estar interesado en ella. No era ninguna joya. Ella esperaba casarse algún día, pero cuando ocurriera, no sería porque ningún caballero la mirara una sola vez y cayera embrujado por su hechizo.

Ella no tenía hechizos. Según Daisy, ni siquiera tenía pestañas.

No. Cuando Iris se casara, sería fruto de una proposición sensata. Algún caballero ordinario la encontraría agradable y decidiría que a su familia le convenía tener entre sus miembros a la nieta de un conde, incluso a pesar de su modesta dote.

«Y sí que tenía pestañas», pensó malhumorada. Sólo que eran muy pálidas.

Tenía que averiguar más cosas sobre sir Richard. Pero lo más importante era que debía encontrar la forma de hacerlo sin llamar la atención. No le convenía dar la impresión de que lo estaba persiguiendo. En especial cuando…

—Llega una visita, señora —anunció el mayordomo.

Iris se sentó. «La hora de las posturas correctas», pensó fingiendo alegría. La espalda recta, los hombros hacia atrás...

—El señor Winston Bevelstoke —entonó el mayordomo.

Daisy se puso derecha, se hinchó como un pavo y le lanzó una mirada triunfante a su hermana.

—Y sir Richard Kenworthy.

# 3

—Sabes —le comentó Winston cuando se detuvieron al pie de la escalinata de la casa de los Smythe-Smith—, no es bueno darle esperanzas a una chica.

—Y yo que creía que visitar a una joven era una costumbre bien vista —observó Richard.

—Y lo es. Pero aquí viven los Smythe-Smith.

Richard ya había empezado a subir las escaleras, pero se detuvo al escuchar el comentario de su amigo.

—¿Acaso hay algo de excepcional en esta familia? —le preguntó con ligereza—. Aparte de su excepcional talento musical, claro.

Necesitaba casarse rápido, pero también precisaba que las habladurías y, Dios no lo quisiera, el escándalo, fueran mínimos. Si los Smythe-Smith tenían algún secreto oscuro, debía saberlo.

—No —dijo Winston sacudiendo la cabeza con aire distraído—. En absoluto. Es sólo que… Bueno, supongo que se podría decir que…

Richard aguardó. Winston acabaría escupiéndolo.

—Esta rama de la familia Smythe-Smith es un poco… —su amigo suspiró, era incapaz de acabar la frase.

Richard sonrió mientras pensaba que Winston era una buena persona. Puede que fuera un hombre capaz de ponerse tapones y beber de una petaca en un concierto, pero era incapaz de hablar mal de una dama, incluso aunque su único pecado fuera ser poco popular.

—Si cortejas a una de las señoritas Smythe-Smith —explicó Winston al fin—, la gente tendrá curiosidad por saber el motivo.

—Como soy tan buen partido… —comentó Richard con sequedad.

—¿Ah, no?

—No —contestó Richard. Era típico de Winston ignorar una cosa como esa—. No lo soy.

—Venga, hombre, las cosas no pueden ser tan terribles.

—Hace muy poco tiempo que he conseguido, al fin, salvar las tierras de Maycliffe de la negligencia y la mala gestión de mi padre, una de las alas de la casa está completamente inhabitable y soy el único tutor de mis dos hermanas. —Richard esbozó una sonrisa apagada—. Yo no diría que soy un gran partido.

—Oye, ya sabes que yo... —Winston frunció el ceño—. ¿Por qué Maycliffe está inhabitable?

Él negó con la cabeza y subió la escalera.

—No, de verdad, tengo curiosidad, yo...

Pero Richard ya había llamado a la puerta.

—Una inundación —dijo—. Plagas. Probablemente haya incluso un fantasma.

—Si estás tan mal como dices —comentó Winston a toda prisa mirando la puerta de reojo—, vas a necesitar una dote más cuantiosa de la que encontrarás aquí.

—Es posible —murmuró Richard.

Pero él tenía otros motivos para ir detrás de Iris Smythe-Smith. Era una mujer inteligente; no necesitó pasar mucho rato con ella para darse cuenta de eso. Y valoraba la familia. Debía de hacerlo. ¿Por qué otro motivo habría participado en ese terrible concierto si no quisiera a su familia?

¿Pero querría a la familia de Richard tanto como a la suya? Tendría que hacerlo, si se casaba con él.

Un mayordomo corpulento abrió la puerta y cogió su tarjeta de visita y la de Winston. Luego les hizo una rígida reverencia. En seguida los hizo pasar a un salón pequeño pero elegante, decorado con tonos crema, dorados y verdes. Richard vio a Iris sentada en el sofá; la joven lo observaba por entre sus pestañas. En otra mujer, esa misma expresión habría parecido fruto de la coquetería, pero en ella era un gesto de alerta. Calculador.

Lo estaba analizando. Richard no sabía cómo tomárselo. Debería divertirle.

—El señor Winston Bevelstoke —anunció el mayordomo— y sir Richard Kenworthy.

Las damas se levantaron para recibirlos y ellos le prestaron toda su atención a la señora Smythe-Smith, como era costumbre.

—Señor Bevelstoke —dijo la señora de la casa sonriéndole a Winston—. Cuánto tiempo. ¿Cómo está su querida hermana?

—Muy bien. Ya está en la recta final de su confinamiento, de no ser así habría asistido al concierto de la pasada noche. —Hizo un gesto en dirección a Richard—. Me parece que no conoce a mi buen amigo, sir Richard Kenworthy. Fuimos juntos a Oxford.

La mujer sonrió con educación.

—Sir Richard.

Él la saludó inclinando la cabeza.

—Señora Smythe-Smith.

—Mis dos hijas pequeñas —dijo señalando a las dos jóvenes que aguardaban tras ella.

—Ayer por la noche ya tuve el honor de conocer a la señorita Smythe-Smith —recordó Richard honrando a Iris con una pequeña reverencia.

—Sí, es cierto.

La señora Smythe-Smith sonrió, pero el gesto no asomó a sus ojos y Richard volvió a tener la sensación de que lo estaba analizando. Lo que no sabía era con qué criterio. Era muy inquietante. No era la primera vez que pensaba que Napoleón habría sido derrotado mucho antes de llegar a Waterloo si les hubieran pedido a las madres de Londres que se ocuparan de la estrategia.

—Esta es la pequeña —explicó la señora Smythe-Smith ladeando la cabeza en dirección a Daisy—. La señorita Daisy Smythe-Smith.

—Señorita Daisy —dijo Richard con educación inclinándose sobre su mano.

Winston hizo lo mismo.

Una vez se hubieron hecho las debidas presentaciones, los dos caballeros tomaron asiento.

—¿Disfrutaron del concierto? —preguntó la señorita Daisy.

Parecía dirigir la pregunta a Winston, cosa que Richard agradeció mucho.

—Mucho —contestó su amigo después de carraspear seis veces—. No puedo recordar la última vez que...

—Imagino que nunca había escuchado a nadie interpretar a Mozart con tanto ardor —comentó Iris saliendo en su rescate.

Richard sonrió. La joven transmitía una inteligencia que resultaba muy atractiva.

—No —se apresuró a admitir Winston dejando traslucir el alivio en su voz—. Fue una experiencia única.

—¿Y usted, sir Richard? —preguntó Iris.

La miró a los ojos —por fin pudo comprobar que eran de un tono muy pálido de azul— y para su sorpresa adivinó un destello de impaciencia en ellos. ¿Estaba intentando que picara el anzuelo?

—Yo me siento muy afortunado de haber decidido asistir —le contestó.

—No ha contestado a mi pregunta —espetó la joven.

Le contestó en un tono de voz muy bajo y evitó que la escuchara su madre.

Él arqueó una ceja.

—Es la única que le voy a dar.

Ella abrió la boca como si fuera a jadear, pero al final se limitó a decir:

—Bien jugado, sir Richard.

La conversación derivó hacia temas triviales: el tiempo, el rey y de nuevo el tiempo, hasta que Richard se aprovechó de la banalidad de la discusión para sugerir un paseo por Hyde Park.

—Así disfrutamos del buen tiempo —concluyó.

—Es justo lo que estaba diciendo —exclamó Daisy—. Hace un sol extraordinario. ¿Hace calor fuera, señor Bevelstoke? Todavía no he salido de casa.

—Hace un día cálido —contestó Winston antes de lanzarle a Richard una mirada rápida y letal.

Ya estaban en paz, aunque quizá le debiera una a Winston. El concierto de las hermanas Smythe-Smith no podía ser tan agotador como pasar una hora del brazo de la señorita Daisy. Y los dos sabían que no sería él quien pasearía con Iris.

—Me sorprende verlo tan pronto después del concierto —comentó Iris en cuanto estuvieron fuera y marchaban en dirección al parque.

—Y a mí me sorprende que lo comente —respondió él—. Estoy seguro de que mi interés es evidente.

La joven abrió los ojos como platos. No acostumbraba a ser tan directo, pero no tenía tiempo para un cortejo sutil.

—No sé qué puedo haber hecho para ganarme su aprecio —respondió ella con cautela.

—Nada —admitió él—. Pero el aprecio no es siempre algo que debamos ganarnos.

—¿Ah, no?

Parecía sorprendida.

—Cuando es urgente, no. —Richard le sonrió agradecido de que el ala de su sombrero fuera lo bastante corta como para poder verle la cara—. ¿No es ese el propósito del cortejo? ¿No sirve para decidir si un aprecio inicial merece la pena?

—Me parece que lo que usted llama aprecio es lo que yo denomino atracción.

Richard se rió.

—Tiene usted toda la razón. Por favor, acepte mis disculpas y mis aclaraciones.

—Entonces estamos de acuerdo: no me he ganado su aprecio.

—Pero sí que hay atracción —murmuró con atrevimiento.

Ella se ruborizó y Richard se dio cuenta de que cuando Iris Smythe-Smith se sonrojaba, lo hacía con cada centímetro de su piel.

—Ya sabe que no me refería a eso —murmuró.

—Se ha ganado usted mi aprecio —le dijo con firmeza—. Si no lo hizo la pasada noche, lo ha hecho esta mañana.

El desconcierto se reflejó en los ojos de Iris y negó un poco con la cabeza antes de volver la mirada en dirección al camino que tenían delante.

—Nunca he sido la clase de hombre que valora la estupidez en las mujeres —observó con ligereza, casi como si estuviera comentando el contenido de un escaparate.

—No me conoce lo suficiente como para valorar mi inteligencia.

—Con lo poco que la conozco, ya sé que no es usted estúpida. Ya tendré tiempo de averiguar si sabe hablar alemán o si se le da bien el cálculo mental.

Iris pareció reprimir una sonrisa y entonces dijo:

—Sí y no.

—¿Habla alemán?

—No, lo del cálculo.

—Qué lástima. —Le lanzó una mirada cómplice—. El idioma hubiera resultado muy útil con la familia real.

Iris se rió.

—Me parece que de momento todos hablan inglés.

—Sí, pero no paran de desposar alemanes, ¿no?

—La verdad es que no tengo previsto asistir a ninguna audiencia con el rey en un futuro próximo —comentó Iris.

Richard se rió; estaba disfrutando mucho de su ingenio.

—Siempre nos queda la pequeña princesa Victoria.

—Que, probablemente, no hable inglés —admitió iris—. Su madre no lo habla.

—¿La conoce? —le preguntó con sequedad.

—Claro que no. —Lo miró con cierta complicidad y Richard tuvo la sensación de que si se hubieran conocido mejor, ella podría haber acompañado el gesto de un amigable codazo en las costillas—. Está bien, me ha convencido. Debo encontrar un tutor de alemán con urgencia.

—¿Tiene facilidad para los idiomas? —le preguntó.

—No, pero en casa nos obligaron a estudiar francés a todas. Hasta que mamá decidió que era antipatriótico.

—¿Todavía?

Por Dios, si la guerra había terminado hacía casi una década.

Iris le lanzó una mirada descarada.

—Es muy rencorosa.

—Recuérdeme que no la haga enfadar.

—No se lo recomiendo —murmuró distraída. Ladeó un poco la cabeza y sonrió—. Me temo que deberíamos salvar al señor Bevelstoke.

Richard miró a Winston, que iba cinco metros por delante de ellos. Daisy paseaba agarrada de su brazo y hablaba con tal energía que sus rizos rubios brincaban como si fueran muelles.

Su amigo aguantaba con estoicismo, pero parecía un poco mareado.

—Quiero a Daisy —confesó Iris suspirando—, pero lleva tiempo acostumbrarse a ella. ¡Oh, señor Bevelstoke!

Y tras su exclamación, soltó el brazo de Richard y se apresuró hacia Winston y su hermana. Él la siguió hasta la pareja.

—Quería preguntarle su opinión sobre el tratado de San Petersburgo —escuchó decir a Iris.

Winston la miró como si estuviera hablando en otro idioma. En alemán, tal vez.

—Lo leí en el periódico de ayer —prosiguió Iris—. Estoy segura de que usted también lo leyó.

—Por supuesto —mintió Winston.

Iris esbozó una alegre sonrisa e ignoró el ceño fruncido de su hermana.

—No parece que haya salido como esperaba todo el mundo. ¿No cree?

—Emm…, sí —contestó su amigo con creciente entusiasmo—. Ya lo creo. —Comprendió lo que se proponía Iris, incluso a pesar de no tener ni idea de lo que estaba diciendo—. Es cierto.

—¿De qué estáis hablando? —preguntó Daisy.

—Sobre el tratado de San Petersburgo —le explicó Iris.

—Si, eso ya lo has dicho —le respondió su hermana irritada—. ¿Pero qué es?

Iris se quedó helada.

—Oh, bueno, es, emmm…

Richard reprimió una carcajada. Iris no lo sabía. Se había abalanzado sobre la primera oportunidad que se le ocurrió para salvar a Winston de su hermana, pero no conocía la respuesta a su propia pregunta.

Era imposible no admirar su arrojo.

—Es ese acuerdo, ya sabes —prosiguió Iris—, entre Gran Bretaña y Rusia.

—Exacto —la ayudó Winston—. Un tratado. Creo que se firmó en San Petersburgo.

—Es un alivio —intervino Iris—. ¿No cree?

—Oh, sí —respondió Winston—. Ahora podemos dormir más tranquilos gracias a ese tratado.

—Yo nunca he confiado en los rusos —confesó Daisy sorbiendo por la nariz.

—Bueno, no sé si diría tanto —comentó Iris.

Miró a Richard, pero él se limitó a encoger los hombros; se estaba divirtiendo demasiado como para intervenir.

—Mi hermana estuvo a punto de casarse con un príncipe ruso —comentó Winston con despreocupación.

—¿Ah, sí? —preguntó Daisy repentinamente animada.

—Bueno, no, en realidad no —admitió Winston—. Pero él quería casarse con ella.

—Oh, eso es maravilloso —comentó Daisy entusiasmada.

—Acabas de decir que no confías en los rusos —le recordó su hermana.

—No me refería a la realeza —le contestó la joven ignorando su comentario—. Dígame —le dijo a Winston—, ¿era muy guapo?

—No soy la persona más indicada para juzgar eso —contestó Winston evasivo, pero luego añadió—: Sin embargo, le puedo decir que era muy rubio.

—Oh, un príncipe. —Daisy suspiró y se llevó una mano al corazón. Luego entornó los ojos—. ¿Y por qué no se casó con él?

Winston se encogió de hombros.

—Me parece que no quería hacerlo. Se casó con un *baronet*. Están vomitivamente enamorados. Aunque Harry es un buen tipo.

Daisy jadeó con tanta intensidad que Richard pensó que la habrían escuchado desde Kensington.

—¿Eligió a un *baronet* pudiendo casarse con un príncipe?

—A algunas mujeres no les impresionan los títulos —afirmó Iris. Se volvió hacia Richard y le comentó en voz baja—: Lo crea usted o no, es la segunda vez que mantenemos esta conversación hoy.

—¿En serio? —Alzó las cejas—. ¿De quién hablaban antes?

—De personajes de ficción —le explicó ella—. De un libro que estoy leyendo.

—¿Cuál es?

—*Orgullo y perjuicio* —le dijo haciendo un gesto con la mano para quitarle importancia—. Estoy segura de que no lo ha leído.

—Pues a decir verdad, sí que lo he leído. Es uno de los libros preferidos de mi hermana y pensé que debía familiarizarme con las lecturas que elige.

—¿Siempre adopta un papel tan paternal con sus hermanas? —le preguntó con actitud socarrona.

—Soy su tutor.

Iris se quedó boquiabierta y vaciló un momento antes de decir:

—Lo siento. Eso ha sido una grosería. No lo sabía.

Richard aceptó su disculpa asintiendo con elegancia.

—Fleur tiene dieciocho años y es un poco romántica. Si se saliera con la suya sólo leería melodramas.

—*Orgullo y prejuicio* no es un melodrama —protestó Iris.

—No —contestó él riendo—, pero no me cabe ninguna duda de que en la imaginación de Fleur sí que lo es.

Aquel comentario hizo sonreír a Iris.

—¿Lleva mucho tiempo como tutor?

—Siete años.

—¡Oh! —Se tapó la boca con la mano y dejó de caminar—. Lo siento mucho. Esa es una carga inimaginable para un hombre tan joven.

—Debo confesar que yo también lo consideré una carga en su momento. En realidad tengo dos hermanas pequeñas y cuando murió mi padre las mandé a las dos a vivir con nuestra tía.

—Tampoco podía hacer mucho más. Todavía debía de ir usted a la escuela.

—A la universidad —le confirmó—. No soy tan duro conmigo mismo como para pensar que debería haberme ocupado de ellas en ese momento, pero, como tutor, debería haber estado más pendiente de ellas.

Iris le posó la mano en el brazo en señal de apoyo.

—Estoy segura de que lo hizo lo mejor que pudo.

Richard estaba seguro de que no había sido así, pero le dio las gracias por el cumplido.

—¿Cuántos años tiene su hermana?

—Marie-Claire tiene casi quince años.

—Fleur y Marie-Claire —murmuró Iris—. Dos nombres muy franceses.

—Mi madre era una mujer muy original. —Esbozó una sonrisa y luego se encogió un poco de hombros—. También era medio francesa.

—¿Y ahora sus hermanas están en casa?

Richard asintió.

—Sí. En Yorkshire.

Iris asintió pensativa.

—Nunca he estado tan al norte.

Su afirmación lo sorprendió.

—¿Ah, no?

—Yo vivo todo el año en Londres —le explicó—. Mi padre es el cuarto de cinco hijos. No heredó tierras.

Richard se preguntó si la joven estaría tratando de advertirlo. Si era un cazafortunas, más le valía marcharse a buscar dinero en otra parte.

—De vez en cuando voy a visitar a mis primos —prosiguió ella con ligereza—, pero todos viven en el sur de Inglaterra. Me parece que nunca he pasado de Norfolk.

—El paisaje del norte es muy distinto —le dijo—. Puede resultar muy inhóspito y desolador.

—No es usted un gran embajador de su país —le regañó.

Richard se rió.

—No es todo inhóspito y desolador. Hay zonas que son bonitas a su manera.

Iris sonrió al escuchar aquella descripción.

—En cualquier caso —prosiguió—, Maycliffe se encuentra en un valle bastante agradable. Es bastante dócil comparado con el resto del condado.

—¿Y eso es bueno? —le preguntó arqueando una ceja.

Richard se rió.

—En realidad no estamos demasiado lejos de Darlington, ni del ferrocarril que están construyendo allí.

La curiosidad iluminó los ojos azules de la joven.

—¿Ah, sí? Me encantaría verlo. He leído que cuando esté acabado, la gente podrá viajar a 25 kilómetros por hora, pero soy incapaz de imaginar tanta velocidad. Parece aterrador y peligroso.

Richard asintió distraído mirando a Daisy, que seguía interrogando al pobre Winston sobre el príncipe ruso.

—Supongo que su hermana piensa que la señorita Elizabeth no debería haber rechazado la primera proposición matrimonial del señor Darcy.

Iris se lo quedó mirando sorprendida antes de parpadear y contestarle:

—Ah, sí, el libro. Exacto. A Daisy la señorita Elizabeth le pareció una tonta

—¿Y usted qué piensa? —le preguntó, y se dio cuenta de que sentía verdadero interés por conocer su respuesta.

Ella aguardó y se tomó su tiempo para elegir las palabras adecuadas. A Richard no le importó su silencio, le dio la oportunidad de observarla mientras ella pensaba. Era más guapa de lo que había advertido a primera vista. Sus rasgos tenían una agradable simetría y sus labios eran mucho más sonrosados de lo que cabía esperar: era una chica muy pálida.

—Teniendo en cuenta lo que ella sabía en ese momento —dijo Iris por fin—, no veo cómo podía aceptarlo. ¿Usted se casaría con alguien a quien no respetara?

—Claro que no.

La joven asintió convencida y luego frunció el ceño cuando miró de nuevo a Winston y a su hermana. Habían conseguido adelantarse bastante. Richard no podía escuchar su conversación, pero Winston tenía aspecto de estar en apuros.

—Vamos a tener que volver a salvarlo —dijo Iris suspirando—. Pero esta vez lo tendrá que hacer usted. Yo ya he agotado mis conocimientos sobre política rusa.

Richard se permitió inclinarse hacia ella, lo bastante cerca como para murmurarle al oído.

—El tratado de San Petersburgo define la frontera entre la América rusa y el territorio británico del noroeste del Pacífico.

Ella se mordió el labio tratando de no reírse.

—¡Iris! —la llamó Daisy.

—Parece que no tendremos que inventar ninguna interrupción —comentó Richard mientras acortaban la distancia con la pareja.

—He invitado al señor Bevelstoke a la lectura de poesía que se celebra en casa de los Pleinsworth la semana que viene —le explicó Daisy—. Por favor, convénzalo para que venga.

Iris miró a su hermana horrorizada antes de volverse hacia Winston.

—Yo… ¿insisto?

Daisy resopló enfurruñada al ver la falta de resolución de su hermana y se dirigió a Winston.

—Tiene que venir, señor Bevelstoke. Sencillamente debe hacerlo. Le animará. La poesía siempre anima.

—No —espetó Iris frunciendo el ceño afligida—. La verdad es que no.

—Claro que iremos —anunció Richard.

Winston entornó los ojos peligrosamente.

—No nos lo perderíamos por nada —le aseguró Richard a Daisy.

—Los Pleinsworth son nuestros primos —comentó Iris con una mirada cómplice—. Quizá recuerden a Harriet. Tocó el violín en…

—El segundo violín —la interrumpió Daisy.

—…en el concierto de la otra noche.

Richard tragó saliva. Sólo podía estar hablando de la chica incapaz de interpretar una partitura. Aun así, no había motivo para pensar que la música tuviera nada que ver con una lectura de poesía.

—Harriet es muy aburrida —confesó Daisy—, pero sus hermanas pequeñas son encantadoras.

—A mí me gusta Harriet —afirmó Iris—. Me cae muy bien.

—En ese caso estoy seguro de que será una noche muy agradable —concluyó Richard.

Daisy esbozó una sonrisa radiante y volvió a enlazar su brazo con el de Winston, liderando el camino de vuelta a Cumberland Gate, que era por donde habían entrado al parque. Richard los siguió acompañado de Iris y adoptando un paso más lento para poder hablar con ella en privado.

—Si viniera a visitarla mañana —le preguntó en voz baja—, ¿estaría usted en casa?

Ella no lo miró, cosa que fue una lástima, porque si lo hubiera hecho habría visto cómo se volvía a sonrojar.

—Sí —susurró.

Lo decidió en ese preciso momento: se iba a casar con Iris Smythe-Smith.

# 4

Esa misma tarde
En un salón de baile de Londres


—*A*ún no han llegado —observó Daisy.

Iris fingió sonreír.

—Ya lo sé.

—Estoy vigilando la puerta.

—Eso también lo sé.

Daisy jugueteaba con el lazo de su vestido verde menta.

—Espero que al señor Bevelstoke le guste mi vestido.

—Es imposible que no le parezca encantador —dijo Iris con sinceridad.

Daisy la volvía loca casi siempre e Iris no siempre lograba hablarle con amabilidad, pero estaba encantada de hacerle cumplidos cuando se los merecía.

Su hermana era preciosa. Siempre había sido muy hermosa, tenía unos brillantes rizos rubios y los labios sonrosados. En realidad las tonalidades que compartía con su hermana no eran tan distintas, pero lo que en Daisy brillaba como el oro, en Iris parecía descolorido y pálido.

Su niñera dijo, en una ocasión, que Iris se podía perder en un cubo lleno de leche, y no fue un comentario tan descabellado.

—No tendrías que haberte puesto ese color —la regañó Daisy.

—Justo cuando estaba teniendo pensamientos bienintencionados —murmuró Iris.

A ella le gustaba la gélida seda azul de su vestido. Estaba convencida de que resaltaba el color de sus ojos.

—Tendrías que vestir colores más oscuros. Para conseguir un poco de contraste.

—¿Contraste? —repitió Iris.

—Bueno, necesitas un poco de color.

Algún día acabaría matando a su hermana. Estaba convencida.

—La próxima vez que vayas de compras —prosiguió Daisy—, déjame elegirte los vestidos.

Iris se quedó mirándola un momento. Entonces empezó a alejarse.

—Voy a por un poco de limonada.

—Coge un poco para mí, ¿quieres? —le gritó Daisy.

—No.

Iris no creía que su hermana la hubiera escuchado, pero no le importaba. Ya se acabaría dando cuenta de que no pensaba llevarle ningún refresco.

Llevaba toda la tarde mirando la puerta, igual que Daisy. Aunque ella intentaba hacerlo disimuladamente, no como su hermana. Cuando sir Richard volvió a su casa aquel mediodía, ella le mencionó que por la tarde estaría en el baile de los Mottram. Era una fiesta anual y siempre asistía mucha gente. Iris sabía que si sir Richard no tenía invitación, no le costaría mucho conseguir una. No le había confirmado que fuera a asistir, pero le había agradecido la información. Iris suponía que eso debía de significar algo.

Recorrió el perímetro del salón de baile e hizo lo que mejor se le daba hacer en fiestas como aquella: observar a los demás. Le gustaba quedarse en el perímetro de la pista de baile. Siempre observaba a sus amigos con avidez. Y a sus conocidos. Y a la gente que no conocía, y a las personas que no le caían bien. Era entretenido y, a decir verdad, la mayor parte del tiempo disfrutaba más observando que bailando. Pero esa noche...

Esa noche había alguien con quien quería bailar.

«¿Dónde se había metido?». Iris había llegado muy puntual, como se había hecho siempre. Su madre insistía mucho en que fueran puntuales. Sus hijas ya le habían explicado mil veces que la hora que los anfitriones ponían en las invitaciones a los bailes sólo era una referencia.

Pero ahora el salón de baile estaba abarrotado y ya nadie debía preocuparse por llegar demasiado pronto. Dentro de una hora más estaría...

—Señorita Smythe-Smith.

Se dio media vuelta. Sir Richard se detuvo delante de ella, estaba sorprendentemente apuesto con su traje de gala.

—No le he visto entrar —confesó, y luego se flageló mentalmente: «estúpida, estúpida». Ahora él sabría que ella estaba...

—¿Me estaba buscando? —le preguntó esbozando una sonrisa cómplice.

—Claro que no —tartamudeó ella.

Nunca se le había dado bien mentir.

Él se inclinó sobre su mano y se la besó.

—Me habría sentido muy halagado.

—No es que le estuviera buscando exactamente —explicó intentando ocultar su vergüenza—. Pero iba mirando a mi alrededor de vez en cuando. Para ver si había venido.

—Entonces me halaga que estuviera mirando a su alrededor.

Iris intentó sonreír. Pero flirtear no era lo suyo. Cuando estaba rodeada de conocidos, podía mantener cualquier conversación con elegancia e ingenio. Su punzante sarcasmo era famoso en su familia. Pero cuando estaba frente a un caballero atractivo, se le hacía un nudo en la lengua. El único motivo por el que se había comportado de un modo tan correcto aquella tarde era que no estaba segura de que él la estuviera cortejando.

Le resultaba más sencillo ser ella misma cuando había poco en juego.

—Espero que me haya reservado un baile —le comentó sir Richard.

—Tengo muchos bailes libres, señor.

Como le ocurría normalmente.

—Eso es imposible.

Iris tragó saliva. La estaba mirando con una intensidad desconcertante. Tenía los ojos oscuros, casi negros, y por primera vez en su vida comprendió a qué se referían algunas personas cuando decían que se podían ahogar en los ojos de alguien.

Ella se podría haber ahogado en sus ojos. Y habría disfrutado del descenso.

—Me cuesta creer que los caballeros de Londres sean tan tontos.

—No me importa —le confesó, y luego añadió—: De verdad —insistió cuando vio que no la creía—. Me gusta mucho observar a los demás.

—¿Ah, sí? —murmuró—. ¿Y qué ve?

Iris echó un vistazo por el salón. La pista de baile estaba llena de mujeres girando sobre sus pies y se había convertido en un torbellino de color.

—Allí —dijo señalando a una joven que estaba a unos cinco metros de distancia—. Su madre la está regañando.

Sir Richard ladeó un poco la cabeza para ver mejor.

—Yo no veo nada fuera de lo común.

—Se podría decir que recibir una regañina de una madre no es algo fuera de lo común, pero mire con más atención—. Iris señaló con discreción—. Va a tener muchos más problemas. No la está escuchando.

—¿Y puede deducir todo eso estando a cinco metros de distancia?

—Tengo bastante experiencia en regañinas.

Sir Richard se rió de su comentario.

—Supongo que debo de ser demasiado educado como para preguntar qué hizo para recibir tal regañina.

—Seguro que lo es —le contestó ella esbozando una sonrisa astuta.

Quizá estuviera aprendiendo a flirtear. En realidad era bastante agradable.

—Muy bien —le dijo asintiendo con elegancia—. Es usted muy observadora. Lo sumaré a sus muchas virtudes. Pero no me creo que no le guste bailar.

—Yo no he dicho que no me guste bailar. Sólo he dicho que no me gusta bailar todas las piezas.

—¿Y esta noche ha bailado todas las piezas?

Iris le sonrió. Se sentía atrevida y poderosa, casi no se reconocía.

—No estoy bailando esta pieza.

Cuando escuchó su impertinente comentario, Richard alzó las cejas oscuras y le hizo, de inmediato, una elegante reverencia.

—Señorita Smythe-Smith, ¿me concedería el gran honor de bailar conmigo?

Iris esbozó una enorme sonrisa, se sentía incapaz de fingir sofisticada despreocupación. Posó la mano sobre la de sir Richard y lo siguió hasta la pista de baile, donde las parejas se estaban alineando para bailar un minueto.

Los pasos eran complejos, pero por primera vez en su vida, Iris tuvo la sensación de que se movía por la pista de baile sin tener que pensar en lo que estaba haciendo. Sus pies sabían adónde tenían que dirigirse y extendía los brazos en los momentos exactos. Además, los ojos de sir Richard —ah, sus ojos— no se despegaban de los suyos ni un solo segundo, incluso cuando el baile los conducía a los brazos de nuevas parejas.

Iris nunca se había sentido tan valorada. Nunca se había sentido tan…

Deseada.

Sintió un escalofrío y dio un traspié.

¿Era eso lo que se sentía al percibir el deseo de un caballero? ¿Al final acabaría deseándolo ella también? Iris había visto cómo se enamoraban sus primas, había negado con la cabeza consternada al ver como el encaprichamiento las hacía parecer tontas. Le habían hablado de expectativas que la dejaban a una sin aliento y de besos ardientes. Y después, una vez casadas, pasaban el día entre susurros. Había secretos —que por lo visto eran muy agradables—, de los que no se hablaba con las mujeres solteras.

Iris nunca lo había entendido. Cuando sus primas le habían hablado de ese perfecto momento de deseo, justo antes de un beso, ella sólo podía pensar que le parecía asqueroso. Eso de besar a alguien en la boca… ¿Por qué querría llegar a hacerlo algún día? A ella le parecía que acabaría llena de babas.

Pero ahora, mientras se paseaba por la pista de baile de la mano de sir Richard y dejaba que él la hiciera girar, no podía evitar mirarle los labios. Y despertó algo en su interior. Era un deseo extraño; dentro de ella despertó un apetito que la dejó sin aliento.

Cielo santo, era deseo. Iris lo deseaba. Precisamente ella, que jamás había deseado coger a un hombre de la mano siquiera. Y ahora quería conocerlo.

Se quedó helada.

—¿Señorita Smythe-Smith? —Sir Richard apareció en seguida junto a ella—. ¿Ocurre algo?

Ella parpadeó y entonces se volvió a acordar de respirar.

—Nada —susurró—. Sólo me he mareado un poco.

Él la alejó de los demás bailarines.

—Deje que le traiga algo de beber.

Iris le dio las gracias y lo esperó en uno de los canapés de confidente hasta que regresó con un vaso de limonada.

—No está fría —le advirtió—, pero la otra opción era el champán, y no me ha parecido una buena elección teniendo en cuenta que está usted mareada.

—No. No, claro que no. —Dio un sorbo. Era muy consciente de que él la estaba observando—. Hacía mucho calor allí —le dijo sintiendo la necesidad de ofrecerle falsos pretextos—. ¿No le parece?

—Un poco, sí.

Dio otro trago agradecida de tener algo entre las manos en lo que centrar su atención.

—No tiene por qué quedarse aquí a vigilarme —le dijo.

—Ya lo sé.

Iris estaba intentando no mirarlo, pero la agradable sencillez de sus palabras captó su atención.

Él esbozó una sonrisa cargada de picardía.

—Se está muy bien aquí, al fondo del salón. Hay mucha gente a la que poder observar.

Ella se volvió a centrar rápidamente en su limonada. Era un cumplido velado, pero un cumplido a fin de cuentas. Nadie lo habría entendido aparte de ellos dos, y ese motivo lo hacía todavía más maravilloso.

—Me temo que no estaré aquí sentada mucho más tiempo —le dijo Iris.

Dio la impresión de que a sir Richard le brillaban los ojos.

—Esa afirmación merece una explicación.

—Ahora que me ha sacado a bailar —le dijo—. Los demás caballeros se verán obligados a seguir su ejemplo.

Richard se rió.

—Señorita Smythe-Smith, ¿de verdad piensa que los hombres somos tan poco originales?

Ella se encogió de hombros sin dejar de mirar al frente.

—Como ya le he dicho, sir Richard, me gusta mucho observar a las personas. No sé por qué los hombres actúan del modo en que lo hacen, pero le puedo asegurar que sé lo que hacen.

—¿Y se copian los unos a los otros como si fueran borregos?

Iris reprimió una sonrisa.

—Supongo que es cierto —reconoció—. Voy a tener que felicitarme por haberme fijado en usted por mí mismo.

Ella lo miró.

—Soy un hombre con muy buen gusto.

Iris intentó no resoplar. Ahora estaba exagerando. Pero se alegraba. Le resultaba más fácil permanecer indiferente cuando sus cumplidos parecían demasiado forzados.

—No tengo ningún motivo para dudar de sus observaciones —prosiguió recostándose en el sillón mientras observaba a la muchedumbre que se paseaba por el salón—. Pero como soy un hombre, y por tanto uno de sus sujetos ignorantes…

—Oh, por favor.

—No, no, debemos llamar a las cosas por su nombre. —Ladeó la cabeza hacia la de ella—. Todo sea por la ciencia, señorita Smythe-Smith.

Ella puso los ojos en blanco.

—Como iba diciendo —prosiguió adoptando un tono de voz que la desafiaba con descaro a interrumpirlo—, creo que puedo arrojar cierta luz en sus observaciones.

—Tengo mis propias hipótesis.

—Tsk tsk. Acaba de decir que no puede explicar por qué los hombres actúan del modo en que lo hacen.

—No puedo afirmarlo con seguridad, pero demostraría una lamentable falta de curiosidad si no hubiera reflexionado sobre el asunto.

—Está bien. Dígame. ¿Por qué los hombres son tan borregos?

—Ahora me ha puesto entre la espada y la pared. ¿Cómo puedo contestar a eso sin ofenderlo?

—La verdad es que no puede —admitió—, pero le prometo que no herirá mis sentimientos.

Iris suspiró, no se podía creer que estuvieran manteniendo esa conversación tan poco adecuada.

—Usted, sir Richard, no es tonto.

Él parpadeó. Y luego dijo:

—Como le he prometido, no ha herido mis sentimientos.

—Y por lo tanto —prosiguió ella con una sonrisa en los labios, porque, sinceramente, ¿quién habría conseguido no sonreír al escuchar eso?—, cuando hace algo, los demás hombres no pensarán que es usted necio. Imagino que habrá más de un joven caballero que sienta admiración por usted.

—Es usted demasiado amable —dijo arrastrando las palabras.

—En consecuencia —prosiguió Iris sin dejarse interrumpir—, cuando saca a bailar a una joven… Más concretamente a una joven que no es conocida por bailar, los demás querrán saber por qué. Se preguntarán si usted ha visto algo en esa chica que ellos han pasado por alto. E incluso aunque observen con más atención, y sigan sin encontrar nada digno de interés, no querrán que se les tache de ignorantes. Así que ellos también la sacarán a bailar.

Sir Richard no contestó en seguida, así que Iris añadió:

—Imagino que pensará que soy una cínica.

—Oh, sin ninguna duda. Pero eso no tiene por qué ser necesariamente malo.

Ella lo miró sorprendida.

—¿Disculpe?

—Creo que deberíamos hacer un experimento científico —anunció Richard.

—Un experimento —repitió ella.

¿Qué se proponía?

—Dado que ha estado usted observando a mis iguales como si fueran especímenes de un laboratorio exquisitamente decorado, le propongo que llevemos a cabo un experimento más serio.

La miró esperando una respuesta, pero ella se había quedado completamente sin habla.

—A fin de cuentas —prosiguió—, un estudio científico se basa en la adecuada recopilación y registro de datos, ¿no?

—Supongo —respondió ella con recelo.

—La acompañaré de nuevo hasta la pista de baile. Nadie se acercará a usted mientras siga sentada en el canapé de confidente. Pensarán que se ha hecho daño. O que no se encuentra bien.

—¿Ah, sí?

Iris se reclinó sorprendida. Quizá ese fuera parte del motivo por el que los hombres no la sacaban a bailar con mucha asiduidad.

—Bueno, por lo menos eso es lo que yo he pensado siempre. ¿Por qué otro motivo querría estar aquí una joven? —La miró e Iris se preguntó si su razonamiento no habría sido hipotético, pero en cuanto abrió la boca él prosiguió y dijo—: La acompañaré hasta allí y la dejaré sola. Así veremos cuántos hombres le piden un baile.

—No sea tonto.

—Y usted —continuó él como si ella no hubiera dicho nada—, deberá ser sincera conmigo. Tendrá que confesarme si le han solicitado más bailes de lo que es habitual.

—Prometo decirle la verdad —se comprometió Iris reprimiendo una carcajada.

Aquél joven tenía una forma única de decir grandes estupideces, las anunciaba como si tuvieran una gran importancia. Acabó casi convencida de que lo hacía sólo por la ciencia.

Richard se levantó y le tendió la mano.

—¿Milady?

Iris dejó el vaso de limonada vacío y se puso en pie.

—Espero que ya no esté mareada —le murmuró mientras la guiaba por el salón.

—Me parece que estoy bien.

—Perfecto. —Le hizo una reverencia—. En ese caso, me despido hasta mañana.

—¿Mañana?

—Saldremos a pasear, ¿no? Me dio permiso para ir a visitarla. He pensado que, si el tiempo nos acompaña, podríamos salir a dar una vuelta.

—¿Y si no es así? —le preguntó; se sentía un poco descarada.

—En ese caso hablaremos sobre libros. Tal vez —añadió acercando la cabeza a la suya—, sobre alguno que su hermana no haya leído.

Iris soltó una carcajada sonora y sincera.

—Creo que hasta tengo ganas de que llueva, sir Richard, y yo...

Pero la interrumpió un hombre rubio. El señor Reginald Balfour. Ya lo conocía, su hermana era buena amiga de una de las de Iris. Pero nunca había pasado de saludarla con educación.

—Señorita Smythe-Smith —dijo inclinando la cabeza tras la reverencia de Iris—. Está usted excepcionalmente hermosa esta noche.

Iris seguía apoyada en el brazo de sir Richard y notó cómo él se ponía tenso al reprimir la risa.

—¿Alguien le ha solicitado el próximo baile? —le preguntó Balfour.

—No —le contestó ella.

—En ese caso, ¿sería tan amable de bailar conmigo?

Ella miró a sir Richard y él le guiñó el ojo.


*N*oventa minutos después, Richard estaba junto a la pared mirando cómo Iris bailaba con otro caballero al que no conocía. A pesar de haber afirmado que nunca bailaba todas las piezas, esa noche parecía encaminada a conseguirlo. Daba la impresión de estar sinceramente sorprendida de recibir tanta atención. Pero no sabía si Iris estaría disfrutando.

Supuso que aunque no fuera así, vería la noche como una experiencia interesante y digna de análisis.

No fue la primera vez que pensaba que Iris Smythe-Smith era muy inteligente. Era uno de los motivos por los que la había elegido. Era una criatura racional. Ella lo comprendería.

Estaba rodeado de sombras y nadie parecía advertir su presencia, así que aprovechó para repasar su lista. Se entretuvo en elaborarla cuando tuvo que volver a Londres a toda prisa unos días atrás. Aunque en realidad no había apuntado nada. No era tan tonto como para dejar constancia escrita de una cosa como esa. Pero durante el viaje dispuso de mucho tiempo para pensar en las virtudes que debía encontrar en una esposa.

No podía ser una consentida. Ni la clase de mujer que disfrutara llamando la atención.

No podía ser tonta. Tenía buenos motivos para casarse rápido, pero era muy consciente de que tendría que vivir con la mujer que eligiera durante el resto de su vida.

Sería agradable que fuera guapa, pero no era imperativo.

No podía ser de Yorkshire. Teniendo en cuenta lo que había ocurrido, todo sería mucho más sencillo si la joven era ajena al vecindario.

Probablemente no podría ser rica. Necesitaba encontrar a una mujer que lo considerara un buen partido. Su esposa nunca lo necesitaría tanto como él a ella, pero sería más sencillo —por lo menos al principio—, si ella no se daba cuenta.

Y por encima de todo, tenía que comprender lo que significaba valorar a la familia. Era la única forma de que funcionara. La mujer que eligiera debería comprender por qué estaba haciendo todo aquello.

Iris Smythe-Smith encajaba con todas sus necesidades. Desde que la vio con su violonchelo, deseando con todas sus fuerzas que nadie la viera, Richard se había sentido atraído por ella. Llevaba varios años en sociedad, pero si le habían hecho alguna proposición de matrimonio, él lo ignoraba. Puede que no fuera un hombre rico, pero era respetable, y no había ningún motivo para que la familia de la joven no lo aprobara, en especial cuando ella no tenía ningún otro pretendiente.

Y además Iris le gustaba. ¿Se moría por echársela sobre el hombro, raptarla y amarla apasionadamente? No, pero estaba convencido de que disfrutaría de ello cuando llegara el momento.

Le gustaba. Y sabía lo bastante sobre el matrimonio como para ser consciente de que eso era mucho más de lo que tenían la mayoría de hombres cuando iban al altar.

Sólo desearía tener más tiempo. Iris era demasiado sensata como para aceptarlo haciendo tan poco que se conocían. Y para ser sincero, a él tampoco le gustaría casarse con una mujer que acostumbrara a actuar con temeridad. Se iba a ver obligado a forzar las cosas, y eso era lamentable.

Pero se recordó que aquella noche ya no podía hacer nada más. Su única tarea era ser educado y encantador para que cuando llegara el momento nadie montara mucho alboroto.

Ya había tenido alboroto suficiente para toda una vida.

# 5

—*D*aisy no —suplicó Iris—. Por favor, cualquiera menos Daisy.

—No puedes pasear por Londres con Sir Richard sin carabina —le advirtió su madre mientras se ponía bien las horquillas y observaba su reflejo en el espejo del tocador—. Ya lo sabes.

En cuanto supo que le habían pedido a Daisy que la acompañara cuando saliera con sir Richard, Iris se presentó a toda prisa en el dormitorio de su madre. Estaba convencida de que su madre comprendería que era una estupidez. Pero no, la señora Smythe-Smith estaba encantada con la idea y actuaba como si ya estuviera decidido.

Iris rodeó a su madre, se puso al otro lado del tocador y se pegó tanto al espejo que la mujer no pudo ignorarla.

—Pues me llevaré a mi doncella. Pero a Daisy no. Ella no se alejará ni un metro de nosotros y lo sabes.

La señora Smythe-Smith reflexionó sobre lo que le había dicho su hija.

—Se meterá en todas las conversaciones —la presionó Iris.

Pero su madre seguía sin parecer convencida e Iris se dio cuenta de que debía enfocar el problema desde otro ángulo. Tendría que recordarle que su hija se iba a quedar para vestir santos y esa podría ser su última oportunidad.

—Mamá —dijo—, por favor, tienes que reconsiderarlo. Si sir Richard quiere conocerme mejor, no conseguirá nada si Daisy pasa toda la tarde con nosotros.

Su madre dejó escapar un pequeño suspiro.

—Sabes que es verdad —le recordó su hija con delicadeza.

—Tienes parte de razón —reconoció la señora Smythe-Smith frunciendo el ceño—. Pero no quiero dejar de lado a Daisy.

—Es cuatro años menor que yo —protestó Iris—. Tiene tiempo de sobra para conocer a alguien. —Y luego, en voz baja, añadió—: Ahora me toca a mí.

Aunque no acabara de confiar en él, a Iris le gustaba sir Richard. El interés que demostraba por ella era extraño e inesperado. Era evidente que había buscado la forma de conocerla en el concierto; Iris era incapaz de recordar la última vez que le había pasado algo así. Y luego la había ido a visitar al día siguiente, y pasó mucho tiempo con ella en el baile de los Mottram... La situación no tenía precedentes.

No creía que tuviera mala intención; a Iris le gustaba considerarse buena juzgando el carácter de las personas, y cualesquiera que fueran sus intenciones, arruinar su reputación no estaba entre sus objetivos. Pero tampoco creía que sir Richard hubiera sido víctima de un encaprichamiento apasionado. Si ella fuera la clase de mujer de la que los hombres se enamoraran a primera vista, seguro que ya le habría ocurrido a alguien.

Pero no veía nada de malo en volver a verlo. Richard le había pedido permiso a su madre para ir a visitarla y la había tratado con gran cortesía. Todo era muy correcto y halagador, y estaba segura de que no era de extrañar que aquella noche se hubiera ido a la cama pensando en él. Era un hombre atractivo.

—¿Estás segura de que no vendrá acompañado del señor Bevelstoke? —quiso saber su madre.

—Bastante segura. Y para ser sincera, no creo que el señor Bevelstoke tenga ningún interés en Daisy.

—Ya imagino que no. Es demasiado joven para él. Está bien, te puedes llevar a Nettie. Ya ha acompañado a tus hermanas varias veces y sabrá lo que debe hacer.

—Oh, ¡gracias mamá! ¡Muchas gracias!

Iris se sorprendió de su reacción, pero se abalanzó sobre su madre y la abrazó. Se abrazaron apenas un segundo, luego las dos se pusieron tensas y se retiraron; nunca habían tenido una relación muy demostrativa.

—No creo que mi relación con sir Richard vaya a ninguna parte —explicó Iris; no tenía sentido que dejara que sus esperanzas traspasaran su imaginación—. Pero estoy convencida de que, si viene Daisy, será un auténtico desastre.

—Me encantaría que supiéramos un poco más sobre él —rumió su madre con el ceño fruncido—. Hacía muchos años que no venía a la ciudad.

—¿Lo conociste cuando Marigold estaba en sociedad? —preguntó Iris—. ¿O en la época de Rose o Lavender?

—Creo que estaba en la ciudad cuando Rose hizo su debut —recordó su madre refiriéndose a la hermana mayor de Iris—, pero no nos movíamos en los mismos círculos.

Iris no sabía qué pensar.

—Era joven —aclaró su madre haciendo un gesto evasivo con la mano—. No estaba pensando en casarse.

Iris pensó con ironía que eso demostraba que había sido un poco libertino.

—Pero he hablado de él con tu tía —prosiguió su madre sin molestarse en aclarar a cuál de sus tías se refería. Iris supuso que no importaba: todas eran grandes fuentes de información—. Me dijo que había heredado el título de *baronet* hacía algunos años.

Iris asintió. Eso ya lo sabía.

—Su padre vivía por encima de sus posibilidades.

La señora Smythe-Smith frunció los labios con desaprobación.

Cosa que probablemente convertía a Richard en un cazafortunas.

—Pero no parece que su hijo actúe del mismo modo —reflexionó la madre de Iris.

Entonces sería un cazafortunas con principios. Él no había adquirido sus deudas, sencillamente había tenido la mala suerte de heredarlas.

—Es evidente que está buscando esposa —prosiguió la señora Smythe-Smith—. No hay otro motivo para explicar que un caballero de su edad regrese a la ciudad después de haberse ausentado durante tantos años.

—Es el tutor de sus dos hermanas pequeñas —le explicó Iris—. Puede que le esté resultando difícil educarlas sin la ayuda de una influencia femenina en la casa.

Pero en cuanto lo dijo empezó a pensar que la futura lady Kenworthy se enfrentaría al mismo desafío. ¿No le había dicho que una de sus hermanas ya tenía dieciocho años? Ya era lo bastante mayor como para no apreciar los consejos de la nueva esposa de su hermano.

—Es un hombre sensato —dijo la señora Smythe-Smith pensativa—. El hecho de que sepa reconocer que necesita ayuda dice mucho en su favor. Aunque es imposible no preguntarse por qué no lo haría hace ya algunos años.

Iris asintió.

—Si su padre era tan derrochador como se rumorea, sólo podemos especular sobre las condiciones de su propiedad. Espero que no piense que tienes una dote muy cuantiosa.

—Mamá... —dijo Iris suspirando.

No quería hablar sobre eso. Por lo menos en ese momento.

—No sería el primero en cometer ese error —dijo la señora Smythe-Smith con alegría—. Como tenemos tantas relaciones aristocráticas, que son muy buenas, dicho sea de paso, la gente parece creer que tenemos más de lo que poseemos.

Iris fue lista y se mordió la lengua. Era mejor no interrumpir a su madre cuando estaba dando un sermón sobre temas de sociedad.

—Ya nos pasó con Rose, ¿sabes? Por algún motivo, se corrió la voz de que tenía quince mil. ¿Te lo puedes creer?

A Iris le parecía increíble.

—Quizá si hubiéramos tenido sólo una hija —comentó su madre—. ¡Pero sois cinco! —Soltó una pequeña carcajada, la clase de risa que transmite incredulidad e ilusión—. Tendremos suerte si tu hermano acaba heredando algo para cuando estéis todas casadas.

—Estoy segura de que a John le irá bien —opinó Iris.

Su único hermano tenía tres años menos que Daisy y todavía seguía en la escuela.

—Si tiene suerte, será él quien encuentre una chica con una dote de quince mil libras —dijo su madre riendo con sarcasmo. Se levantó de repente—. Bueno, podemos quedarnos aquí sentadas toda la mañana especulando sobre los motivos de sir Richard, o podemos empezar a hacer cosas—. Miró el reloj del tocador—. Supongo que no te dijo cuándo pensaba llegar, ¿no?

Iris negó con la cabeza.

—En ese caso deberías asegurarte de que estás preparada para cuando llegue. No sería bueno que le hicieras esperar. Ya sé que algunas mujeres piensan que es mejor no demostrar impaciencia, pero ya sabes que a mí la impuntualidad me parece una grosería.

Justo cuando Iris se marchaba, alguien llamó a la puerta, y cuando madre e hija levantaron la cabeza se encontraron con una doncella en la entrada.

—Disculpe, milady —dijo la empleada—. Pero lady Sarah está en el salón.

—Vaya, qué sorpresa tan agradable —comentó la señora Smythe-Smith—. Estoy segura de que ha venido a verte a ti, Iris. Venga, ve.

Iris bajó las escaleras para saludar a su prima, lady Sarah Prentice, de soltera lady Sarah Pleinsworth. La madre de Sarah y el padre de Iris eran hermanos, y como sus hijos tenían casi las mismas edades, también se querían como hermanos.

Sarah e Iris sólo se llevaban seis meses y siempre se habían llevado bien, pero estaban más unidas desde que Sarah se casó con lord Hugh Prentice el año anterior. Tenían otra prima de su edad, pero Honoria pasaba la mayor parte del tiempo en compañía de su marido en Cambridgeshire, mientras que tanto Sarah como Iris vivían en Londres.

Cuando Iris llegó al salón, Sarah estaba sentada en el sofá verde hojeando *Orgullo y prejuicio*, libro que, con toda seguridad, había abandonado allí mismo la madre de Iris el día anterior.

—¿Lo has leído? —preguntó Sarah sin preámbulos.

—Varias veces. Yo también me alegro de verte.

Sarah esbozó una mueca.

—Todos necesitamos tener a alguien con quien podamos saltarnos todos los protocolos.

—Era una broma —le explicó Iris.

Sarah miró hacia la puerta.

—¿Está Daisy?

—Estoy segura de que se está haciendo la interesante. Todavía no te ha perdonado por haberla amenazado con darle una azotaina con el arco de su violín antes del concierto.

—Ah, no, eso no fue ninguna amenaza. Lo dije muy en serio. Esa chica tiene suerte de tener tan buenos reflejos.

Iris se rió.

—¿A qué debo tu visita? ¿O sólo te morías de ganas de gozar de mi espectacular compañía?

Sarah se inclinó hacia delante: había un brillo danzarín en la oscuridad de sus ojos.

—Creo que ya sabes por qué estoy aquí.

Iris sabía muy bien a qué se refería, pero aun así, se inclinó hacia delante y miró a su prima a los ojos.

—Ilumíname.

—¿Sir Richard Kenworthy?

—¿Qué le pasa?

—Lo vi correr detrás de ti después del concierto.

—No corrió detrás de mí.

—Ya lo creo que sí. Mi madre no hablaba de otra cosa.

—Me cuesta creerlo.

Sarah se encogió de hombros.

—Me parece que estás metida en un buen lío, querida prima. Como yo ya estoy casada y mis hermanas aún no son lo bastante mayores para mezclarse con la sociedad, mi madre ha decidido centrar toda su energía en ti.

—Cielo santo —exclamó Iris sin un ápice de sarcasmo.

Su tía Charlotte se tomaba su deber de alcahueta muy en serio.

—Por no mencionar… —prosiguió Sarah imprimiendo un gran dramatismo a sus palabras—. ¿Qué ocurrió en el baile de los Mottram? No asistí, pero es evidente que debería haber ido.

—No pasó nada. —Iris puso su mejor cara de despreocupación—. Si te refieres a sir Richard, sólo bailé con él.

—Según Marigold…

—¿Cuándo has hablado con Marigold?

La prima de Iris hizo un gesto con la mano para quitarle importancia.

—Eso da igual.

—¡Pero si Marigold ni siquiera estaba!

—Se lo contó Susan.

Iris se recostó en el sofá.

—Dios mío, tenemos demasiadas primas.

—Ya lo sé. Es verdad. Pero volvamos al tema. Marigold dijo que Susan le había contado que prácticamente fuiste la princesa del baile.

—Eso es una completa exageración.

Sarah señaló a Iris con el dedo índice con la velocidad de un detective experto.

—¿Acaso niegas que bailaste todas las piezas?

—Sí, lo niego.

Había estado sentada durante algunas piezas antes de que llegara sir Richard.

Sarah hizo una pausa, parpadeó y luego frunció el ceño.

—Marigold no suele equivocarse con los chismorreos.

—Bailé más de lo que bailo normalmente —admitió Iris—, pero te aseguro que no fueron todas las piezas.

—Mmmm.

Iris miró a su prima con recelo. No era bueno que Sarah reflexionara tanto.

—Creo que ya sé lo que ocurrió —confesó Sarah.

—Por favor, ilumíname.

—Bailaste con sir Richard —prosiguió Sarah— y luego pasaste una hora hablando a solas con él.

—No fue una hora, ¿y cómo lo sabes?

—Yo sé muchas cosas —le respondió Sarah con ligereza—. Es mejor no preguntar cómo lo sé. O por qué.

—¿Cómo le va a Hugh viviendo contigo? —le preguntó Iris mirando hacia el salón.

—Le va muy bien, gracias. —Sarah sonrió—. Pero volvamos a ayer por la noche. Sea cual fuere la cantidad de tiempo que pasaras en compañía del guapísimo sir Richard —no, no me interrumpas, le vi con mis propios ojos en el concierto, y es bastante agradable a la vista—, eso te dejó…

Entonces guardó silencio e hizo esa cosa tan extraña que hacía con la boca, un gesto que hacía siempre que estaba pensando en algo. Desplazaba la mandíbula inferior hacia un lado de forma que sus dientes se desalineaban, y enroscaba los labios de una forma muy divertida. A Iris siempre le había parecido una expresión desconcertante.

Sarah frunció el ceño.

—Te dejó…

—¿Me dejó cómo? —preguntó.

—Estoy intentando encontrar la palabra adecuada.

Iris se levantó.

—Voy a pedir que nos traigan un poco de té.

—¡Sin respiración! —exclamó Sarah—. Te quedaste sin respiración. Y estabas radiante.

Iris puso los ojos en blanco y tiró de la cuerda de la campanilla.

—Necesitas encontrar un pasatiempo.

—Y cuando una mujer se siente radiante, está radiante —prosiguió Sarah.

—Eso parece incómodo.

—Y cuando…

—Le pica la piel y le sudan las cejas —intervino Iris—. Parece un sarpullido.

—¿Podrías dejar de ser tan aguafiestas? —espetó Sarah malhumorada—. Iris, eres la persona menos romántica que conozco.

Iris se detuvo de regreso al sofá y apoyó las manos en el respaldo. ¿Sería verdad? Ya sabía que no era sentimental, pero no era una persona sin sentimientos. Había leído seis veces *Orgullo y prejuicio*. Eso tenía que significar algo.

Pero Sarah no se dio cuenta de su preocupación.

—Y como iba diciendo —prosiguió su prima—, cuando una mujer se siente guapa, lo transmite.

Iris estaba a punto de decirle que ella no podía saberlo, pero se reprimió.

No quería ser sarcástica. Por lo menos acerca de ese tema.

—Y cuando pasa eso —teorizó Sarah—, los hombres se apiñan a su alrededor. Las mujeres que están seguras de sí mismas tienen algo. Algo... No sé... *je ne sais quoi*, como dicen los franceses.

—Estoy pensando en pasarme al alemán —se escuchó decir Iris.

Sarah se detuvo y la miró fijamente con desconcierto, pero luego prosiguió como si no la hubiera interrumpido.

—Y ese, querida prima —concluyó con gran elegancia—, es el motivo de que hasta el último hombre de Londres quisiera bailar contigo ayer por la noche.

Iris rodeó el sofá y se sentó con las manos sobre el regazo mientras pensaba en lo que había dicho Sarah. No estaba segura de creérselo, pero no podía ignorarlo sin pensarlo siquiera.

—Estás muy callada —observó Sarah—. Estaba convencida de que discutirías mi teoría.

—No sé qué decir —admitió Iris.

Sarah la miró con curiosidad.

—¿Estás bien?

—Perfectamente. ¿Por qué lo preguntas?

—Pareces distinta.

Iris se encogió un poco de hombros.

—Quizá sea porque estoy radiante, como has dicho.

—No —espetó Sarah—, no es por eso.

—Vaya, qué poco ha durado —bromeó Iris.

—Mira, ahora ya vuelves a parecer tú.

Iris sonrió y negó con la cabeza.

—¿Cómo estás tú? —le preguntó en un intento poco sutil por cambiar de tema.

—Muy bien —respondió Sarah esbozando una gran sonrisa, y entonces Iris percibió algo.

—Tú también pareces distinta —dedujo mirándola más de cerca.

Sarah se sonrojó.

Iris jadeó.

—¿Estás embarazada?

Sarah asintió.

—¿Cómo lo has sabido?

—Cuando le dices a una mujer casada que parece distinta y se sonroja… —Iris sonrió—. No puede ser por otra cosa.

—Tú te das cuenta de todo, ¿no?

—Casi de todo —puntualizó Iris—. Pero todavía no me has dado la oportunidad de felicitarte. Es una noticia maravillosa. Por favor, dile a lord Hugh que le deseo mucha felicidad. ¿Cómo te encuentras? ¿Tienes náuseas?

—Para nada.

—Vaya, qué suerte. Rose se pasó tres meses devolviendo cada mañana.

Sarah esbozó una mueca solidaria.

—Yo me encuentro muy bien. Quizá esté un poco cansada, pero no demasiado.

Iris le sonrió a su prima. Le parecía muy extraño pensar que Sarah pronto se convertiría en madre. Ellas habían jugado juntas de niñas, se habían quejado juntas sobre el concierto. Y ahora Sarah había pasado a la siguiente etapa de su vida.

Pero Iris todavía…

Estaba allí.

—Le quieres mucho, ¿verdad? —le preguntó en voz baja.

Sarah tardó un poco en contestar. Miró a su prima con curiosidad.

—Sí —admitió con solemnidad—. Con toda mi alma.

Iris asintió.

—Ya lo sé. —Pensó que Sarah hablaría, quizá para preguntarle por qué le había hecho una pregunta tan tonta, pero su prima se quedó callada hasta que Iris no pudo evitar preguntar—: ¿Cómo lo supiste?

—¿Saberlo?

—Que le querías.

—Yo… —Sarah se paró a pensar—. No estoy segura. No recuerdo el momento exacto. Es gracioso, siempre pensé que si algún día me enamoraba, lo haría de una forma muy espectacular. Ya sabes, con fuegos artificiales, ángeles cantando… esas cosas.

Iris sonrió. Aquello era muy propio de Sarah. Siempre había sido muy dramática.

—Pero no fue así en absoluto —prosiguió su prima pensativa—. Recuerdo haberme sentido extraña y preguntarme sobre lo que me estaba pasando, intentaba decidir si lo que sentía era amor.

—¿Entonces es posible que alguien pueda no saber lo que le está pasando?

—Supongo.

Iris se mordió el labio inferior y susurró:

—¿Fue cuando te besó por primera vez?

—¡Iris! —Sarah sonrió sorprendida y encantada—. ¡Menuda pregunta!

—No es tan indecorosa —afirmó Iris mirando un punto de la pared que estaba a la izquierda del rostro de su prima.

—Ya lo creo que sí. —Sarah alzó la barbilla sorprendida—. Pero me encanta que me lo hayas preguntado.

Iris no esperaba que le contestara eso.

—¿Por qué?

—Porque siempre me habías parecido tan… —Sarah hizo un movimiento con la mano y la giró en el aire, como si así pudiera encontrar la palabra correcta—, tan ajena a todas estas cosas.

—¿Qué cosas? —preguntó Iris con recelo.

—Bueno, ya sabes. Emociones. Enamoramientos. Tú siempre has sido muy tranquila. Incluso cuando te enfadas.

Se puso a la defensiva.

—¿Es que hay algo de malo en eso?

—Claro que no. Sencillamente eres así. Y, la verdad, es muy probable que ese sea el motivo de que Daisy haya conseguido cumplir los diecisiete años y no la hayas matado aún. Aunque seguro que nunca se da cuenta.

Iris no pudo reprimir una sonrisa irónica. Era agradable saber que había alguien que valoraba la paciencia que tenía con su hermana pequeña.

Sarah entornó los ojos y se inclinó hacia delante.

—Esto es por sir Richard, ¿verdad?

Iris sabía que era inútil negarlo.

—Es que creo… —Apretó los labios; le preocupaba un poco pensar que si no lo hacía se le escaparían un montón de tonterías—. Me gusta —admitió al fin—. No sé por qué, pero es así.

—No tienes por qué saber el motivo. —Sarah le estrechó la mano—. Parece que tú también le gustas a él.

—Creo que sí. Me ha estado prestando mucha atención.

—¿Pero?

Miró a su prima a los ojos. Tendría que haber imaginado que Sarah escucharía el silencioso «pero» que había al final de la frase.

—Pero no lo sé —admitió Iris—. Hay algo raro.

—¿Es posible que estés buscando problemas donde no los hay?

Respiró hondo y soltó el aire.

—Podría ser. Pero tampoco puedo compararlo con nadie.

—Eso no es verdad. Has tenido otros pretendientes.

—No muchos. Y nunca he tenido ninguno que me gustara lo suficiente como para que me importara si seguía interesado por mí.

Sarah suspiró, pero no se lo discutió.

—Está bien, dime qué es eso que te parece tan raro, como tú dices.

Iris ladeó la cabeza y levantó la vista momentáneamente hipnotizada por el rayo de sol que se reflejaba en la lámpara de araña.

—Creo que le gusto demasiado —espetó por fin.

Sarah soltó una sonora carcajada.

—¿Y eso es lo que te parece tan raro? Iris, tienes idea de cuántas…

—Espera —la interrumpió Iris—. Escúchame. Esta es mi tercera temporada en Londres, y aunque admito que no he sido la más participativa de las debutantes, nunca he sido objeto de tan cálidas atenciones.

Su prima abrió la boca para hablar, pero Iris levantó la mano para impedírselo.

—Tampoco es porque sus atenciones sean tan cálidas… —Notó cómo se sonrojaba. Había elegido una combinación de palabras muy estúpidas—. El problema es que son muy repentinas.

—¿Repentinas?

—Sí. Probablemente no le vieras durante el concierto porque le dabas la espalda a la mayor parte del público.

—Querrás decir que estaba intentando saltar sobre el pianoforte para cerrar la tapa —bromeó Sarah.

—Exacto —dijo Iris soltando una pequeña carcajada.

De todas sus primas, Sarah era la única que odiaba el concierto tanto como ella.

—Lo siento —dijo Sarah—. No he podido aguantarme. Por favor, continúa.

Iris frunció los labios y recuperó el hilo de la conversación.

—Estuvo mirándome todo el tiempo —explicó.

—Puede que le parecieras guapa.

—Sarah —dijo Iris con sinceridad—, yo no le parezco guapa a nadie. Por lo menos a primera vista.

—¡Eso no es verdad!

—Ya sabes que sí. Y no me importa. Te lo prometo.

Sarah no parecía convencida.

—Ya sé que no soy fea —le aseguró Iris—. Pero tal como dijo Daisy...

—Oh, no —la interrumpió su prima—, no cites a Daisy.

—No —dijo Iris intentando ser justa—. De vez en cuando dice algo con sentido. Y a mí me falta color.

Sarah la miró a los ojos un buen rato y luego dijo:

—Ese es el comentario más estúpido que he oído en mi vida.

Iris alzó las cejas. Sus pálidas y descoloridas cejas.

—¿Conoces alguna mujer que sea tan pálida como yo?

—No, pero eso no significa nada.

Iris suspiró con frustración mientras intentaba ordenar sus pensamientos.

—Lo que intento decir es que estoy acostumbrada a que la gente me subestime. A que me ignoren.

Sarah la miró y le dijo:

—¿De qué estás hablando?

Iris resopló con frustración. Ya sabía que su prima no la entendería.

—La gente ni siquiera me mira. Y te juro que no pasa nada. Yo no quiero ser el centro de atención.

—Tú no eres tímida —le recordó Sarah.

—No, pero me gusta poder observar a la gente y... —se encogió de hombros—, para ser sincera, burlarme de ellos.

Sarah se rió.

—Todo es muy distinto cuando conozco a la gente —prosiguió Iris—. Y por eso no comprendo a sir Richard Kenworthy.

Su prima guardó silencio durante un minuto. De vez en cuando abría la boca como si fuera a hablar, pero sus labios sólo dibujaban una *o*, y luego los volvía a cerrar. Al final le preguntó:

—¿Pero a ti te gusta?

—¿Es que no me escuchas? —explotó Iris.

—¡Cada palabra! —insistió Sarah—. Pero no entiendo que nada de esto importe, por lo menos de momento. Lo único que sabemos es que te miró y se enamoró de ti desesperadamente. Está claro que se comporta como un hombre enamorado.

—No está enamorado de mí —afirmó Iris.

—Puede que todavía no. —Sarah dejó sus palabras suspendidas en el aire durante unos momentos antes de preguntar—: ¿Qué le dirías si te pidiera que te casaras con él esta misma tarde?

—Eso es ridículo.

—Ya lo sé, pero quiero saberlo. ¿Qué le dirías?

—No le diría nada porque no me lo va a pedir.

Sarah frunció el ceño.

—¿Podrías dejar de ser tan obcecada un minuto y complacerme?

—¡No! —Iris estaba a punto de ponerse a agitar los brazos de exasperación—. No entiendo qué sentido tiene tratar de averiguar lo que respondería a una pregunta que no se va a formular.

—Le dirías que sí —opinó Sarah.

—No es verdad —protestó Iris.

—Entonces le dirías que no.

—Tampoco he dicho eso.

Su prima se recostó y asintió despacio con una expresión engreída en el rostro.

—¿Qué estás pensando? —preguntó Iris.

—No quieres plantearte la pregunta porque tienes miedo de analizar tus sentimientos.

Iris no le contestó.

—Tengo razón —concluyó Sarah triunfante. Y luego añadió—: Me encanta tener razón.

Iris inspiró hondo, pero no sabía si lo hacía para apaciguarse o para reunir fuerzas.

—Si me pidiera que me casara con él —dijo pronunciando cada palabra con precisión—, le diría que necesito tiempo para contestarle.

Sarah asintió.

—Pero no me lo va a pedir.

Su prima sonrió.

—Oh, mira, ya nos traen el té. Estoy muerta de hambre.

—No me lo va a pedir.

Iris hablaba con un tono cantarín.

—Me iré en cuanto nos hayamos tomado el té —anunció Sarah—. Por muchas ganas que tenga de conocerlo, no quiero estar aquí cuando llegue. Podría entrometerme.

—No me lo va a pedir.

—Oh, cómete una galleta.

—No me lo va a pedir —repitió Iris. Y luego se sintió obligada a añadir—: No lo hará.

# 6

Cinco días después
Mansión Pleinsworth

*H*abía llegado la hora.

Ya hacía una semana que Richard había visto a Iris Smythe-Smith por primera vez en esa misma casa. Y ahora iba a proponerle matrimonio.

O algo así.

La había ido a visitar cada día desde el baile de los Mottram. Habían paseado por el parque, compraron helados en Gunther's, compartieron un reservado en la ópera y visitaron Covent Garden. Resumiendo, habían hecho todo lo que se suponía que debía hacer una pareja en pleno cortejo. Estaba completamente seguro de que la familia de Iris esperaba que se declarara.

Aunque no tan pronto.

Sabía que Iris le tenía cierto aprecio. Incluso se podría estar preguntando si se estaba enamorando. Pero si le pedía la mano aquella misma noche, estaba casi seguro de que no estaría preparada para darle una respuesta inmediata.

Suspiró. No era así como se había imaginado que encontraría esposa.

Aquella noche había ido solo. Winston se había negado rotundamente a asistir a cualquier actuación artística protagonizada por la familia Smythe-Smith; no le importaba que Richard ya hubiera aceptado en su nombre. En ese momento, Winston estaba en casa con un falso catarro y Richard aguardaba de pie en la esquina preguntándose por qué habrían llevado un piano al salón.

Y por qué parecía decorado con ramitas.

Echó un rápido vistazo por la sala y advirtió que lady Pleinsworth había confeccionado programas para la velada, aunque a él no le habían dado ninguno a pesar de haber llegado hacía ya casi cinco minutos.

—Por fin le encuentro.

Se volvió en dirección a aquella suave voz y vio a Iris parada delante de él con un sencillo vestido de pálida muselina azul. Advirtió que se ponía mucho ese color. Le sentaba bien.

—Siento haberle dejado solo —se disculpó—. Pero me requerían entre bambalinas.

—¿Bambalinas? —repitió—. Creía que esto era una lectura de poesía.

—Ah, eso —dijo. Sabía que se estaba sonrojando. Se sentía culpable—. Ha habido un cambio de planes.

Richard ladeó la cabeza sin comprender nada.

—Creo que debería conseguirle un programa.

—Sí, cuando he llegado no me han dado ninguno.

Iris carraspeó unas seis veces.

—Me parece que se ha decidido no entregar programas a los caballeros, a menos que los pidieran.

Él reflexionó sobre lo que le había dicho.

—¿Puedo preguntar por qué?

—Me parece —dijo mirando al techo—, que les preocupaba un poco la posibilidad de que pudieran decidir no quedarse.

Richard miró el piano horrorizado.

—Oh, no —se apresuró a asegurarle Iris—. No habrá música. Que yo sepa. No es un concierto.

Aun así, Richard abrió los ojos como platos presa del pánico. ¿Dónde estaba Winston con sus pequeñas bolitas de algodón cuando lo necesitaba?

—Me está asustando, señorita Smythe-Smith.

—¿Significa eso que no quiere el programa? —le preguntó esperanzada.

Él se inclinó ligeramente hacia ella. No se acercó lo suficiente como para transgredir las leyes del decoro, pero sí lo bastante como para que ella lo advirtiera.

—Creo que es mejor estar preparado, ¿no le parece?

Ella tragó saliva.

—Espere un momento.

Richard aguardó mientras ella cruzaba el salón y se acercaba a lady Pleinsworth. Al poco regresó con una hoja de papel.

—Tenga —le dijo con vergüenza tendiéndole el programa.

Él lo cogió y le echó un vistazo. Luego se dirigió a ella.

—¿*La pastorcilla, el unicornio y Enrique VIII*?

—Es una obra de teatro. La ha escrito mi prima Harriet.

—Y nosotros tenemos que verla —confirmó él con cautela.

Ella asintió.

Richard carraspeó.

—¿Y tiene idea de cuánto dura la representación?

—No es tan larga como el concierto —le aseguró—. O eso creo. Sólo he visto los últimos minutos de la prueba de vestuario.

—¿Debo asumir entonces que el piano forma parte del decorado?

Ella asintió.

—Me temo que no es nada comparado con los disfraces.

Richard no se atrevía a preguntar.

—A mí me ha tocado colocarle el cuerno al unicornio.

Él intentó no reírse. Y estuvo a punto de conseguirlo.

—No sé cómo se lo quitará Frances cuando acabe la obra —le explicó Iris con nerviosismo—. Se lo he pegado a la cabeza.

—Ha pegado el cuerno a la cabeza de su prima —le repitió.

Iris esbozó una mueca.

—Exacto.

—¿Siente usted mucho aprecio por su prima?

—Ya lo creo. Tiene once años y es encantadora. La cambiaría por Daisy sin dudar.

Richard tenía la sensación de que Iris cambiaría a Daisy por un tejón si tuviera la oportunidad.

—Un cuerno —repitió de nuevo—. Bueno, supongo que no se puede ser un unicornio sin cuerno.

—Exacto —dijo Iris con renovado entusiasmo—. A Frances le encanta. Adora los unicornios. Vive convencida de que existen de verdad y creo que, si pudiera, se transformaría en uno.

—Pues, por lo visto, ha dado el primer paso para conseguir tan noble propósito —argumentó Richard—. Gracias a su amable colaboración.

—Ah, sí. Espero que nadie le cuente a mi tía Charlotte que he sido yo quien se lo ha pegado.

Richard no creía que fuera a tener mucha suerte en ese aspecto.

—¿Hay alguna posibilidad de que le guarden el secreto?

—Ninguna en absoluto. Pero prefiero aferrarme a mis falsas esperanzas. Con un poco de suerte, esta noche alguien provocará un escándalo y nadie se dará cuenta de que Frances se va a la cama con el cuerno pegado a la cabeza.

Richard empezó a toser. No podía parar. Cielo santo, ¿se había tragado una mota de polvo o se debía al sentimiento de culpabilidad?

—¿Está usted bien? —le preguntó Iris con cara de preocupación.

Él asintió, era incapaz de verbalizar una respuesta. Un escándalo decía, si ella supiera…

—¿Le traigo algo para beber?

Richard volvió a asentir. Tenía tantas ganas de beber algo como de dejar de mirarla.

Se convenció de que cuando acabara todo aquello, Iris estaría feliz. Sería un buen marido para ella. No le faltaría de nada.

Excepto la posibilidad de elegir.

Richard rugió. No esperaba que lo que se disponía a hacer le provocara tal sentimiento de culpabilidad.

—Tenga. —Iris le ofreció una copa de cristal—. Un poco de vino dulce.

Richard asintió agradecido y dio un sorbo para coger fuerzas.

—Gracias —dijo con la voz ronca—. No sé qué me ha pasado.

Ella hizo un sonido comprensivo y señaló el piano cubierto de decoración selvática.

—Es muy probable que todas las ramas que ha traído Harriet hayan llenado el ambiente de polvo. Ayer pasó varias horas en Hyde Park recogiendo todo lo que necesitaba.

Richard asintió de nuevo y vació el vaso de un trago. Luego lo dejó encima de una mesa.

—¿Se sentará conmigo? —le preguntó.

Aunque diera por hecho que ella se sentaría con él, creyó que debía invitarla formalmente.

—Me encantaría —le respondió esbozando una sonrisa—. Además, es muy probable que necesite usted un intérprete.

Richard abrió los ojos alarmado.

—¿Intérprete?

Ella se rió.

—No se preocupe, es en inglés. Es sólo que… —Se volvió a reír con más ganas—. Harriet tiene un estilo muy particular.

—Le tiene usted mucho cariño a su familia —observó.

Iris hizo ademán de responder, pero entonces vio algo por detrás de él que le llamó la atención. Richard se volvió para ver lo que estaba mirando, pero ella ya había empezado a decir:

—Mi tía nos está haciendo señas. Creo que deberíamos tomar asiento.

Richard se sentó junto a ella en la primera fila. Estaba un poco nervioso. Observó el piano, que imaginó que marcaba el inicio del escenario. Las voces del público se fueron apagando hasta convertirse en un susurro, y luego se hizo el silencio cuando lady Harriet Pleinsworth salió de entre las sombras vestida con las humildes ropas de una pastorcilla, bastón incluido.

—¡Qué precioso y brillante día! —proclamó haciendo una pausa para apartarse del rostro uno de los lazos de su cofia con visera—. Qué suerte tengo de poseer tan noble rebaño.

No ocurrió nada.

—¡Tan noble rebaño! —repitió un poco más alto.

Se escuchó un estruendo seguido de un gruñido y alguien que siseaba «¡estate quieto!», y entonces aparecieron cinco niños pequeños disfrazados de ovejas.

—Mis primos —murmuró Iris—. La próxima generación.

—Brilla el sol —prosiguió Harriet extendiendo los brazos en un gesto suplicante.

Pero Richard estaba fascinado con las ovejas y ya no escuchaba el parlamento de la pastorcilla. La mayor del grupo estaba balando con tanta fuerza que Harriet tuvo que acabar dándoles un pequeño puntapié, y una de las más pequeñas —cielo santo, la niña no podía tener más de dos años—, había gateado hasta el piano y estaba lamiendo una de las patas.

Iris se tapó la boca con la mano e intentó no reírse.

La representación prosiguió en la misma línea durante varios minutos y la pálida pastorcilla siguió alabando las maravillas de la naturaleza, hasta que alguien hizo repicar un par de platillos en alguna parte y Harriet gritó (igual que una buena parte del público).

—He dicho —rugió la pastorcilla—, que tenemos suerte de que no parezca que vaya a llover esta semana.

Los platillos sonaron de nuevo y a continuación se escuchó una voz que gritaba:

—¡Trueno!

Iris jadeó y se llevó la otra mano a la boca. Al poco la escuchó susurrar la palabra «Elizabeth» horrorizada.

—¿Qué está pasando? —le preguntó.

—Me parece que la hermana de Harriet ha cambiado el guión. Se van a saltar todo el primer acto.

Por suerte, no se dio cuenta de que Richard trataba de reprimir una sonrisa. Lo impidió la aparición de un grupo de cinco cuervos. Eran las ovejas de antes, que habían reaparecido en el escenario con trozos de tela marrón enganchados en la lana.

—¿Cuándo llega el unicornio? —le susurró a Iris.

Ella se encogió de hombros con impotencia. No lo sabía.

Enrique VIII hizo su aparición pocos minutos después. Su túnica de estilo tudor estaba tan llena de almohadones, que la niña que iba dentro apenas podía caminar.

—Esa es Elizabeth —murmuró Iris.

Richard asintió con complicidad. Si alguien le obligara a ponerse ese disfraz, él también querría saltarse el primer acto.

Pero no fue nada en comparación con el momento en el que el unicornio apareció en escena. Su forma de relinchar era aterradora y el cuerno era enorme.

Richard se quedó con la boca abierta.

—¿Le ha pegado eso en la frente? —le susurró a Iris.

—Era la única forma de sujetarlo —le contestó en voz baja.

—No puede ni levantar la cabeza.

Ambos miraron el escenario espantados. La pequeña lady Frances Pleinsworth se tambaleaba como un borracho, el cuerno pesaba tanto que no conseguía mantenerse derecha.

—¿De qué está hecho? —preguntó Richard con un hilo de voz.

Iris levantó las manos.

—No lo sé. No creí que pesaría tanto. Puede que forme parte de la actuación.

Richard la observó horrorizado. Pensó que quizá tuviera que saltar al escenario para evitar que la niña corneara a alguno de los espectadores de la primera fila.

Después de una eternidad, llegaron a lo que parecía el final de la obra y el rey Enrique ondeó un muslo de pavo en el aire y proclamó:

—¡En adelante esta tierra será mía por siempre jamás!

Y pareció que todo estaba perdido para la pobre y dulce pastorcilla y su extraño rebaño mutante. Pero entonces se oyó un poderoso rugido…

—¿Hay un león? —se preguntó Richard.

…y el unicornio saltó a escena.

—¡Muere! —gritó el animal—. ¡Muere! ¡Muere! ¡Muere!

Richard miró a Iris confundido. Hasta aquel momento, el unicornio no había dado ninguna señal de que pudiera hablar.

El grito aterrado de Enrique fue tan escalofriante que la mujer que estaba sentada detrás de Richard murmuró:

—Qué bien lo hacen.

Richard volvió a mirar a Iris con disimulo: la joven observaba boquiabierta cómo Enrique saltaba sobre una vaca y se escondía detrás del piano tropezando con la oveja más pequeña, que seguía lamiendo la pata del instrumento.

Enrique intentó levantarse, pero el unicornio, que muy probablemente fuera rabioso, era más rápido. Se lanzó contra el asustado monarca con la cabeza siempre agachada y le clavó el cuerno en su enorme barriga acolchada.

Alguien gritó y Enrique se desplomó entre una nube de plumas.

—No creo que nada de esto estuviera en el guión —susurró Iris horrorizada.

Richard no podía dejar de mirar el macabro espectáculo del escenario. Enrique estaba tendido en el suelo con el cuerno del unicornio clavado en la tripa, que por suerte era de mentira. Cosa que ya era mala de por sí pero, además, el cuerno seguía pegado a la cabeza del unicornio. Cosa que significaba que cada vez que Enrique se revolcaba por el suelo, arrastraba consigo al unicornio por la cabeza.

—¡Apártate! —gritó Enrique.

—Ya lo intento —le rugió el unicornio.

—Creo que está atascada —le comentó Richard a Iris.

—¡Cielo santo! —gritó llevándose la mano a la boca—. ¡El pegamento!

Una de las ovejas corrió a ayudar, pero resbaló con una pluma y se enredó entre las piernas del unicornio.

La pastorcilla, que lo había estado observando todo tan sorprendida como el público, pensó que debía salvar la representación y se puso a cantar.

—Oh, bendito sol —entonó—. ¡Cómo brillan tus cálidos rayos!

Y entonces apareció Daisy.

Richard se volvió hacia Iris con brusquedad. La joven estaba boquiabierta.

—No, no, no —susurró al poco, pero entonces Daisy empezó a interpretar su solo de violín con la presunta intención de representar la luz de sol.

O la muerte.

Por suerte, lady Pleinsworth interrumpió la actuación de Daisy cuando corrió al escenario para socorrer a sus dos hijas pequeñas, que estaban completamente pegadas.

—¡Vamos a servir refrescos para todo el mundo en la habitación contigua! —sugirió a los espectadores—. ¡Y tenemos pastel!

Todo el mundo se puso en pie y aplaudió —a fin de cuentas, y por sorprendente que fuera el final, era una obra de teatro—, y el público empezó a abandonar el salón.

—Creo que debería ayudar —opinó Iris mirando a sus primas con recelo.

Richard esperó mientras ella se acercaba a la melé y observó divertido cómo se resolvía todo.

—¡Quítate el almohadón de la barriga! —indicó lady Pleinsworth.

—No es tan fácil —siseó Elizabeth—. El cuerno me ha atravesado la camisa. A menos que quieras que me desnude…

—Ya es suficiente, Elizabeth —se apresuró a añadir la tía de Iris. Luego se dirigió a Harriet—. ¿Por qué está tan afilado?

—¡Soy un unicornio! —exclamó Frances.

Lady Pleinsworth reflexionó un momento y luego se estremeció.

—No tenía que haberse montado encima de mí en el tercer acto —añadió Frances enfurruñada.

—¿Y por eso la has embestido?

—No, eso estaba en el guión —intervino Harriet con amabilidad—. Se suponía que el cuerno tenía que desengancharse. Por seguridad. Pero el público no tenía que verlo.

—Iris me lo pegó a la frente —explicó Frances volviendo la cabeza con la intención de levantar la vista.

Iris, que estaba junto a un pequeño grupo de personas, retrocedió de inmediato.

—Quizá debamos ir a buscar algo para beber —le propuso a Richard.

—Espere sólo un momento.

Se estaba divirtiendo demasiado como para marcharse.

Lady Pleinsworth cogió el cuerno con ambas manos y tiró.

Frances gritó.

—¿Te lo ha pegado con cemento?

Iris se aferró a su brazo como un torno de banco aterrado.

—Me tengo que marchar ahora mismo.

Richard miró la cara de lady Pleinsworth y se llevó a Iris del salón a toda prisa.

Iris se desplomó contra la pared.

—Estoy metida en un buen lío.

Richard sabía que debía intentar tranquilizarla, pero se estaba riendo demasiado como para resultar de ninguna ayuda.

—Pobre Frances —gimió—. ¡Esta noche tendrá que dormir con ese cuerno en la cabeza!

—Todo irá bien —le prometió Richard entre risas—. Le garantizo que el día de su boda no tendrá que ir al altar con un cuerno en la cabeza.

Ella lo miró alarmada y él imaginó lo que estaría pensando. Y entonces Iris se echó a reír. Se reía con tantas ganas que se dobló hacia delante en medio del vestíbulo.

—Dios mío —jadeó—. Un cuerno en una boda. Eso sólo nos podía pasar a nosotras.

Richard empezó a reírse de nuevo mientras observaba divertido cómo a Iris se le ponía la cara roja del esfuerzo.

—No debería reírme —dijo—. La verdad es que no. Pero la boda… Oh, cielos, la boda.

«La boda», pensó Richard, y todo volvió a su cabeza. El motivo de que estuviera allí esa noche. La razón de que estuviera con ella.

Iris no tendría una gran boda. Richard tenía demasiada prisa por regresar a Yorkshire.

Sintió un hormigueo de culpabilidad en la espalda. ¿No decían que todas las chicas sueñan con el día de su boda? Fleur y Marie-Claire habían pasado horas imaginando cómo serían las suyas. Y estaba seguro de que todavía lo hacían.

Inspiró hondo. Iris no tendría la boda de sus sueños y, si todo iba según lo planeado, tampoco tendría una proposición de matrimonio muy apropiada.

Se merecía algo mejor.

Tragó saliva y se dio unos golpecitos nerviosos en el muslo. Iris seguía riendo, ella ignoraba lo serios que se habían vuelto de repente sus pensamientos.

—Iris —le dijo, y ella lo miró sorprendida.

Quizá se debiera a su tono de voz o a que fuera la primera vez que la llamaba por su nombre de pila.

Le puso la mano en la espalda y la alejó de la puerta abierta del salón.

—¿Puedo hablar un momento contigo?

La joven frunció el ceño y luego alzó las cejas.

—Claro —le respondió un tanto vacilante.

Richard inspiró hondo. Podía hacerlo. No lo había planeado de esa forma, pero saldría mejor así. Pensó que podía hacerlo por ella.

Hincó una rodilla en el suelo.

Ella jadeó.

—Iris Smythe-Smith —le dijo cogiéndola de la mano—, me harías el hombre más feliz del mundo si aceptaras convertirte en mi esposa.

# 7

Iris se quedó sin habla. Abrió la boca, pero por lo visto no lo hizo para decir nada. Se le contrajo la garganta y lo miró pensando:

«Esto no puede estar pasando».

—Ya me imagino que estás sorprendida —le dijo Richard con calidez mientras le acariciaba el reverso de la mano con los dedos.

Seguía con la rodilla hincada en el suelo y la miraba como si fuera la única mujer de la tierra.

—Ahdebadeba…

Iris no podía hablar. Realmente no podía hablar.

—O puede que no.

«No, lo estoy. Y mucho».

—Sólo hace una semana que nos conocemos, pero ya debes de haber advertido la devoción que siento por ti.

Iris fue consciente de que estaba sacudiendo la cabeza, pero no tenía ni idea de si eso significaría que sí o que no y, en cualquier caso, no estaba segura de qué pregunta estaba contestando.

«Esto no tenía que ir tan deprisa».

—No podía seguir esperando —confesó Richard poniéndose de pie.

—Yo… yo, no.

Iris se humedeció los labios. Había encontrado su voz, pero todavía no era capaz de formular una frase entera.

Richard se llevó la mano de Iris a los labios, pero en lugar de besarle el reverso, le dio la vuelta con suavidad y le dio un delicado beso en la muñeca.

—Tienes que ser mía, Iris —dijo con la voz entrecortada por lo que ella interpretó como deseo. La volvió a besar dejando, en esa ocasión, que sus labios rozaran la sensible piel de su muñeca—. Tienes que ser mía —susurró—. Y yo seré tuyo.

No podía pensar. ¿Cómo podía pensar mientras él la miraba como si fueran las dos únicas almas de la tierra? Richard la miraba con sus ojos color medianoche empapados de calidez, no, de ardor, y ella tenía ganas de fundirse en él, de olvidar todo lo que conocía, de olvidar el sentido común. Se estremeció y se le aceleró la respiración. No conseguía dejar de mirarle la boca. Richard la besó una vez más, esa vez desplazándose hacia la palma de la mano.

Algo se contrajo en su interior. Algo que estaba convencida que no era adecuado sentir. Y menos en el vestíbulo de su tía y acompañada de un hombre al que acababa de conocer.

—¿Te casarás conmigo? —le preguntó.

No. Algo no iba bien. Era demasiado pronto. No tenía sentido que se hubiera enamorado de ella tan deprisa.

Pero él no la amaba. No le había dicho que la quisiera. Y, sin embargo, la miraba de una forma que…

¿Por qué quería casarse con ella? ¿Por qué no podía confiar en él?

—¿Iris? —murmuró Richard—. ¿Cariño?

Y entonces ella recuperó la voz.

—Necesito tiempo.


*M*aldita sea.

Eso era exactamente lo que había pensado que ocurriría. Ella no aceptaría casarse con él después de una única semana de cortejo. Era demasiado sensata para hacer una cosa así.

Era irónico. Si no fuera una mujer inteligente y sensata, él no la habría elegido.

Se tendría que haber ceñido a su plan original. Aquella noche había ido a verla con toda la intención de ponerla en un compromiso. Nada demasiado extremado; habría sido una hipocresía por su parte si le hubiera robado algo más que un beso.

Pero sólo necesitaba un beso. Un beso con testigos, y habría sido suya.

Pero no, ella había dicho la palabra «boda» y él se había sentido culpable, y sabía muy bien que debía sentirse culpable. Su forma de compensarla era hacerle una proposición romántica, aunque ella tampoco sabía que tuviera que expiar ninguna culpa.

—Claro —le dijo con delicadeza—. He hablado demasiado pronto. Discúlpame.

—No hay nada que perdonar —le contestó tartamudeando—. Es que me has sorprendido. No lo había pensado y sólo has visto una vez a mi padre, y además de pasada.

—Le pediré permiso —la tranquilizó Richard.

Y no era mentira. Si conseguía que Iris aceptara en los próximos minutos, estaría encantado de reunirse con su padre en privado para hacer las cosas como era debido.

—¿Puedo pensármelo unos días? —preguntó la joven con expresión vacilante—. Todavía desconozco muchas cosas sobre ti. Igual que tú sobre mí.

Richard la miró con ardor en los ojos.

—Sé lo suficiente como para ser consciente de que nunca encontraré una mujer mejor que tú.

Iris se quedó boquiabierta y Richard supo que sus cumplidos daban en el blanco. Si hubiera tenido más tiempo la habría cortejado como era debido.

Le cogió ambas manos y se las estrechó con delicadeza.

—Yo te aprecio mucho.

Ella no parecía saber qué decir.

Richard le acarició la mejilla mientras ganaba tiempo: intentaba encontrar la forma de arreglarlo. Necesitaba casarse con ella y no se podía permitir retrasarlo.

Entonces vio un movimiento con el rabillo del ojo. La puerta del salón seguía abierta. Pero estaba en mal ángulo y sólo podía ver una astilla del interior del salón. Y, sin embargo, tenía la sensación de que lady Pleinsworth saldría en cualquier momento y...

—¡Tengo que besarte! —exclamó, y abrazó a Iris con aspereza.

La escuchó jadear sorprendida y eso le partió el corazón, pero no tenía otra opción. Tenía que recuperar su plan original. La besó en la boca, en la mandíbula, en el cuello, y entonces…

—¡Iris Smythe-Smith!

Richard dio un respingo, no tuvo que fingir sorpresa.

Lady Pleinsworth cruzó la puerta a toda prisa.

—En nombre del señor, ¿qué está pasando aquí?

—¡Tía Charlotte!

Iris se tambaleó hacia atrás; temblaba como un cervatillo asustado. Richard vio cómo los ojos de la joven se posaban en algún punto por detrás de su tía y se dio cuenta con un creciente terror de que lady Harriet, Elizabeth y Frances también habían salido al vestíbulo y los miraban boquiabiertas.

Cielo santo, ahora también era culpable de haber pervertido a aquellas niñas.

—¡Quítele las manos de encima a mi sobrina! —rugió lady Pleinsworth.

Richard pensó que era mejor no señalar que ya lo había hecho.

—Harriet —dijo lady Pleinsworth sin quitarle los ojos de encima a Richard—. Ve a buscar a tu tía María.

Harriet asintió con brusquedad y se marchó obediente.

—Elizabeth trae un lacayo. Frances vete a tu habitación.

—Yo también puedo ayudar —protestó Frances.

—A tu habitación, Frances. ¡Ahora!

La pobre Frances, que todavía llevaba el cuerno pegado a la cabeza, tuvo que agarrarlo con las manos cuando salió corriendo.

Cuando lady Pleinsworth volvió a hablar, su tono era letal.

—Y vosotros dos pasad al salón, ahora mismo.

Richard se hizo a un lado para dejar pasar a Iris. Nunca pensó que pudiera parecer más pálida de lo que estaba normalmente, pero en ese momento tenía la piel completamente blanca.

Le temblaban las manos. A Richard no le gustó que le temblaran las manos.

El lacayo llegó justo cuando entraban al salón y lady Pleinsworth se lo llevó a un lado para hablar con él en voz baja. Richard supuso que le estaba pidiendo que le entregara un mensaje al padre de Iris.

—Sentaos —ordenó lady Pleinsworth.

Iris se posó despacio sobre la silla.

Lady Pleinsworth clavó su imperiosa mirada sobre Richard. Él entrelazó las manos a su espalda.

—No puedo sentarme mientras usted sigue levantada, señora.

—Le doy permiso.

Richard se sentó. Eso de sentarse con docilidad y en silencio no era propio de su persona, pero ya sabía que iba a ocurrir eso. Sólo desearía que Iris no estuviera tan hundida, preocupada y avergonzada.

—¿Charlotte?

Escuchó la voz de la madre de Iris resonando en el vestíbulo. Entró en el salón seguida de Harriet, que todavía llevaba su bastón de pastorcilla.

—¿Qué ocurre, Charlotte? Harriet me ha dicho que... —Las palabras de la señora Smythe-Smith se apagaron cuando vio el cuadro—. ¿Qué ha pasado? —preguntó en voz baja.

—Le he pedido a un lacayo que vaya a buscar a Edward —le explicó lady Pleinsworth.

—¿A papá? —quiso saber Iris con la voz temblorosa.

Lady Pleinsworth se volvió hacia ella.

—No pensarías que podías hacer lo que has hecho sin que hubiera ninguna repercusión, ¿no?

Richard se puso en pie.

—Ella no tiene la culpa de nada.

—¿Qué ha pasado? —repitió la señora Smythe-Smith imprimiendo un intenso énfasis a cada palabra.

—Que la ha avergonzado públicamente —dijo lady Pleinsworth.

La señora Smythe-Smith jadeó.

—Iris, ¿cómo has podido hacer una cosa así?

—No es culpa suya —intervino Richard.

—No estoy hablando con usted —espetó la señora Smythe-Smith—. Por lo menos de momento—. Se dirigió a su cuñada—. ¿Quién lo sabe?

—Mis tres hijas pequeñas.

La señora Smythe-Smith cerró los ojos.

—¡No dirán nada! —exclamó Iris de repente—. Son mis primas.

—¡Son niñas! —rugió lady Pleinsworth.

Richard ya había tenido bastante.

—Debo pedirles que no le hablen en ese tono.

—No creo que esté usted en situación de pedir nada.

—Me da igual —respondió con delicadeza—. Háblenle con respeto.

Lady Pleinsworth alzó las cejas al escuchar su impertinente comentario, pero no añadió nada más.

—No me puedo creer que hayas hecho esa tontería —le dijo su madre.

Ella no contestó.

Su madre se volvió hacia Richard apretando los labios con furia.

—Tendrá usted que casarse con ella.

—Nada me haría más feliz.

—Dudo de su sinceridad, señor.

—¡Esto no es justo! —gritó Iris poniéndose en pie.

—¿Le estás defendiendo? —preguntó la señora Smythe-Smith.

—Sus intenciones eran honorables —explicó Iris.

«Honorables», pensó Richard. Ya no estaba seguro de qué significaba eso.

—¿Ah, sí? —espetó la señora Smythe-Smith—. Si sus intenciones eran tan honor...

—¡Me estaba pidiendo que me casara con él!

La señora Smythe-Smith alternó la mirada entre su hija y Richard sin saber qué pensar de aquello.

—No pienso hablar más sobre el tema hasta que llegue tu padre —le dijo a Iris—. No tardará. La noche está despejada, y si tu tía —ladeó la cabeza en dirección a lady Pleinsworth— ha dejado clara la importancia de su llamada, seguro que vendrá caminando.

Richard estaba de acuerdo con su razonamiento. La casa de los Smythe-Smith no estaba muy lejos. Al padre de Iris le resultaría más sencillo ir a pie que esperar a que le prepararan el carruaje.

En la habitación reinó un tenso silencio hasta que la señora Smythe-

Smith se dirigió a su cuñada.

—Será mejor que te ocupes de tus invitados, Charlotte. Si se dan cuenta de que no estamos ninguna de las dos, empezarán a sospechar.

Lady Pleinsworth asintió con seriedad.

—Llévate a Harriet —prosiguió la madre de Iris—. Preséntale a algunos caballeros. Ya casi tiene edad de estar en sociedad. A todo el mundo le parecerá lo más natural del mundo.

—Pero sigo disfrazada —protestó Harriet.

—No es momento para remilgos —declaró su madre cogiéndola del brazo—. Vamos.

Harriet salió tambaleándose detrás de su madre, pero no se marchó sin antes lanzarle una mirada de complicidad a Iris.

La señora Smythe-Smith cerró la puerta del salón y suspiró.

—Esto es un desastre —dijo, y no precisamente con compasión.

—Lo arreglaré todo para conseguir un permiso especial —explicó Richard.

No le pareció necesario explicar que ya lo había conseguido.

La señora Smythe-Smith se cruzó de brazos y empezó a pasearse por el salón.

—¿Mamá? —se aventuró Iris.

La señora Smythe-Smith levantó un dedo tembloroso.

—Ahora no.

—Pero…

—¡Esperaremos a tu padre! —rugió la señora Smythe-Smith.

Estaba temblando de ira y Richard dedujo, por la expresión que vio en la cara de Iris, que nunca la había visto de aquella forma.

La joven dio un paso atrás y se rodeó el cuerpo con los brazos. Richard quería consolarla, pero sabía que su madre se pondría hecha una furia si daba un solo paso en dirección a su hija.

—De todas mis hijas —susurró enfadada la señora Smythe-Smith—, eres la última que creía capaz de una cosa como esta.

Iris apartó la mirada.

—Estoy avergonzada de ti.

—¿De mí? —preguntó Iris con un hilo de voz.

Richard dio un amenazante paso adelante.

—Ya le he dicho que su hija no tiene ninguna culpa.

—Pues claro que la tiene —espetó la señora Smythe-Smith—. ¿Estaba a solas con usted? Ya sabe que eso no se puede hacer.

—Estaba pidiéndole que se casara conmigo.

—¿Debo asumir que todavía no ha pedido cita con el señor Smythe-Smith para pedirle permiso?

—Quería darle a su hija el honor de pedírselo a ella primero.

La madre de Iris apretó los labios enfadada, pero no respondió. Lanzó una vaga mirada en dirección a su hija y espetó con frustración:

—Oh, ¿dónde se habrá metido tu padre?

—Estoy segura de que llegará en seguida, mamá —respondió Iris con tranquilidad.

Richard se dispuso a salir en defensa de Iris de nuevo, pero la madre se mordió la lengua. Por fin, después de algunos minutos más, se abrió la puerta del salón, y apareció el padre de Iris.

Edward Smythe-Smith no era un hombre demasiado alto, pero tenía buen porte, y Richard imaginó que de joven habría sido bastante atlético. Estaba claro que seguía siendo lo bastante fuerte como para partirle la cara a otro hombre en caso de decidir que fuera necesario emplear la violencia.

—¿María? —preguntó mirando a su mujer mientras entraba—. ¿Qué diantre está pasando? He recibido un aviso urgente de Charlotte.

La señora Smythe-Smith hizo un gesto mudo en dirección a los otros dos ocupantes de la habitación.

—Señor —dijo Richard.

Iris se miró las manos.

El señor Smythe-Smith no dijo nada.

Richard carraspeó.

—Me gustaría mucho poder casarme con su hija.

—Si estoy interpretando correctamente la situación —dedujo el padre de Iris con una tranquilidad devastadora—, no tiene mucha elección.

—Es lo que deseo de todas formas.

El señor Smythe-Smith ladeó la cabeza en dirección a su hija, pero no la miró.

—¿Iris?

—Me lo pidió, papá—. Carraspeó—. Antes de…

—¿Antes de qué?

—Antes de que la tía Charlotte viera…

Richard inspiró hondo e intentó controlarse. Iris lo estaba pasando muy mal, ni siquiera era capaz de acabar la frase. ¿Acaso su padre no se daba cuenta? Ella no se merecía pasar por ese interrogatorio y, sin embargo, Richard supo, por instinto, que si interfiriera sólo empeoraría las cosas.

Pero no podía hacer nada.

—Iris —le dijo con suavidad esperando que percibiera la nota de apoyo en su voz. Si ella lo necesitaba, él tomaría las riendas de la situación.

—Sir Richard me ha pedido que me case con él —explicó Iris con actitud resolutiva.

Pero no lo miró. Ni siquiera volvió la cabeza en su dirección.

—¿Y qué le has contestado? —le preguntó su padre.

—Yo… todavía no le había respondido.

—¿Y qué pensabas decirle?

Iris tragó saliva, estaba muy incómoda siendo el centro de todas las miradas.

—Le habría dicho que sí.

Richard sintió una sacudida. ¿Por qué estaba mintiendo? Le había dicho que necesitaba más tiempo.

—Entonces está decidido —sentenció el señor Smythe-Smith—. No es así como me habría gustado que saliera todo, pero ella es mayor de edad, quiere casarse con usted, y lo cierto es que debe hacerlo. —Miró a su mujer—. Supongo que tendremos que celebrar la boda cuanto antes.

La señora Smythe-Smith asintió y soltó un suspiro aliviado.

—Tal vez la situación no sea tan terrible. Creo que Charlotte podrá controlar las habladurías.

—Las habladurías no se pueden controlar.

Richard estaba completamente de acuerdo.

—Aun así —insistió la señora Smythe-Smith—, podría ser peor. Todavía podemos proporcionarle una boda en condiciones. Todo quedará mejor si no nos precipitamos.

—Está bien. —El señor Smythe-Smith se dirigió a Richard—. Podrá casarse con ella dentro de dos meses.

¿Dos meses? No. No le servía.

—Señor, no puedo esperar dos meses —se apresuró a explicar Richard.

El padre de Iris alzó las cejas muy despacio.

—Me necesitan en mi casa.

—Debería haberlo pensado antes de poner a mi hija en una situación tan comprometida.

Richard se devanó los sesos en busca de una buena excusa, algún argumento que consiguiera la aceptación del señor Smythe-Smith.

—Soy el tutor de mis dos hermanas, señor. Sería una negligencia que me retrasara tanto.

—Si no recuerdo mal, creo que hace algunos años pasó usted varias temporadas en la ciudad —recordó el padre de Iris—. ¿Quién cuidaba de sus hermanas por aquel entonces?

—Por aquella época vivían con mi tía. Todavía carecía de la madurez suficiente para cumplir con mi deber.

—Disculpe que dude también de su presente madurez.

Richard se obligó a guardar silencio. Si él tuviera una hija, estaría igual de furioso. Pensó en su padre y se preguntó qué pensaría sobre lo que había ocurrido esa noche. Bernard Kenworthy amaba a su familia —Richard nunca lo había dudado—, pero su forma de ver la paternidad sólo podía describirse como una negligente benevolencia. ¿Qué habría hecho de seguir con vida? ¿Habría hecho algo?

Pero Richard no era su padre. Él no toleraba la pasividad.

—Dos meses es un período de tiempo perfectamente razonable —opinó la madre de Iris—. No hay ningún motivo por el que no pueda volver a su casa y regresar después para la boda. Para serle sincera, preferiría que lo hiciera así.

—Yo no —espetó Iris.

Sus padres la miraron sorprendidos.

—A mí no me gustaría. —Iris tragó saliva y a Richard se le encogió el corazón al ver la tensión que reflejaba su rostro—. Si la decisión está tomada —prosiguió—, preferiría seguir adelante.

Su madre se acercó a ella.

—Pero tu reputación…

—…ya podría estar destrozada. Y si ese es el caso, preferiría estar en Yorkshire, donde no tengo ningún conocido.

—Tonterías —espetó su madre ignorando su comentario—. Esperaremos a ver qué ocurre.

Iris miró a su madre con extraordinaria inflexibilidad.

—¿Acaso mi opinión no cuenta?

A su madre le temblaron los labios y miró a su marido.

—Se hará como ella quiera —dijo el padre tras una pausa—. No veo ningún motivo para obligarla a esperar. Dios sabe que ella y Daisy se pasarán el día peleando. —El señor Smythe-Smith se dirigió a Richard—. No es agradable vivir con Iris cuando no está de buen humor.

—¡Papá!

El padre la ignoró.

—Y no es agradable vivir con Daisy cuando está de buen humor. La planificación de una boda hará que ésta —hizo un gesto con la cabeza en dirección a Iris— esté de un humor de perros y la otra estará eufórica. Me tendré que mudar a Francia.

Richard esbozó una escueta sonrisa. El sentido del humor del señor Smythe-Smith era amargo y no se quería reír.

—Iris —dijo el viejo caballero—. María.

Las dos mujeres lo siguieron hasta la puerta.

—Le veré dentro de dos días —le dijo el padre de Iris a Richard—. Espero que haya conseguido el permiso especial y lo tenga todo preparado.

—Cuente con ello, señor.

Cuando salía de la habitación, Iris volvió la cabeza por encima del hombro y lo miró a los ojos.

«¿Por qué?», parecía preguntarle. «¿Por qué?»

En ese momento, Richard se dio cuenta de que ella lo sabía. Iris sabía que no había tenido un ataque de pasión, que, a pesar de lo mal que lo había hecho, aquel matrimonio forzado estaba planificado de antemano.

Richard jamás se había sentido tan avergonzado.

# 8

La semana siguiente

*El* rugido de un trueno despertó a Iris la mañana de su boda y cuando la doncella llegó con el desayuno, en Londres llovía a mares.

Se acercó a la ventana y miró fuera apoyando la frente en el cristal. Su boda se celebraría dentro de tres horas. Quizá hubiera escampado para entonces. A lo lejos se distinguía un pequeño retal de azul en el cielo. Parecía solitario. Fuera de lugar.

Pero esperanzador.

Supuso que no tenía importancia. Tampoco se iba a mojar. Como tenían un permiso especial, la ceremonia se celebraría en el salón de su casa. Su viaje hacia el matrimonio se reducía a dos pasillos y un tramo de escaleras.

Esperaba que las carreteras no estuvieran inundadas. Ella y Richard partirían hacia Yorkshire esa misma tarde. Y a pesar de que Iris estaba nerviosa pensando que tendría que abandonar su casa y todo lo que conocía, había oído hablar lo suficiente sobre lo que implicaba una noche de bodas como para saber que no quería pasar la suya bajo el techo de sus padres.

También había averiguado que sir Richard no tenía casa en Londres y el apartamento que había alquilado no era adecuado para una recién casada. Él quería llevársela a casa, a Maycliffe Park, donde conocería a sus hermanas.

Le trepó una risa nerviosa por la garganta. Hermanas. Richard tenía hermanas. Si había algo en su vida de lo que nunca había carecido, ese algo eran las hermanas.

Alguien llamó a la puerta. Iris abandonó sus pensamientos y cuando consintió que entrara su visita, su madre entró en el dormitorio.

—¿Has dormido bien? —preguntó la señora Smythe-Smith.

—No mucho.

—Me habría sorprendido que me hubieras dicho que sí. No importa lo bien que conozca a su prometido, una novia siempre se pone nerviosa.

Pero Iris pensaba que sí importaba lo bien que una mujer conociera a su prometido. Estaba segura de que ella estaría menos nerviosa —o por lo menos lo estaría de una forma distinta—, si conociera a su futuro esposo desde hacía más de quince días.

Pero no se lo contó a su madre, porque ellas no hablaban de esas cosas. Ellas comentaban pequeñeces y las cosas que harían al cabo del día, también hablaban sobre música y a veces sobre libros y, en especial, sobre sus hermanas, sus primas y todos sus bebés. Pero nunca hablaban de sentimientos. No era su forma de ser.

Y, sin embargo, Iris sabía que su madre la quería. Quizá no fuera la clase de mujer inclinada a decirlo con palabras ni a aparecer en su dormitorio con una taza de té y una sonrisa en los labios, pero amaba a sus hijos con toda la ferocidad de su corazón. Iris nunca lo había dudado, ni por un momento.

La señora Smythe-Smith se sentó a los pies de la cama de Iris y le hizo un gesto para que se acercara.

—Me encantaría que pudieras viajar acompañada de una doncella —le dijo—. Esto no debería hacerse así.

Iris reprimió una carcajada pensando en lo absurdo que era todo aquello. Después de todo lo que había ocurrido la semana anterior, ¿la falta de una doncella era lo que más le preocupaba a su madre?

—Nunca se te ha dado bien peinarte —añadió su madre—. Y eso de que tengas que vestirte tú sola…

—Todo irá bien, mamá —la tranquilizó Iris.

Ella y Daisy compartían doncella, y cuando le preguntaron a la sirvienta lo que prefería hacer, la joven eligió quedarse en Londres. A Iris le pareció más prudente esperar y contratar una doncella nueva en Yorkshire. Así parecería menos forastera en su casa nueva. Con un poco de suerte, también la haría sentir menos intrusa.

Se volvió a subir a la cama y se recostó en las almohadas. Se sentía muy joven sentada allí de esa forma. Ya no se acordaba de la última vez que su madre había entrado en su dormitorio y se había sentado en su cama.

—Te he enseñado todo lo que necesitas saber para llevar bien una casa —le recordó su madre.

Iris asintió.

—Estarás en el campo y habrá diferencias, pero lo básico será igual que aquí. La relación que mantengas con el ama de llaves será muy importante. Si ella no te respeta, no lo hará nadie. No debe tenerte miedo…

Iris se miró el regazo y ocultó su aterrada diversión. La idea de que alguien pudiera temerla era ridícula.

—…pero debe respetar tu autoridad —concluyó la señora Smythe-Smith—. ¿Iris? ¿Me estás escuchando?

Iris levantó la vista.

—Claro. Lo siento. —Consiguió esbozar una pequeña sonrisa—. No creo que Maycliffe Park sea muy grande. Sir Richard me ha descrito la casa. Estoy segura de que tengo mucho que aprender, pero sé que podré con todo.

Su madre le dio una palmadita en la mano.

—Claro que sí.

Se hizo un extraño momento de silencio, y entonces la madre de Iris dijo:

—¿Qué clase de casa es Maycliffe? ¿Isabelina? ¿Medieval? ¿Las tierras son muy extensas?

—Es de la baja edad media —contestó Iris—. Sir Richard me contó que la construyeron a finales del siglo XV, aunque ha sufrido varias modificaciones a lo largo de los años.

—¿Y los jardines?

—No estoy segura —contestó Iris con un tono de voz bajo y cuidadoso.

Estaba convencida de que su madre no había ido a su dormitorio para hablar de la arquitectura y el paisaje de Maycliffe Park.

—Claro.

¿Claro? Iris estaba desconcertada.

—Espero que sea cómoda —dijo su madre con sequedad.

—Estoy segura de que no me faltará de nada.

—Imagino que hará frío. Los inviernos en el norte... —La señora Smythe-Smith se estremeció un poco—. Yo no podría soportarlo. Tendrás que estar pendiente de los sirvientes para asegurarte de que todos los fuegos están...

—Madre —la interrumpió Iris.

Su madre dejó de divagar.

—Ya sé que no has venido a hablarme de Maycliffe.

—No. —La señora Smythe-Smith respiró hondo—. Es verdad.

Iris aguardó con paciencia mientras su madre se movía nerviosa de una forma extraña; la mujer tiraba del cubrecama azul y tamborileaba con los dedos sobre la cama. Al final, levantó la cabeza, miró a su hija a los ojos y dijo:

—Supongo que ya sabrás que el cuerpo de un hombre no es igual que... el de una mujer.

Iris se quedó boquiabierta. Ya esperaba aquella charla, pero su madre había sido muy directa.

—¿Iris?

—Sí —se apresuró a contestar—. Sí, claro que lo sé.

—Esas diferencias son las que posibilitan la procreación.

Iris estuvo a punto de decir que lo comprendía, pero estaba prácticamente segura de que no lo había dicho.

—Tu marido...

La señora Smythe-Smith suspiró con frustración. Iris estaba convencida de que nunca había visto a su madre tan incómoda.

—Lo que hará...

Iris aguardó.

—Él... —La señora Smythe-Smith guardó silencio y extendió ambas manos ante ella como si fueran estrellas de mar, parecía que se estuviera protegiendo de los embates del aire—. Él introducirá la parte distinta de su cuerpo dentro de ti.

—¿De...? —Iris no parecía capaz de pronunciar la palabra— ¿Dentro?

Las mejillas de la madre de Iris adquirieron un extraño tono rosado.

—Su parte distinta encaja con tu parte distinta. Así es como la semilla entra en tu cuerpo.

Iris intentó visualizarlo. Ya sabía cómo era el cuerpo de un hombre. Las estatuas que había visto no siempre tenían una hoja de parra. Pero lo que le estaba explicando su madre le parecía muy extraño. Estaba segura de que Dios, en su infinita sabiduría, habría diseñado un método más efectivo para procrear.

Y, sin embargo, no tenía ningún motivo para dudar de su madre. Frunció el ceño y luego preguntó:

—¿Y eso duele?

La señora Smythe-Smith se puso seria.

—No te voy a mentir. No es particularmente agradable y duele bastante la primera vez. Pero te prometo que después es más fácil. Ya hace tiempo que descubrí que ayuda bastante mantener la mente ocupada. Yo suelo repasar las cuentas de la casa.

Iris no tenía ni idea de qué contestar a eso. Sus primas nunca habían sido tan explícitas cuando hablaban de sus deberes conyugales, pero ella tampoco había tenido la sensación de que se dedicaran a hacer cálculo mental.

—¿Y lo tendré que hacer a menudo? —le preguntó.

Su madre suspiró.

—Es posible. Pero depende.

—¿De qué?

Su madre volvió a suspirar, pero esa vez lo hizo entre dientes. Era evidente que no esperaba que su hija le hiciera tantas preguntas.

—La mayoría de mujeres no se quedan embarazadas la primera vez. Y aunque fuera así, no lo sabrás en seguida.

—¿Ah, no?

Esa vez su madre dejó escapar un rugido.

—Sabrás que estás embarazada cuando dejes de menstruar.

¿Dejaría de menstruar? Bueno, eso no estaría nada mal.

—Y además —prosiguió su madre—, al hacerlo los hombres sienten un placer que las mujeres no comparten—. Carraspeó con incomodidad—. En función de los apetitos de tu marido…

—¿Apetitos?

¿Acaso habría comida?

—Por favor, deja de interrumpirme —le pidió su madre en un tono prácticamente suplicante.

Iris cerró la boca al instante. Su madre nunca suplicaba.

—Lo que intento decirte —prosiguió la señora Smythe-Smith con la voz tensa—, es que probablemente tu marido quiera acostarse muchas veces contigo. Por lo menos al principio de vuestro matrimonio.

Iris tragó saliva.

—Comprendo.

—Bueno —dijo su madre con energía. Se puso en pie casi de un salto—. Hoy tenemos muchas cosas que hacer.

Iris asintió. Era evidente que la conversación había terminado.

—Estoy segura de que tus hermanas querrán ayudarte a vestirte.

Iris sonrió con indecisión. Sería agradable tenerlas a todas bajo el mismo techo. Rose era la que vivía más lejos, al este de Glouchestershire, pero incluso aunque la hubieran avisado sólo unos días antes, habría tenido tiempo de sobra para llegar a Londres y poder asistir a la boda.

Yorkshire estaba mucho más lejos que Gloucestershire.

Su madre se marchó, pero apenas cinco minutos después alguien volvió a llamar a la puerta.

—Adelante —dijo Iris con cansancio.

Era Sarah. Su prima entró con cara de complicidad y su mejor vestido de día.

—Oh, gracias a Dios que estás sola.

Iris se animó en seguida.

—¿Qué pasa?

Sarah volvió a echar un vistazo al vestíbulo y luego cerró la puerta.

—¿Ha venido a verte tu madre?

Iris rugió.

—Eso es un sí.

—Preferiría no hablar del tema.

—No, por eso he venido. Bueno, no he venido a hablar de los consejos de tu madre. Estoy convencida de que no quiero saber lo que te ha dicho. Si se parece a lo que me dijo mi madre... —Sarah se estremeció y luego se recompuso—. Escúchame. Ignora todo lo que te haya dicho tu madre sobre las relaciones con tu esposo.

—¿Todo? —preguntó Iris dudosa—. No puede estar tan equivocada.

Sarah soltó una pequeña carcajada y se sentó en la cama de Iris.

—Claro que no. Tiene seis hijas. Lo que quiero decir es... Bueno, ¿te ha dicho que es horrible?

—No ha utilizado esas palabras, pero me ha sonado bastante mal.

—Estoy segura de que puede llegar a serlo si no amas a tu marido.

—Yo no amo a mi marido —espetó Iris con franqueza.

Sarah suspiró y su voz perdió parte de autoridad.

—¿Te gusta, por lo menos?

—Sí, claro. —Iris pensó en el hombre que, en unas pocas horas, se convertiría en su esposo. Quizá no pudiera decir que le amara, pero, en realidad, tampoco veía nada malo en él. Tenía una sonrisa preciosa y, hasta la fecha, la había tratado con sumo respeto. Sin embargo, apenas lo conocía—. Supongo que llegaré a quererlo —opinó deseando poder hablar con más autoridad—. O eso espero.

—Bueno, es un buen comienzo. —Sarah apretó los labios pensativa—. Y parece que tú también le gustas a él.

—Estoy bastante segura de que sí —contestó Iris. Y luego, en un tono bastante distinto, añadió—: A menos que sea un mentiroso patológico.

—¿Y eso qué significa?

—Nada —se apresuró a contestar Iris.

Desearía no haber dicho nada. Su prima ya sabía por qué su boda se iba a celebrar tan deprisa —lo sabía toda la familia—, pero nadie sabía la verdad que se ocultaba tras la proposición de sir Richard.

Ni siquiera Iris.

Suspiró. Era mejor que todo el mundo pensara que había sido una romántica declaración de amor. O por lo menos que él lo había reflexionado a conciencia y había decidido que hacían buena pareja. Pero no esa... esa...

Iris no sabía cómo explicarlo, ni siquiera a ella misma. Le habría encantado poder dejar de sospechar que había algo que no encajaba.

—¿Iris?

—Perdona. —Meneó un poco la cabeza—. Últimamente estoy un poco distraída.

—No me extraña —contestó Sarah aceptando, en apariencia, su explicación—. Aun así, he hablado con sir Richard unas cuantas veces y parece un buen hombre, y creo que te tratará bien.

—Sarah —empezó a decir Iris—, si tu intención es tranquilizarme, debo decirte que estás fracasando miserablemente.

Su prima hizo un sonido de frustración bastante divertido y se llevó las manos a la cabeza.

—Sólo quiero que me escuches —le pidió—. Y que confíes en mí. ¿Confías en mí?

—No mucho.

La expresión de Sarah era muy cómica.

—Estoy de broma —le confesó Iris sonriendo—. Espero que se me permita escudarme en mi sentido del humor el día de mi boda. En especial después de la conversación que he tenido con mi madre.

—Sólo recuerda —dijo Sarah inclinándose para cogerle la mano a Iris—, que lo que ocurre entre marido y mujer puede ser precioso.

La expresión de Iris debió de parecer dudosa, porque Sarah añadió:

—Es muy especial. Te lo aseguro.

—¿Alguien te dijo esto antes de que te casaras? —le preguntó Iris—. ¿Después de que tu madre hablara contigo? ¿Ese es el motivo de que hayas querido venir a decirme esto?

Para gran sorpresa de Iris, Sarah se ruborizó.

—Hugh y yo... emm... debimos de...

—¡Sarah!

—Ya sé que es sorprendente. Pero fue maravilloso, de verdad, y no pude evitarlo.

Iris se quedó de piedra. Ya sabía que Sarah siempre había tenido un espíritu más libre que ella, pero nunca se le habría ocurrido pensar que su prima se habría entregado a Hugh antes de casarse.

—Escucha —dijo Sarah estrechándole la mano—. No importa que Hugh y yo nos adelantáramos a los votos. Ahora estamos casados y yo amo a mi marido y él me ama a mí.

—No te estoy juzgando —dijo Iris, aunque tenía la sensación de que quizá lo estuviera haciendo un poco.

Sarah la miró con sinceridad.

—¿Sir Richard te ha besado?

Iris asintió.

—¿Y te gustó? No, no me contestes, se te nota en la cara que sí.

No era la primera vez que Iris maldecía su palidez. No había nadie en Inglaterra que se sonrojara con tanta fuerza e intensidad como ella.

Su prima le dio un golpecito en la mano.

—Eso es buena señal. Si te gustan sus besos, es muy probable que también te guste todo lo demás.

—Esta es la mañana más extraña de mi vida —confesó Iris con timidez.

—Pues espera y verás —Sarah se levantó e inclinó la cabeza con exageración—, lady Kenworthy.

Iris le lanzó la almohada.

—Tengo que irme —anunció su prima—. Tus hermanas llegarán en cualquier momento para ayudarte a vestirte.

Se acercó a la puerta y posó la mano en el pomo mirando a su prima con una sonrisa en los labios.

—¡Sarah! —la llamó Iris antes de que saliera.

La chica ladeó la cabeza.

Iris miró a su prima y, por primera vez en su vida, se dio cuenta de lo mucho que la quería.

—Gracias.

$\mathscr{V}$arias horas después, Iris ya era oficialmente lady Kenworthy. Se había plantado ante un hombre de Dios y había dicho las palabras que la unirían a sir Richard de por vida.

Su marido seguía siendo un misterio. Había seguido cortejándola durante el breve espacio de tiempo que se vieron entre su compromiso y la boda, y no podía decir que no hubiera sido encantador. Pero Iris seguía sin confiar del todo en él.

Le gustaba. Le gustaba mucho. Tenía un travieso sentido del humor que se parecía mucho al suyo y, de haberse sentido en el compromiso, habría confesado que le parecía un hombre con principios y moral.

Pero era más una suposición que una creencia o, para ser exactos, una esperanza. Su corazón le decía que todo iría bien, pero a ella no le gustaba confiar en su corazón. Era demasiado práctica para eso. Iris prefería lo tangible, quería pruebas.

Su cortejo no había tenido ningún sentido. Y era incapaz de ignorarlo.

—Tenemos que despedirnos ya —le dijo su marido, ¡su marido!—, después de la ceremonia.

La celebración, igual que la ceremonia, había sido sencilla, pero no precisamente pequeña. Iris tenía tantos familiares que había sido imposible.

Todo el día había pasado como una especie de bruma para ella, que se había dedicado a asentir y sonreír cuando deducía que era el momento adecuado. Sus primos y primas se habían ido presentando ante ella para felicitarla, pero tras cada beso en la mejilla y palmadita en la mano, sólo podía pensar que estaba un segundo más cerca de subirse al carruaje de sir Richard y marcharse de allí.

Y había llegado la hora.

Su marido la ayudó a subir y ella se sentó mirando al frente. Era un carruaje bonito, no le faltaba ni un solo detalle y parecía cómodo. Iris esperaba que estuviera bien engrasado; según le había dicho su marido, tenían por delante cuatro días de viaje hasta Maycliffe Park.

Un segundo después de que se sentara, sir Richard subió al carruaje. Le sonrió y se sentó frente a ella.

Iris miró a su familia por la ventana, que estaba reunida frente a su casa. No, aquella no era su casa. Ya no. Notó el humillante picor de las lágrimas en los ojos y escarbó en el bolso en busca de un pañuelo. Sin embargo, apenas había conseguido abrirlo, cuando sir Richard se inclinó hacia delante y le ofreció el suyo.

Cuando Iris cogió el pañuelo supuso que no tenía sentido que escondiera las lágrimas. La estaba viendo.

—Lo siento —le dijo mientras se enjugaba las lágrimas.

Las novias no debían llorar el día de su boda. Estaba segura de que no presagiaba nada bueno.

—No tienes por qué disculparte —le contestó sir Richard con amabilidad—. Ya sé que todo esto ha sido un trastorno para ti.

Iris esbozó la mejor sonrisa que pudo, pero no fue muy generosa.

—Estaba pensando que… —Señaló la ventana. El carruaje todavía no había empezado a moverse y, si inclinaba un poco la cabeza, podía ver la que había sido la ventana de su habitación—. Ya no es mi casa.

—Espero que te guste Maycliffe.

—Estoy segura de que sí. Por cómo la describes, debe de ser preciosa.

Richard le había hablado de la gran escalinata y de los pasadizos secretos. En la casa había un dormitorio en el que había dormido el rey Jaime I. Había un huerto cerca de la cocina y un invernadero en la parte de atrás. Pero no estaba conectado a la casa y Richard le contó que llevaba tiempo pensando en unirlo.

—Haré todo lo que pueda para hacerte feliz —le aseguró él.

Iris le agradecía que se lo hubiera dicho allí, a solas.

—Yo también.

El carruaje empezó a moverse despacio por las calles congestionadas de Londres.

—¿Cuánto tiempo viajaremos hoy? —le preguntó Iris.

—Unas seis horas en total, siempre que la lluvia de esta mañana no haya estropeado mucho las carreteras.

—No es mucho tiempo.

Él sonrió.

—Al estar tan cerca de la ciudad, hay muchos establecimientos donde pararse a descansar, en caso de ser necesario.

—Gracias.

Aquella era, sin duda, la conversación más educada, correcta y aburrida que habían mantenido desde que se conocían. Qué ironía.

—¿Te importa que lea un poco? —le preguntó Iris metiendo la mano en el bolso para coger un libro.

—En absoluto. En realidad, te envidio. Yo soy incapaz de leer en un carruaje en movimiento.

—¿Aunque vayas mirando hacia delante?

Se mordió el labio. Cielo santo, ¿pero qué estaba diciendo? Ahora pensaría que le había pedido que se sentara a su lado.

Cosa que no pretendía decir en absoluto.

Aunque tampoco le importaría.

Y eso tampoco significaba que lo deseara.

Le era completamente indiferente. De verdad. Le daba igual dónde se sentara.

—Da igual de qué lado vaya sentado —contestó sir Richard recordándole a Iris que le había hecho una pregunta—. Ya hace tiempo que me di cuenta de que mirar algún punto fijo a lo lejos por la ventana suele ayudar.

—Mi madre dice lo mismo —concedió Iris—. A ella también le cuesta leer en los carruajes.

—Yo suelo cabalgar junto al coche —le explicó encogiéndose de hombros—. Me resulta más fácil viajar así.

—¿Y hoy no te apetecía hacerlo?

Oh, vaya. Ahora pensaría que lo estaba echando del carruaje. Cosa que no pretendía decir.

—Quizá lo haga luego —le dijo—. Por la ciudad vamos tan despacio que el movimiento no me afecta.

Iris carraspeó.

—Bien. Pues si no te importa, voy a leer un rato.

—Por favor.

Iris abrió el libro y empezó a leer. En un carruaje cerrado. Sola con su nuevo y atractivo marido. Estaba leyendo un libro.

Sospechaba que aquella no debía de ser la forma más romántica de empezar un matrimonio.

¿Pero qué sabría ella?

# 9

$\mathcal{C}$uando pusieron fin a la primera etapa de su viaje ya eran casi las ocho de la noche. Iris había pasado bastante tiempo sola en el carruaje. Habían hecho una parada breve para que todo el mundo pudiera hacer sus necesidades y, cuando retomaron el viaje, sir Richard decidió ir montado a caballo junto al carruaje. Iris se convenció de que no se sentía desairada. Richard tenía tendencia a marearse y ella no quería que se encontrara mal el día de su boda.

Pero entonces se quedó sola, y a medida que fue avanzando el día y la luz del sol se fue apagando, apenas podía ver las páginas de su libro. Cuando salieron de Londres, empezaron a ir más deprisa y los caballos adoptaron un ritmo constante y relajante. Debió de quedarse dormida, porque cuando cerró los ojos estaban en Buckinghamshire, pero en ese momento alguien le sacudía el hombro con delicadeza y la llamaba por su nombre.

—¿Iris? ¿Iris?

—Mmmbrgh.

Nunca había tenido un buen despertar.

—Iris, ya hemos llegado.

Parpadeó varias veces hasta que consiguió enfocar la cara de su marido en la tenue luz de la noche.

—¿Sir Richard?

Él sonrió con indulgencia.

—Creo que ya puedes dejar de llamarme sir.

—Mmmmfh. Sí. —Bostezó y sacudió la mano, que se le había quedado dormida. Se dio cuenta de que le había pasado lo mismo en el pie—. Está bien.

Él la observaba visiblemente divertido.

—¿Siempre te despiertas así de despacio?

—No. —Iris se incorporó. En algún punto del viaje se había desplomado en el asiento—. A veces lo hago incluso más despacio.

Richard se rió.

—Me doy por avisado. Nada de programar visitas para lady Kenworthy antes del mediodía.

«Lady Kenworthy». Iris se preguntó cuánto tardaría en acostumbrarse.

—Normalmente a las once ya suelo parecer una persona coherente —le contestó—. Aunque debo decir que lo mejor de estar casada es que podré desayunar en la cama.

—¿Esa es la mejor parte?

La joven se sonrojó y se espabiló del todo al comprender el sentido implícito de sus palabras.

—Lo siento —se apresuró a decir—. Ha sido desconsiderado…

—No pasa nada —la interrumpió él y ella suspiró aliviada.

Su marido no era la clase de hombre que se sintiera insultado con facilidad. Y eso era una ventaja, porque Iris no siempre pensaba antes de hablar.

—¿Vamos? —le preguntó él.

—Claro.

Richard bajó del carruaje y le tendió la mano.

—Lady Kenworthy.

Era la segunda vez que la llamaba por su nuevo nombre en muy poco tiempo. Ella ya sabía que muchos hombres solían hacer eso durante los primeros días del matrimonio en señal de cariño, pero la incomodaba. Ya sabía que él tenía buena intención, pero sólo servía para recordarle lo mucho que había cambiado su vida en tan poco tiempo.

Pese a ello, debía esforzarse por ser lo más positiva que pudiera, y eso empezaba por darle una conversación agradable a su marido.

—¿Ya habías pasado la noche aquí antes? —le preguntó cuando aceptó su mano.

—Sí, yo… ¡Cuidado!

Iris no estaba muy segura de cómo sucedió —quizá su pie todavía no se había despertado del todo—, pero resbaló en el escalón del carruaje, y dio un grito de sorpresa cuando notó que se le revolvía el estómago y se le aceleraba el corazón.

Y entonces, antes de que pudiera siquiera recuperar el equilibrio, Richard la cogió y la sostuvo con firmeza mientras la dejaba en el suelo.

—Vaya —dijo Iris contenta de tener los pies en tierra firme.

Se llevó una mano al corazón e intentó relajarse.

—¿Estás bien?

Él no parecía advertir que seguía cogiéndola de la cintura.

—Bastante bien —susurró. ¿Por qué susurraba?— Gracias.

—Bien. —Richard la miró—. No querría que…

Le fallaron las palabras y, durante un intenso momento, se quedaron mirándose fijamente el uno al otro. Iris tuvo una sensación extraña y cálida, y cuando él se retiró de repente, se sintió descolocada y decaída.

—No me gustaría que te hicieras daño. —Richard carraspeó—. Me refería a eso.

—Gracias. —Iris miró la posada; el hervidero de actividad que se intuía en el edificio contrastaba con la actitud de ellos dos, que estaban quietos como estatuas—. Me estabas comentando algo —dijo Iris animándolo a proseguir—. Algo acerca de esta posada.

Richard se quedó mirándola perplejo.

—Te había preguntado si ya habías pernoctado aquí —le recordó.

—Muchas veces —le contestó, pero todavía parecía distraído. Ella aguardó un momento fingiendo estirarse los guantes, hasta que él carraspeó y dijo—: Hay tres días de viaje hasta Maycliffe, es imposible cambiar eso. Y siempre me quedo en las mismas dos posadas cuando viajo hacia el norte.

—¿Y cuando viajas hacia el sur? —quiso saber Iris.

Él parpadeó con el ceño fruncido, quizá fuera debido a la confusión o tal vez al desdén. Si era sincera, Iris debía admitir que no sabía cuál de las dos emociones veía reflejada en la cara de su marido.

—Era una broma —empezó a decirle, ya que era absurdo pensar

que pudiera hacer una ruta distinta cuando regresara a Londres. Pero decidió guardar silencio y añadió—: No importa.

Richard siguió mirándola fijamente durante un penetrante y largo momento, pero luego le tendió el brazo y le dijo:

—Ven.

Iris levantó la vista y leyó el festivo cartel que colgaba sobre la puerta de la posada. «El ganso polvoriento». ¿En serio? ¿De verdad iba a pasar su noche de bodas en una posada llamada «El ganso polvoriento»?

—Espero que sea de tu agrado —quiso saber Richard cuando la acompañaba hacia el interior.

—Claro.

Tampoco es que pudiera o quisiera responder otra cosa. Miró a su alrededor. En realidad era un establecimiento encantador, con ventanas de rombos estilo Tudor y flores frescas en la recepción.

—¡Vaya, sir Richard! —exclamó el posadero apresurándose a saludarlos—. Ha conseguido llegar.

—Las carreteras han aguantado bastante bien a pesar de la lluvia que ha caído esta mañana—contestó Richard con alegría—. Ha sido un viaje muy agradable.

—Supongo que tiene más que ver con la compañía que con el estado de las carreteras —comentó el posadero esbozando una sonrisa cómplice—. Les deseo mucha felicidad.

Richard inclinó la cabeza a modo de agradecimiento y dijo:

—Permita que le presente a mi nueva esposa, lady Kenworthy. Lady Kenworthy, este es el señor Fogg, el propietario de «El ganso polvoriento» y un hombre al que aprecio mucho.

—Es un honor conocerla, señora —la saludó el señor Fogg—. Su marido es nuestro cliente preferido.

Richard lo miró esbozando media sonrisa.

—Por lo menos, soy un cliente asiduo.

—Tiene una posada muy bonita —comentó Iris—. Aunque no veo polvo por ninguna parte.

El señor Fogg sonrió.

—Hacemos todo lo posible para evitar que entren los gansos.

Iris se rió y agradeció escuchar el sonido de sus carcajadas. Ya casi había olvidado cómo sonaban.

—¿Les acompaño a sus aposentos? —preguntó el posadero—. La señora Fogg les ha preparado la cena. Su mejor cocido, con queso, patatas y el mejor pudin de Yorkshire. Si lo prefieren, se lo podemos servir en un comedor privado.

Iris sonrió agradecida y siguió al señor Fogg escaleras arriba.

—Es aquí, señora —dijo abriendo una puerta al fondo del pasillo—. Esta es nuestra mejor habitación.

Iris pensó que era un dormitorio bastante elegante para tratarse de una posada, tenía una cama de cuatro postes y una ventana con vistas al sur.

—Sólo tenemos dos habitaciones con aseo privado —prosiguió el señor Fogg—, pero hemos reservado ésta para usted. —Abrió otra puerta que daba a una habitación sin ventanas. Dentro había un orinal y una bañera de cobre—. Una de nuestras doncellas le preparará el baño si así lo desea.

—Se lo haré saber, gracias —le informó Iris.

No estaba segura de por qué tenía tantas ganas de causarle buena impresión precisamente a un posadero, pero su marido parecía tenerle cariño. Además, no tenía ningún motivo para ser grosera con una persona que se estaba esforzando tanto por agradarla.

El señor Fogg le hizo una reverencia.

—Muy bien. En ese caso la dejo, señora. Estoy seguro de que querrá descansar después del viaje. ¿Sir Richard?

Iris parpadeó confundida cuando vio que acompañaba a sir Richard hasta la puerta.

—Su dormitorio está al otro lado del vestíbulo —prosiguió el señor Fogg.

—Muy bien —contestó Richard.

—¿Vas a…?

Iris se contuvo antes de decir algo embarazoso. ¿Su marido había reservado habitaciones separadas para su noche de bodas?

—¿Señora? —le preguntó el señor Fogg.

El hombre se dio la vuelta cuando percibió su tono interrogativo.

—No, nada —se apresuró a añadir Iris.

No pensaba admitir que estaba sorprendida por la distribución.

Sorprendida y aliviada. Y quizá también un poco herida.

—Si es tan amable de dejarme la puerta de la habitación abierta —le dijo Richard al señor Fogg—. Ya conozco el camino. Me gustaría hablar a solas con mi esposa.

El posadero inclinó la cabeza y se marchó.

—Iris —dijo Richard.

Ella no se volvió exactamente hacia él, pero lo miró. E intentó sonreír.

—No he querido someterte a la deshonra de pedirte que pases conmigo la noche de bodas en una posada —le dijo con la voz tensa.

—Ya veo.

Richard parecía esperar una respuesta más larga, así que la joven añadió:

—Es muy considerado por tu parte.

Su marido guardó silencio un momento y se dio unos golpecitos torpes en el muslo.

—Has tenido que hacer todo esto bajo presión.

—Tonterías —respondió ella con sequedad obligándose a imprimir un tono frívolo en su voz—. Ya hace dos semanas que te conozco. Podría nombrarte media docena de matrimonios que se forjaron en peores circunstancias.

Richard alzó una ceja. Fue un gesto cargado de ironía, e Iris deseó, por enésima vez, no ser tan pálida. Si ella pudiera alzar una ceja, nadie se daría cuenta.

Él inclinó la cabeza.

—Me marcho.

Ella se dio la vuelta y fingió buscar algo en el bolso.

—Por favor.

Se hizo otro silencio incómodo.

—¿Cenamos juntos? —le preguntó.

—Claro.

Tenía que comer, ¿no?

—¿Estarás lista dentro de quince minutos?

Richard le hablaba con mucha educación.

Iris asintió, pero no le estaba mirando. No estaba segura del motivo. Puede que una parte de ella necesitara que se alejara, que estuviera mucho más lejos, que le diera más espacio del que le daría cuando estuviera detrás de esa puerta. Necesitaba que cruzara el vestíbulo, entrara en su dormitorio y cerrara la puerta.

Necesitaba que hubiera todo ese espacio entre ellos.

Así podría llorar.

*R*ichard cerró la puerta de Iris, cruzó el pasillo con cautela, abrió la puerta de su dormitorio, la cerró con llave, y luego soltó una retahíla de palabrotas tan fluida y espectacularmente creativa, que fue un milagro que no lo escuchara hasta el último huésped de la posada.

¿Qué narices iba a hacer?

Todo había ocurrido según el plan. Todo. Había conocido a Iris, había conseguido que se casara con él y ya iban de camino al norte. La verdad era que todavía no se lo había contado todo, bueno, no le había dicho absolutamente nada, pero tampoco pensaba hacerlo antes de que llegaran a Maycliffe y ella conociera a sus hermanas.

Estaba aliviado de haber encontrado una esposa tan inteligente y agradable como Iris. El hecho de que además fuera atractiva era una bonificación fantástica. Pero no había pensado que la desearía.

No de esa forma.

Ya la había besado en Londres y le había gustado bastante, lo bastante como para saber que acostarse con ella no le plantearía ningún problema. Pero por mucho que disfrutara de la experiencia, no le costó dejar de besarla cuando tuvo que hacerlo. Se le había acelerado el pulso y había sentido la presencia incipiente del deseo, pero no fue nada que no pudiera controlar.

Pero hacía sólo un momento, cuando Iris había tropezado al salir del carruaje... Él había conseguido cogerla a tiempo. Era un caballero, lo hizo por puro instinto. Habría hecho lo mismo por cualquier dama.

Pero cuando la tocó, cuando la cogió de su pequeña cintura y notó cómo se deslizaba por su cuerpo al dejarla en el suelo...

Algo ardió en su interior.

Richard no sabía qué había cambiado. ¿Sería algo primitivo, alguna emoción enterrada en el fondo de su corazón que se hubiera despertado al saberla suya?

Se había sentido como un idiota, de piedra, congelado, había sido incapaz de despegar las manos de sus caderas. Le palpitaba la sangre en las venas y el corazón le latía tan fuerte que no se podía creer que ella no lo hubiera oído. Y lo único que podía pensar era...

«La deseo».

Y no era el clásico deseo motivado por el hecho de que hiciera varios meses que no yacía con ninguna mujer. Era algo eléctrico, un repentino estallido de deseo tan intenso que lo había dejado sin aliento.

Había sentido la necesidad de cogerla y besarla hasta que jadeara de necesidad.

Quiso agarrarla del trasero, estrechárselo y levantarla, hasta que ella no hubiera tenido más opción que rodearlo con las piernas.

Y luego quiso apoyarla contra un árbol y poseerla.

Dios santo. Deseaba a su mujer. Y no podía tenerla.

Todavía no.

Richard volvió a maldecir mientras se quitaba la casaca y se tumbaba en la cama. ¡Maldición! No necesitaba esa clase de complicaciones en su vida. Iba a tener que pedirle que cerrara la puerta con llave cuando vivieran en Maycliffe.

Maldijo por segunda vez. Ni siquiera sabía si había alguna cerradura en la puerta que conectaba el dormitorio del señor de la casa y el de su esposa.

Tendría que poner una.

No, eso daría que hablar. ¿Quién narices ponía una cerradura en una puerta que conectaba dos dormitorios?

Por no mencionar los sentimientos de Iris. Richard había visto la sorpresa en sus ojos; ella no comprendía que no fueran a pasar juntos la noche de bodas. Estaba bastante convencido de que también habría sentido cierto alivio, no era tan ingenuo como para creer que Iris se hubiera enamorado desesperadamente de él en tan poco tiempo. Y aunque fuera así, no tenía aspecto de ser la clase de chica que afrontara sin miedos los misterios del lecho conyugal.

Pero también se había sentido herida. Ella había intentado ocultarlo, pero Richard se había dado cuenta. ¿Y por qué no iba a estarlo? Lo único que ella sabía era que su esposo no la encontraba lo suficiente atractiva como para acostarse con ella en su noche de bodas.

Soltó una triste carcajada. Nada más lejos de la verdad. Sólo Dios sabía cuánto tiempo tardaría en calmar su traicionero cuerpo para poder acompañarla a cenar.

Oh, sí, eso sería muy caballeroso: «Te ofrezco mi brazo, pero, por favor, ignora mi furiosa erección».

Alguien tenía que inventar un par de pantalones mejores.

Se quedó allí tumbado pensando en cosas desapasionadas. Imaginó cualquier cosa con la que entretenerse que alejara su mente del delicado ardor de la cadera de su mujer. O del suave color sonrosado de sus labios. Ese color sería normal en cualquier otra chica, pero sobre la pálida piel de Iris...

Maldijo. Otra vez. Ese no era el camino. Malos pensamientos, pensamientos desagradables... veamos, recordaba aquella vez que se había intoxicado comiendo en Eton. Fue por culpa de un pescado en mal estado. ¿Era salmón? No, lucio. Pasó varios días devolviendo. Oh, y también recordaba el estanque de Maycliffe. Estaría muy frío en aquella época del año. Muy frío. Tanto como para ponerle los testículos morados.

Pájaros, conjugaciones en latín, su tía abuela Gladys (descanse en paz). Arañas, leche cortada, la peste.

La peste bubónica.

La peste bubónica en su fría y entumecida...

Eso funcionó.

Le echó un vistazo a su reloj de bolsillo. Habían pasado diez minutos. Quizá once. Todavía le quedaba tiempo suficiente para levantar su patética persona de la cama y ponerse presentable.

Richard rugió y volvió a ponerse la casaca. Probablemente debería cambiarse de ropa para cenar, pero estaba convencido de que no tenía por qué prestar mucha atención a todas esas normas estando de viaje. Además, ya le había dicho a su ayudante de cámara que no necesitaría sus servicios hasta que se retirara para dormir. Esperaba que Iris no pensara que debía ponerse un vestido más formal. No había pensado en avisarla.

Llamó a su puerta con puntualidad meridiana. Iris abrió de inmediato.

—No te has cambiado —espetó.

Como un idiota.

Ella abrió los ojos como si temiera haber cometido un error.

—¿Debía hacerlo?

—No, no. Quería decirte que no te molestaras. —Carraspeó—. Pero me olvidé.

—Ah. —Iris sonrió. Era una sonrisa tensa—. Bueno, pues no lo he hecho. Lo de cambiarme.

—Ya veo.

Richard tomó nota mental de felicitarse por su gran ingenio.

Iris se quedó allí plantada.

Él también.

—He cogido un chal —le dijo.

—Buena idea.

—He pensado que podría hacer frío.

—Podría ser.

—Sí, es lo que he pensado.

Richard se quedó allí plantado.

Ella también.

—Deberíamos ir a comer —dijo él de repente ofreciéndole el brazo.

Era peligroso tocarla, incluso en aquellas inocentes circunstancias, pero iba a tener que acostumbrarse. No se podía negar a acompañarla durante los próximos meses.

Tenía que averiguar cuántos meses serían. Necesitaba saber cuántos serían exactamente.

—El señor Fogg no exageraba cuando ha mencionado el asado de su mujer —comentó intentando hablar de cosas triviales—. Es una gran cocinera.

Debería haberlo imaginado, pero le pareció que Iris se alegraba de que él entablara una conversación ordinaria.

—Me alegro —dijo—. Tengo mucha hambre.

—¿No has comido nada en el carruaje?

Ella negó con la cabeza.

—Tenía intención de hacerlo, pero me quedé dormida.

—Lamento no haber podido ir contigo para entretenerte.

Se mordió la lengua. Sabía muy bien cómo le habría gustado entretenerla, incluso aunque ella desconociera todavía tales actividades.

—No pasa nada. No te sientan bien los carruajes.

Era cierto. Pero tampoco había viajado nunca con ella.

—Supongo que mañana también querrás montar junto al carruaje —quiso saber ella.

—Creo que será lo mejor.

«Por muchos motivos».

Iris asintió.

—Tendré que conseguir otro libro para leer. Me temo que me acabaré el que estoy leyendo mucho más rápido de lo que esperaba.

Llegaron a la puerta del comedor privado y Richard se adelantó para abrirla.

—¿Qué lees? —le preguntó.

—Otro libro de la señorita Austen. *Mansfield Park*.

Richard le retiró la silla.

—No lo conozco. No creo que mi hermana lo haya leído.

—No es tan romántico como los demás.

—Ah. Eso lo explica. Entonces a Fleur no le gustaría.

—¿Tan romántica es tu hermana?

Richard hizo ademán de abrir la boca, pero se detuvo. ¿Cómo podía describir a Fleur? En ese momento no era exactamente la persona a la que más apreciaba.

—Me parece que sí —contestó al fin.

Iris parecía divertirse.

—¿Tú crees?

Richard sonrió con vergüenza.

—No es la clase de tema del que habla con su hermano. Me refiero a todo esto del romance.

—Ya me imagino. —Se encogió de hombros y pinchó una patata con el tenedor—. Yo tampoco lo hablaría con el mío.

—¿Tienes un hermano?

Iris lo miró sorprendida.

—Claro.

Vaya, ya debería saberlo. ¿Qué clase de hombre ignoraba que su esposa tuviera un hermano?

—John —le recordó—. Es el pequeño.

Eso todavía lo sorprendió más.

—¿Tienes un hermano llamado John?

Iris se rió.

—Ya sé que es sorprendente. Debería haberse llamado Florian. O Basil*. La verdad es que no es justo.

—¿Y William? —sugirió Richard—. Por Sweet William**.

—Eso habría sido todavía más cruel. Tener nombre de flor y, sin embargo, ser tan normal.

—Venga ya. Iris no es Mary o Jane, pero no es un nombre tan poco corriente.

—No lo digo por eso —le contestó—. Es porque somos cinco. Cualquier cosa normal y corriente pierde la gracia cuando se encuentra al por mayor.

---

* Nueva referencia a los nombres de flor. Aquí la autora sugiere un nombre de planta para el hermano de la protagonista: «basil» en español significa albahaca.

** Y uno más, en este caso es la flor que en España se conoce como clavel del poeta. (N. de la T.)

Iris clavó su divertida mirada en la comida.

—¿Qué? —le preguntó Richard.

Tenía que saber por qué tenía esa encantadora expresión en la cara.

Ella negó con la cabeza apretando los labios, era evidente que se estaba esforzando por no reírse.

—Explícamelo. Insisto.

La joven se inclinó hacia delante como si fuera a revelarle un gran secreto.

—Si John hubiera sido una chica, se habría llamado Hydrangea*.

—Cielo santo.

—Lo sé. Mi hermano es un chico con mucha suerte.

Richard se rió y entonces se dio cuenta de que ya llevaban varios minutos conversando con comodidad. Era muy agradable. La verdad era que daba gusto estar acompañado de su nueva esposa. Quizá todo aquello acabara saliendo bien. Sólo tenía que superar los primeros obstáculos y...

—¿Por qué no ha venido tu hermano a la boda? —le preguntó.

Iris no se molestó en levantar la mirada cuando le contestó.

—Sigue en Eton. Mis padres no creyeron conveniente que dejara la escuela para asistir a una celebración tan pequeña.

—Pero vinieron todos tus primos.

—No había nadie de tu familia —terció ella.

Había motivos para explicarlo, pero no estaba preparado para entrar en detalles.

—Y, en cualquier caso, tampoco asistieron todos mis primos.

—Cielos, ¿cuántos sois?

Iris apretó los labios. Intentaba no reírse.

—Tengo treinta y cuatro primos hermanos.

Richard la miró de hito en hito. Era una cifra increíble.

—Y cinco hermanos —añadió.

---

\* De nuevo sugiere la autora que el hermano de Iris podría llamarse Hydrangea, que significa Hortensia en español. (*N. de la T.*)

—Eso es extraordinario.

La joven se encogió de hombros. Lo cierto era que si pensaba que su familia era todo su mundo, dejaba de ser tan extraordinario.

—Mi padre tiene siete hermanos.

—Aun así. —Pinchó un trozo de la famosa carne asada de la señora Fogg—. Yo no tengo ningún primo.

—¿De verdad?

Iris parecía sorprendida.

—La hermana mayor de mi madre enviudó cuando era muy joven. No tenía hijos y tampoco ninguna intención de volver a casarse.

—¿Y tu padre?

—Tenía dos hermanas, pero las dos murieron sin descendencia.

—Lo siento.

Richard dejó el tenedor suspendido en el aire a medio camino de la boca.

—¿Por qué?

—Bueno, porque… —Se detuvo y echó la barbilla hacia atrás mientras pensaba en la respuesta—. No lo sé —dijo al fin—. No me imagino una vida tan solitaria.

Por algún motivo sus palabras parecieron divertir a Richard.

—Tengo dos hermanas.

—Ya lo sé, pero…

Volvió a guardar silencio.

—¿Pero qué?

Sonrió para demostrarle que no estaba ofendido.

—Es que.. sois muy pocos.

—Te aseguro que cuando era pequeño no lo parecía.

—Ya me imagino.

Richard se sirvió dos raciones más del pudin de la señora Fogg.

—Supongo que tu casa sería un hervidero de actividad.

—Parecía un loquero.

Richard se rió.

—No bromeo —le advirtió, pero se rió.

—Espero que en mis dos hermanas encuentres buenas sustitutas para las tuyas.

Iris sonrió y ladeó la cabeza con coquetería.

—Con un nombre como Fleur se podría decir que estábamos predestinados, ¿no?

—Ah, sí, las chicas con nombre de flor.

—¿Así es como nos llaman ahora?

—¿Ahora?

Iris puso los ojos en blanco.

—El ramillete de Smythe-Smith, las chicas del jardín, las flores del invernadero…

—¿Las flores del invernadero?

—A mi madre no le hacía ninguna gracia que nos pusieran motes.

—Ya imagino que no.

—No siempre nos llamaban flores —le dijo con complicidad—. Tengo entendido que algunos caballeros disfrutan haciendo juegos de palabras.

—¿Caballeros? —repitió Richard con poca convicción.

Se le ocurrían muchos juegos de palabras relacionados con la palabra «flor», y ninguno de ellos era elogioso.

Iris pinchó una pequeña patata con el tenedor.

—Utilizo el término con demasiada despreocupación.

La observó un momento. A primera vista, su nueva esposa parecía poca cosa, casi insustancial. No era alta, sólo le llegaba por el hombro, y era bastante delgada. (Aunque como había descubierto hacía poco, no estaba desprovista de curvas). Y además, claro, estaba el extraordinario color de su piel. Pero sus ojos, que a primera vista le habían parecido pálidos e insípidos, se iluminaban y brillaban rebosantes de inteligencia cuando ella conversaba. Y cuando se movía, en seguida quedaba claro que su esbelta figura no era débil y enfermiza, sino fuerte y decidida.

Iris Smythe-Smith no se pavoneaba como les habían enseñado a hacer a muchos de sus iguales; cuando ella caminaba, lo hacía con sentido y decisión.

Y Richard se recordó que ya no se llamaba Smythe-Smith. Ahora era Iris Kenworthy, y se estaba dando cuenta de que apenas había empezado a conocerla.

# 10

Tres días después

$\mathcal{S}$e estaban acercando.

Hacía diez minutos que habían pasado por Flixton, el pueblo más cercano a Maycliffe Park. Iris miraba el paisaje por la ventana intentando no parecer impaciente o nerviosa. Trataba de convencerse de que sólo era una casa y, si la descripción de su marido era fiel, tampoco sería tan grande.

Pero era la casa de Richard, y eso significaba que ahora era también la suya, y se moría por dar una buena impresión al llegar. Él le había contado que había trece sirvientes en la casa propiamente dicha, nada demasiado exagerado, pero también había mencionado que el mayordomo llevaba allí desde que él era niño y el ama de llaves incluso más tiempo, e Iris no pudo evitar pensar que no importaba si ahora se apellidaba Kenworthy, porque ella era la forastera de la ecuación.

Todo el mundo la odiaría. Los sirvientes la odiarían, sus hermanas la odiarían y, si tenía un perro (¿no debería saber ya si tenía perro?), seguro que también la odiaría.

Se imaginó al animal, acercándose a Richard con una estúpida sonrisa canina, y volviéndose hacia ella para enseñarle los colmillos entre gruñidos.

Sería un recibimiento muy alegre.

Richard había contratado un mensajero para que avisara a los residentes de la casa de la hora aproximada de su llegada. Iris ya conocía lo suficiente la vida en el campo como para saber que algún jinete los estaría observando desde lejos. Para cuando su carruaje llegara a Maycliffe, todo el personal de la casa se habría alineado en la puerta para recibirlos.

Su marido hablaba con mucho afecto de los sirvientes de mayor graduación. Teniendo en cuenta lo encantador y amable que era, Iris imaginaba que los sentimientos serían mutuos. Los criados la observarían. Les daría igual que ella intentara ser imparcial y amable. No importaría que le sonriera a su marido y pareciera contenta y encantada con su nuevo hogar. Ellos la estarían observando de cerca y lo verían en sus ojos: no estaba enamorada de su marido.

Y quizá advirtieran también lo más importante: él no estaba enamorado de ella.

La situación provocaría habladurías. Cuando el señor de la casa se casaba siempre había habladurías, pero ella era una completa desconocida en Yorkshire y, como la boda había sido tan precipitada, se hablaría mucho sobre ella. ¿Pensarían que se había casado embarazada? No podía ser menos cierto y, sin embargo...

—No te preocupes.

Iris levantó la mirada al oír la voz de Richard. Le agradecía mucho que hubiera destruido el círculo vicioso en el que se habían metido sus pensamientos.

—No estoy preocupada —le mintió.

Él alzó una ceja.

—Lo expresaré de otra forma: no tienes por qué preocuparte.

Iris se posó las manos sobre el regazo con recato.

—No pensaba que lo hubiera.

Otra mentira. Se le estaba empezando a dar bien. O quizá no. Richard ponía cara de no creerse ni una palabra.

—Está bien —admitió—. Estoy un poco nerviosa.

—Ah. Bueno, tienes tus motivos.

—¡Sir Richard!

Richard sonrió.

—Lo siento. No he podido resistirme. Y por favor, prefiero que no me llames sir. Por lo menos cuando estemos solos.

Ella ladeó la cabeza valorando si debía contestar a eso.

—Iris —prosiguió adoptando un tono de voz suave—. Sería un sinvergüenza si no reconociera que, en nuestra unión, has sido tú la que has tenido que adaptarte a todo.

Ella pensó con mordacidad que no se había adaptado a todo. Desde luego, no a lo más importante. En realidad, se podía decir que una parte muy importante de su cuerpo no se había adaptado en absoluto. La segunda noche de su viaje la pasaron de una forma muy parecida a la primera: en habitaciones separadas. Richard había repetido lo mismo que ya le había dicho, que no merecía una noche de bodas en una posada sucia.

No importaba que «El Roble del Rey» estuviera tan reluciente como lo había estado «El Ganso Polvoriento». Y aplicó el mismo argumento en «Los Brazos del Rey», donde durmieron la última noche de su viaje. Iris sabía que debería sentirse honrada de que su marido fuera tan considerado con ella, que pusiera su comodidad y su bienestar por delante de sus necesidades, pero no podía evitar preguntarse qué le había ocurrido al hombre que la había besado de una forma tan apasionada en la mansión Pleinsworth hacía tan solo una semana. En aquel momento le dio la impresión de que Richard fue incapaz de resistirse a su cercanía, se sintió tan superado…

Y ahora… Ahora que estaban casados y que no tenía motivos para reprimir sus pasiones…

No tenía sentido.

Pero lo cierto es que tampoco lo tenía que se hubiera casado con ella y lo había hecho con presteza.

Se mordió el labio.

—Te he pedido mucho —le dijo Richard.

—No tanto —murmuró ella.

—¿Qué dices?

Ella meneó un poco la cabeza.

—Nada.

Richard suspiró, fue la única señal que indicaba que la conversación le podría estar resultando difícil.

—Has cruzado medio país —le recordó—. Te he separado de las personas que más quieres.

Iris consiguió esbozar una sonrisa. ¿Se suponía que esa conversación debía tranquilizarla?

—Pero creo que nos llevaremos muy bien —prosiguió—. Y espero que en Maycliffe te sientas como en casa.

—Gracias —le contestó con educación.

Iris apreciaba que él se estuviera esforzando tanto para hacerla sentir bien, pero no la estaba ayudando a tranquilizarse.

—Mis hermanas deben de estar deseando conocerte.

Iris esperaba que fuera cierto.

—Les he hablado de ti en mis cartas —prosiguió.

Ella levantó la vista sorprendida.

—¿Cuándo? —le preguntó.

Si sus noticias habían llegado a Maycliffe antes que ella, Richard debía de haberle escrito en cuanto se prometieron.

—Mandé una carta urgente.

Iris asintió y volvió a mirar por la ventana. Eso ya tenía más sentido. Mandar una carta urgente era caro, pero cuando uno necesitaba que alguna noticia llegara a tiempo, valía la pena pagar el precio. Se preguntó qué habría escrito sobre ella. ¿Cómo habría descrito a su futura esposa si sólo hacía una semana que la conocía? Y nada menos que para que lo leyeran sus hermanas.

Se volvió e intentó observar el rostro de Richard sin que él se diera cuenta. Era un hombre bastante inteligente, a Iris le bastó con una semana para advertirlo. También se le daba bien tratar con las personas, mucho mejor que a ella, de eso estaba segura. Supuso que lo que fuera que les hubiera escrito a sus hermanas dependería de ellas. Richard ya sabría lo que querrían saber sobre ella.

—Apenas me has hablado de ellas —le dijo de repente.

Richard parpadeó.

—De tus hermanas.

—Oh. ¿Ah, no?

—No.

Y era muy raro que Iris se estuviera dando cuenta en ese momento. Imaginó que debía de ser porque sabía las cosas más importantes: nombres, edades y algún detalle sobre su apariencia. Pero no sabía nada más, salvo que a Fleur le gustaba *Orgullo y prejuicio*.

—Oh —repitió Richard. Miró por la ventana y luego la volvió a mirar a ella. Era extraño, pero parecía nervioso—. Bueno, Fleur tiene dieciocho años y Marie-Claire tiene tres años menos.

—Sí, eso ya me lo has dicho.

La ironía de Iris fue muy sutil y, por la expresión de Richard, tardó algunos segundos en advertirlo.

—A Fleur le gusta leer —dijo con alegría.

—*Orgullo y prejuicio* —añadió Iris.

—Sí, ¿lo ves? —Esbozó una sonrisa encantadora—. Sí que te he contado cosas.

—Supongo que técnicamente es verdad —admitió Iris asintiendo en su dirección—. Porque la palabra «cosas» es plural, el número dos es plural y me has explicado dos cosas.

Él entornó los ojos con diversión.

—Está bien, ¿qué quieres saber?

Iris odiaba que le hicieran esa clase de preguntas.

—Todo.

—Tú no me has contado nada sobre tus hermanas —señaló él.

—Ya las conoces.

—Pero a tu hermano no.

—Tú no vas a tener que vivir con mi hermano —le contestó.

—Tienes razón —admitió—, aunque se podría decir que cualquier cosa que te cuente tiene poco sentido dado que las vas a conocer dentro de tres minutos.

—¿Qué?

Preguntó Iris reprimiendo un grito de sorpresa mientras miraba por la ventana. Era cierto, ya se habían desviado de la carretera principal y avanzaban por un camino largo. Los árboles eran más estrechos que los de la carretera y los campos ondeaban hacia el horizonte. El paisaje era precioso, apacible y sereno.

—Está justo sobre esa elevación.

Iris percibió la sonrisa de satisfacción en su voz.

—Aparecerá dentro de un segundo.

Y entonces la vio. Maycliffe Park. Era más grande de lo que había imaginado, aunque no tenía nada que ver con Fensmore o Whipple Hill. Pero esas casas pertenecían a condes. Eran primos suyos, pero seguían siendo condes del reino.

Sin embargo, Maycliffe tenía sus propios encantos. Desde lejos, la fachada parecía de ladrillo rojo, y estaba adornada con unos gabletes holandeses poco habituales. Parecían incluso irregulares, pero dado lo que sabía de su historia, tenía sentido. Richard le había contado que la casa había sufrido varias modificaciones a lo largo de los años.

—Los dormitorios familiares dan al sur —le explicó—. En invierno lo apreciarás mucho.

—No sé en qué dirección vamos ahora —admitió ella.

Richard sonrió.

—Nos estamos acercando a la casa desde el oeste. Eso significa que tu dormitorio estará doblando esa esquina —comentó señalando hacia la derecha.

Iris asintió sin volverse hacia su marido. En ese momento quería concentrarse en la casa. Cuando se acercaron, advirtió que cada gablete contenía una pequeña ventana circular.

—¿A quién pertenecen las estancias de la parte de arriba? —preguntó—. Las que tienen las ventanas circulares.

—Hay una pequeña mezcla. Algunas son de sirvientes. Y al sur hay una habitación infantil. Mi madre convirtió una de ellas en una sala de lectura.

Iris se dio cuenta entonces de que tampoco le había hablado mucho de sus padres. Sólo sabía que habían muerto, su madre cuando él estudiaba en Eton, y su padre hacía algunos años.

Pero ese no era el mejor momento para presionarlo en busca de más información. El carruaje se estaba deteniendo y todo el personal de Maycliffe estaba alineado en el camino de la entrada para recibirlos. A

Iris le dio la impresión de que el número de personas que aguardaban en la entrada superaba los trece criados que había mencionado Richard, pero quizá sólo se había referido a los que servían en la casa. Por lo que veía Iris, entre el grupo había varios jardineros y también mozos de establo. Nunca la habían recibido tantos sirvientes, suponía que la excepción se debía a que en esa situación no era una invitada, sino la señora de la casa. ¿Por qué no la había avisado nadie? Ya estaba lo bastante nerviosa sin tener que preocuparse por causarle una buena impresión al hombre que cuidaba de las rosas.

Richard se apeó del carruaje y le tendió la mano. Iris respiró hondo y bajó mirando al grupo de sirvientes con lo que esperaba fuera una sonrisa amistosa pero segura.

—Señor Cresswell —dijo Richard dirigiéndose a un hombre alto que sólo podía ser el mayordomo—, permítame que le presente a lady Kenworthy, la nueva señora de Maycliffe Park.

Cresswell inclinó la cabeza con rigidez y formalidad.

—Estamos encantados de tener una mujer en Maycliffe.

—Estoy deseando conocer mi nueva casa —dijo Iris empleando las palabras que había practicado la noche anterior—. Estoy segura de que, durante estos primeros meses, dependeré mucho de usted y de la señora Hopkins.

—Será un honor ayudarla, milady.

Iris empezó a relajarse. Cresswell parecía un hombre sincero y estaba convencida de que el resto de sirvientes seguirían su ejemplo.

—Sir Richard me ha explicado que lleva usted muchos años en Maycliffe —prosiguió Iris—. Es muy afortunado de…

Iris se quedó sin palabras cuando miró a su marido. Su habitual expresión de alegría había desaparecido; de repente estaba muy enfadado.

—¿Richard? —se escuchó susurrar.

¿Qué podría haber pasado para hacerlo enfadar de aquella manera?

—¿Dónde están mis hermanas? —le preguntó al mayordomo con un tono de voz grave y tenso que Iris no le había oído adoptar nunca.

$\mathscr{R}$ichard observó la pequeña reunión de personas que se encontraban en el camino, ¿pero con qué fin? Si su hermanas estuvieran allí, aguardarían al frente del grupo y sus ropas serían una explosión de color comparadas con los uniformes negros de las criadas.

Maldita sea, tendrían que haber salido a recibir a Iris. Era el peor desaire que le podían hacer. Puede que Fleur y Marie-Claire se hubieran acostumbrado a dirigir la mansión, pero ahora Iris era la señora de Maycliffe y todo el mundo —incluso quienes hubieran nacido con el apellido Kenworthy— debía acostumbrarse a ello.

Rápido.

Además, sus hermanas sabían muy bien lo mucho que Iris estaba sacrificando por su familia. Ni siquiera Iris era consciente de la magnitud de la situación.

Ni de otras cosas tampoco, en realidad.

A Richard le ardían las entrañas y la verdad es que no quería decidir si se debía a la ira o a la culpa.

Esperaba que se debiera al enfado. Porque ya se había sentido lo bastante culpable y tenía la sensación de que pronto, ese fuego que tenía dentro, se transformaría en ácido.

—Richard —dijo Iris posándole la mano en el brazo—. Estoy segura de que hay un buen motivo para explicar su ausencia.

Pero su sonrisa era forzada.

Él se volvió hacia Cresswell y espetó:

—¿Por qué no han bajado?

No había ninguna excusa que justificara su comportamiento. El resto de los empleados de la casa habían tenido tiempo para salir y colocarse en su sitio. Sus hermanas tenían cuatro buenas piernas entre las dos. Habían tenido tiempo de sobra para bajar a recibir a su nueva hermana.

—La señorita Kenworthy y la señorita Marie-Claire no están en Maycliffe, señor. Están con la señora Milton.

¿Estaban con su tía?

—¿Qué? ¿Por qué?

—Vino a buscarlas ayer por la tarde.

—A buscarlas —repitió Richard.

El mayordomo permaneció impasible.

—La señora Milton dijo que los recién casados merecen una luna de miel.

—Si vamos a disfrutar de una luna de miel, no será aquí —murmuró Richard.

¿Acaso se suponía que debían ocupar alguna habitación del ala este de la casa y fingir que estaban en la costa? El aire que se colaba por las ventanas les recordaría a Cornwall. O al Ártico.

Cresswell carraspeó.

—Me parece que regresarán dentro de dos semanas, señor.

—¿Dos semanas?

No podía ser.

Iris le estrechó el brazo.

—¿Quién es la señora Milton?

—Mi tía —le contestó distraído.

—Dejó una carta para usted —le comentó Cresswell.

Richard volvió a mirar al mayordomo.

—¿Mi tía? ¿O Fleur?

—Su tía. La he dejado sobre la pila de correspondencia que le aguarda en el despacho.

—¿Y no hay ninguna carta de Fleur?

—Me temo que no, señor.

La iba a estrangular.

—¿Ninguna explicación? —insistió—. ¿Ni siquiera un mensaje?

—No que yo sepa.

Richard respiró hondo e intentó recuperar la calma. Ese no era el recibimiento que había imaginado. Él pensaba, bueno, en realidad no había pensado mucho en el tema, pero creía que sus hermanas estarían allí y que él podría pasar a la siguiente fase de su plan.

Por horrorosa que fuera.

—Sir Richard —dijo Iris.

Él se volvió y parpadeó. Lo había vuelto a llamar Sir y estaba empezando a detestarlo. Era un gesto de respeto y, si había hecho algo para ganárselo, estaba a punto de perderlo.

La joven ladeó la cabeza en dirección a los sirvientes, que seguían aguardando en posición de firmes.

—¿No crees que deberíamos seguir con las presentaciones?

—Sí, claro. —Consiguió esbozar una tensa y falsa sonrisa antes de dirigirse a su ama de llaves—. Señora Hopkins, ¿sería tan amable de presentarle las doncellas a lady Kenworthy?

Richard siguió a las dos damas con las manos cogidas a la espalda y observó cómo saludaban a las doncellas. No interfirió, aquel era el momento de Iris, y para que la joven pudiera asumir su papel en Maycliffe como era debido, él no podía dar la impresión de estar minando su autoridad.

Iris se enfrentó a las presentaciones con aplomo. Era delgada y pálida en comparación con la robusta señora Hopkins, pero su postura era recta y firme y saludó a cada doncella con elegancia y educación.

Se sintió orgulloso. Aunque Richard ya sabía que Iris actuaría de esa forma.

Cuando acabaron las damas, Cresswell tomó el relevo y le presentó a todos los lacayos y mozos de cuadra. Cuando le hubo presentado al último, el mayordomo se volvió hacia Richard y dijo:

—Ya le hemos preparado sus aposentos, señor, y también les espera un ligero refrigerio.

Richard le tendió el brazo a Iris, pero continuó hablando con Cresswell.

—Espero que también hayan preparado los aposentos de lady Kenworthy.

—Tal y como usted pidió, señor.

—Excelente. —Richard miró a Iris—. Lo han limpiado todo y han aireado bien el dormitorio, pero no hemos redecorado la habitación. Pensé que preferirías elegir tú misma los colores y las telas.

Iris sonrió agradecida y Richard rezó en silencio para que sus gustos no le obligaran a comprar brocados importados de Francia. Maycliffe volvía a ser una hacienda provechosa, pero no nadaban en la abundancia. Había un motivo por el que, al principio, pensó que lo mejor que podía hacer era encontrar una esposa con una dote generosa. Iris le había proporcionado dos mil libras. No era moco de pavo, pero tampoco era una cantidad suficiente como para recuperar la antigua gloria de la mansión.

Sin embargo, quería que su mujer redecorara su dormitorio. Era lo menos que podía hacer.

Iris levantó la vista y miró la casa, y mientras ella observaba la fachada de ladrillos rojos que tanto apreciaba Richard, se preguntó qué estaría viendo. ¿Estaría apreciando el encanto de los gabletes holandeses o advirtiendo el pobre estado de los cristales de las ventanas circulares? ¿Adoraría la historia de aquella antigua mansión o el revoltijo de estilos arquitectónicos le parecería discordante y poco refinado?

Ahora era su casa, ¿pero algún día llegaría a sentirla propia?

—¿Entramos? —le preguntó.

Iris sonrió.

—Me encantaría.

—¿Quieres que te enseñe la casa? —le sugirió.

Sabía que debería preguntarle si le apetecía descansar, pero todavía no quería llevarla a su habitación. El dormitorio de Iris estaba conectado al suyo, y los dos tenían una cama grande y cómoda, pero no podría utilizar ninguna de las dos como le apetecía.

Los últimos tres días habían sido un inferno.

O, para ser más exactos, las tres últimas noches.

La noche que pasaron en la posada de «Los Brazos del Rey» fue la peor. Les habían asignado habitaciones separadas, tal como él mismo había solicitado por adelantado, pero el propietario, ansioso por complacer a los recién casados, los había conducido hasta su mejor suite.

—¡Y tiene una puerta que conecta ambos dormitorios! —anunció sonriendo y guiñándoles el ojo.

Richard nunca se había dado cuenta de lo delgada que podía ser una puerta. Había oído hasta el último movimiento de Iris, la oía toser y suspirar. La había oído blasfemar cuando se golpeó el dedo del pie y fue consciente del momento exacto en el que se metió en la cama. Los muelles del colchón crujieron incluso bajo su delgada figura, y su imaginación no tardó mucho tiempo en entrar en la habitación de la joven.

Tendría el pelo suelto. Nunca se lo había visto suelto, y no dejaba de preguntarse a todas horas por la longitud de su melena. Siempre lo llevaba recogido en un moño sobre la nuca. Richard nunca había pensado mucho en los peinados de las mujeres, pero cuando miraba a Iris veía cada una de sus horquillas asomando por entre la suavidad y la palidez de su pelo. Aquella mañana había empleado catorce para recogerse las trenzas. Le parecían muchas. ¿Eso tendría algo que ver con la longitud de su melena?

Quería tocarle el pelo y descolgar los dedos por sus mechones. Quería verlo a la luz de la luna brillando con tanta fuerza como las estrellas. Quería sentirlo susurrar contra su piel mientras ella acercaba los labios a…

—¿Richard?

Parpadeó. Tardó un momento en recordar que estaban en el patio de Maycliffe.

—¿Te pasa algo? —le preguntó Iris.

—Tu pelo —espetó.

Ella parpadeó.

—¿Mi pelo?

—Es precioso.

—Oh. —La joven se sonrojó y, sin querer, se llevó los dedos a los mechones de la nuca—. Gracias. —Miró a un lado y luego lo volvió a mirar por entre la palidez de sus pestañas—. He tenido que peinarme yo sola.

Él la miró estupefacto.

—Tendré que contratar una doncella —le explicó.

—Oh, sí, claro.

—He practicado con mis hermanas, pero no se me da muy bien peinarme sola.

Richard no sabía de qué le estaba hablando.

—He tenido que utilizar una docena de horquillas para hacer lo que mi anterior doncella hacía sólo con cinco.

«Catorce».

—¿Disculpa?

Oh, Dios, no era posible que lo hubiera dicho en voz alta.

—Te encontraremos una nueva doncella en seguida —le dijo con firmeza—. La señora Hopkins te ayudará. Puedes empezar a buscarla hoy mismo, si quieres.

—Si no te importa —le dijo Iris cuando cruzaron por fin la puerta principal de Maycliffe—, creo que me gustaría descansar un poco antes de ver la casa.

—Claro —le dijo.

Había pasado las últimas seis horas dentro de un carruaje. Era normal que quisiera echarse un rato.

En su dormitorio.

En una cama.

Rugió.

—¿Estás seguro de que estás bien? —le preguntó—. Estás muy raro.

Era una forma de decirlo.

Iris le tocó el brazo.

—¿Richard?

—Nunca he estado mejor —espetó. Se volvió hacia su asistente de cámara, que los había seguido hasta el interior de la casa—. Me parece que yo también necesito refrescarme. ¿Me podría dar un baño?

El criado asintió y Richard se inclinó hacia delante y añadió en voz baja:

—Que no esté muy caliente, Thompson.

—¿Vigorizante, señor? —respondió el criado con un murmullo.

Richard apretó los dientes. Thompson llevaba ocho años con él, lo bastante como para saber que no podía hablarle con ese descaro.

—¿Me enseñas el camino? —preguntó Iris.

¿Enseñarle el camino?

—Hasta mi dormitorio —le aclaró.

Richard la miró fijamente. Parecía estúpido.

—¿Me enseñas el camino hasta mi habitación? —le volvió a preguntar mirándolo con cara de asombro.

Ya era oficial. Su cerebro había dejado de funcionar.

—¿Richard?

—La correspondencia —dijo de repente aferrándose a la primera excusa que se le ocurrió. Estar a solas en un dormitorio con Iris era algo que quería evitar a toda costa—. Tengo que ocuparme primero de eso.

—Señor —empezó a decir Cresswell, sin duda para recordarle que tenía empleado a un buen secretario para que se ocupara de esas cosas.

—No, no, prefiero liquidarlo ahora. Tengo que hacerlo, ¿sabes? Y tengo que leer esa carta de mi tía. No puedo ignorarla. —Puso la más feliz de las sonrisas y se volvió hacia Iris—. De todos modos, será la señora Hopkins quien te enseñe tu nuevo dormitorio.

La señora Hopkins no tenía aspecto de estar de acuerdo.

—Ella estaba al mando de la redecoración —añadió Richard.

Iris frunció el ceño.

—Pero antes has dicho que no habíais redecorado.

—Bueno, me refiero a lo de airear las habitaciones —especificó haciendo un gesto evasivo con la mano—. Ella conoce las habitaciones mejor que yo.

La señora Hopkins frunció los labios con aire desaprobador y Richard se sintió como un niño pequeño que estaba a punto de recibir una buena reprimenda. El ama de llaves había sido como una madre para él, tanto como la suya propia, y aunque a la mujer nunca se le ocurriría darle órdenes delante de terceros, Richard sabía que le haría saber lo que pensaba en cuanto tuviera la ocasión.

Cogió la mano de Iris de forma impulsiva y se la llevó a los labios para darle un breve beso. Nadie lo acusaría de ignorar a su esposa en público.

—Necesitas descansar, querida.

Iris abrió la boca sorprendida. ¿Todavía no la había llamado «querida»? Maldita sea, debería haberlo hecho.

—¿Te bastará con una hora? —le preguntó, o para ser exactos, se lo preguntó a sus labios, que seguían maravillosamente rosados y separados.

Dios... Tenía tantas ganas de besarla. Quería pasear la lengua por sus labios y disfrutar de todos sus sabores, y...

—¡Dos! —exclamó—. Necesitarás dos.

—¿Dos?

—Horas —especificó con firmeza—. No quiero que te agotes. —Miró a la señora Hopkins—. Las damas son muy frágiles.

Iris hizo un gesto adorable cuando frunció el ceño y Richard reprimió una maldición. ¿Cómo podía estar adorable y fruncir el ceño al mismo tiempo? Eso tenía que ser anatómicamente imposible.

—¿La acompaño a su dormitorio, lady Kenworthy? —le preguntó la señora Hopkins.

—Se lo agradezco, gracias —le contestó Iris sin dejar de mirar a Richard con desconfianza.

Él esbozó una lánguida sonrisa.

Iris siguió a la señora Hopkins por el pasillo, pero antes de doblar la esquina, Richard la escuchó preguntar:

—¿Usted se considera frágil, señora Hopkins?

—En absoluto, milady.

—Bien —dijo Iris muy tajante—. Yo tampoco.

# 11

_P_or la noche, a Richard se le había ocurrido un nuevo plan. O, para ser exactos, una modificación. Algo que debería haber tenido en cuenta desde el principio.

Cuando se enterara de todo, Iris se enfadaría con él. Y mucho. Eso era inevitable.

Pero quizá pudiera hacer algo para suavizar el golpe.

Cresswell había dicho que Fleur y Marie-Claire estarían dos semanas fuera. Eso era imposible, pero quizá pudiera permitir que se quedaran una semana con su tía. Podría enviar a alguien a buscar a sus hermanas sólo siete días después, eso sería fácil de organizar. Su tía sólo vivía a treinta kilómetros de allí.

Y entretanto…

Uno de los mayores pesares de Richard era que no había tenido tiempo de cortejar a su esposa como era debido. Iris todavía desconocía el motivo de su apresurado enlace, pero no era tonta: ya se había dado cuenta de que algo no iba bien. Si Richard hubiera tenido un poco más de tiempo, podría haberla cortejado como se debe cortejar a una mujer. Le podría haber demostrado lo mucho que disfrutaba estando con ella, que le hacía reír, que él también podía hacerla reír. Podría haberle robado algunos besos más y haber despertado el deseo que estaba convencido que anidaba en el fondo del alma de Iris.

Y entonces, después de todo eso, cuando hubiera hincado la rodilla en el suelo para pedirle que se casara con él, Iris no habría vacilado. Lo habría mirado a los ojos, habría encontrado en ellos el amor que siempre había deseado, y habría dicho que sí.

Quizá incluso se habría lanzado a sus brazos.

Y habría parpadeado para no derramar lágrimas de felicidad.

Esa habría sido la proposición de sus sueños, y no el injusto y calculado beso con el que la había presionado en el vestíbulo de la casa de su tía.

Pero no había tenido elección. Estaba seguro de que cuando se lo explicara todo, Iris lo comprendería. Ella sabía muy bien lo que significaba amar a la familia y querer protegerlos a toda costa. Era lo mismo que hacía ella cada año cuando tocaba en el concierto. No quería participar, pero lo hacía por su madre, sus tías e incluso por su hermana Daisy, que siempre había sido una chica de lo más molesta.

Iris lo entendería. Estaba seguro.

Le habían concedido un aplazamiento de una semana. Disponía de siete días. Luego tendría que sincerarse con ella y no le quedaría más remedio que ver cómo su traición la hacía palidecer todavía más. Quizá fuera un cobarde, tal vez debería pensar en emplear ese tiempo para explicárselo todo y prepararla para lo que estaba por venir.

Pero Richard quería lo que no había tenido antes de la boda: tiempo.

En siete días podían pasar muchas cosas.

«Una semana», se dijo mientras iba a buscarla para disfrutar de su primera cena juntos en Maycliffe Park.

Tenía una semana para conseguir que Iris se enamorara de él.

*I*ris pasó toda la tarde descansando en su nuevo dormitorio. Nunca había comprendido por qué cansaba tanto sentarse en un carruaje mientras que sentarse en un sillón no requería ninguna energía, pero el viaje de tres días a Maycliffe la había dejado completamente agotada. Quizá se debiera al traqueteo del carruaje o al lamentable estado de las carreteras del norte. O, tal vez —probablemente— tuviera algo que ver con su marido.

Iris no lo comprendía.

Tan pronto se mostraba encantador como huía de ella como si tuviera la peste. No se podía creer que le hubiera pedido al ama de llaves que la acompañara a su dormitorio. Era una tarea para un recién casado. Pero Iris imaginaba que no debía sorprenderse. Richard había evitado acostarse con ella en las tres posadas que visitaron de camino hacia el norte. ¿Por qué debería pensar que se comportaría de forma distinta ahora que habían llegado?

Suspiró. Tenía que aprender a tratarlo con indiferencia. No tenía por qué ser cruel ni desagradable, sólo… que no le afectara. Cuando Richard le sonreía —y el muy canalla lo hacía a menudo—, Iris notaba como todo su cuerpo vibraba de felicidad. Cosa que habría sido perfecta si no fuera porque entonces su rechazo le resultaba más incomprensible.

Y doloroso.

A decir verdad, sería mejor si él no se pasara casi todo el día siendo tan encantador. Si pudiera tenerle antipatía…

No, ¿en qué estaba pensando? Las cosas no serían mejores si él fuera cruel o la ignorara por completo. Era evidente que un matrimonio complicado era mejor que una relación desagradable. Tenía que dejar de ser tan melodramática. No era propio de ella. Sólo debía encontrar un poco de equilibrio y conservarlo.

—Buenas noches, lady Kenworthy.

Iris dio un respingo. Richard estaba asomando la cabeza por la puerta entreabierta que daba al pasillo.

—He llamado —dijo con una expresión divertida.

—Ya me imagino —se apresuró a responder—. Tenía la cabeza en otra parte.

Richard sonrió con picardía.

—¿Puedo preguntar dónde?

—En casa —mintió cuando se dio cuenta de lo que había dicho—. Me refiero a Londres. Ahora mi casa es esta.

—Sí —le dijo. Luego entró en el dormitorio y cerró la puerta. Ladeó la cabeza y permaneció mirándola el tiempo suficiente como para incomodarla—. ¿Te has cambiado el peinado?

Y en ese momento, todas sus promesas de mostrarse indiferente saltaron por la ventana.

Iris se tocó la cabeza con un gesto nervioso y se posó los dedos justo por detrás de la oreja derecha. Richard se había dado cuenta. Pensaba que no lo advertiría.

—Una de las criadas me ha ayudado a vestirme —le explicó—. Me ha dicho que le gustan mucho las…

¿Por qué la estaba mirando tan fijamente?

—¿Le gustan las…?

—Las trenzas pequeñas —concluyó a toda prisa.

Fue ridículo. Parecía boba.

—Es muy bonito.

—Gracias.

La miró con cariño.

—Tienes un pelo maravilloso. El color es exquisito. Nunca he visto una melena igual.

Iris se quedó con la boca abierta. Debería decir algo. Tendría que darle las gracias. Pero estaba prácticamente helada —no sentía frío, era un helor—, y luego se sintió ridícula. No entendía por qué le afectaba tanto un cumplido.

Por fortuna, Richard era consciente de su tormento.

—Siento que hayas tenido que viajar sin doncella —prosiguió—. Confieso que ni siquiera lo pensé. Supongo que mi comportamiento es típico de los varones de nuestra especie.

—No-no importa.

La sonrisa de Richard se acentuó e Iris se preguntó si sería porque sabía que la había puesto nerviosa.

—Quiero disculparme de todas formas —le dijo.

Iris no sabía qué decir. Cosa que ya le iba bien, porque tampoco estaba segura de que recordara lo que debía hacer para hablar.

—¿La señora Hopkins te ha enseñado tu dormitorio? —le preguntó Richard.

—Sí —admitió Iris asintiendo con vaguedad—. Me ha ayudado mucho.

—¿Y te gusta?

—Claro —admitió con total sinceridad.

Era una estancia preciosa, gracias a su orientación al sur era luminosa y alegre. Pero lo que más le gustaba era que…

Miró a Richard con felicidad en los ojos.

—No tienes ni idea de lo contenta que estoy de tener mi propio baño.

Él se rió.

—¿De veras? ¿Eso es lo que más te gusta?

—Después de haber compartido uno con Daisy durante los últimos diecisiete años, te aseguro que sí. —Ladeó la cabeza hacia Richard tratando de adoptar una expresión traviesa—. Y las vistas que hay desde la ventana tampoco están nada mal.

Él se volvió a reír y se acercó a la ventana haciéndole un gesto para que se reuniera con él.

—¿Y qué ves? —le preguntó.

—No sé a qué te refieres —le contestó Iris.

Se colocó junto a él, pero intentó no tocarlo.

Sin embargo, él no tenía la misma intención. Richard enlazó el brazo con el suyo y tiró de ella con suavidad.

—Yo he pasado toda mi vida en Maycliffe. Cuando miro por esta ventana veo el árbol por el que trepé cuando tenía siete años. Y el lugar en el que mi madre siempre quiso plantar un laberinto de setos.

La melancolía se reflejó en su rostro e Iris tuvo que apartar los ojos. Se sintió indiscreta mirándolo.

—Yo no puedo ver Maycliffe a través de los ojos de alguien que acaba de llegar —le oyó decir—. Pero quizá tú puedas ayudarme.

Hablaba con una voz cálida y aterciopelada que flotaba sobre ella como el chocolate caliente. Iris siguió mirando hacia delante, pero sabía que él se había vuelto hacia ella. Su aliento le hacía cosquillas en la mejilla y calentaba el aire que flotaba entre ellos.

—¿Qué ves, Iris?

Ella tragó saliva.

—Veo… hierba. Y árboles.

Richard hizo un ruido divertido, como si se estuviera tragando la sorpresa.

—Un poco de pendiente —añadió.

—No eres muy poética, ¿no?

—En absoluto —admitió ella—. ¿Y tú?

Iris se olvidó de que había prometido no hacerlo y se volvió hacia él. Y su cercanía le sorprendió.

—Puedo serlo.

—¿Cuando te conviene?

Richard sonrió despacio.

—Cuando me conviene.

Iris sonrió con nerviosismo y volvió a mirar por la ventana. Estaba muy alterada y movía los pies dentro de los zapatos como si alguien estuviera encendiendo pequeños fuegos bajo sus pies.

—Prefiero que me digas lo que ves tú —le dijo—. Tengo mucho que aprender sobre Maycliffe. Quiero ser una buena señora para esta casa.

A Richard le ardieron los ojos, pero aparte de eso su expresión permaneció inescrutable.

—Por favor —insistió Iris.

Él pareció perderse en sus pensamientos un momento, pero luego se puso derecho y clavó los ojos en las vistas con determinación.

—Justo allí —le explicó señalando con la barbilla—, en ese campo que se extiende por detrás de los árboles. Cada año celebramos ahí la fiesta de la vendimia.

—¿Ah, sí? Qué bien. Me encantará ayudar a planificarla.

—Estoy seguro de que sí.

—¿Es en otoño?

—Sí. Normalmente se celebra en noviembre. Yo siempre... —Se puso tenso y luego sacudió un poco la cabeza, casi como si estuviera expulsando un pensamiento de su mente—. Hay un camino justo allí —prosiguió cambiando de tema—. Conduce a Mill Farm.

Iris quería saber más cosas sobre la fiesta de la vendimia, pero le había quedado muy claro que él no iba a decir nada más, así que optó por preguntar:

—¿Mill Farm?

—Una de las granjas de mis arrendatarios —le explicó—. En realidad es la más grande. El hijo la heredó hace muy poco de su padre. Espero que le saque buen provecho. El padre nunca lo hizo.

—Vaya.

A Iris no se le ocurrió nada que añadir a eso.

—¿Sabes? —comentó Richard volviéndose hacia ella de repente—. Me parece que tus observaciones son mucho mejores que las mías. Tú eres capaz de advertir deficiencias que son invisibles a mis ojos.

—Te aseguro que no veo ninguna deficiencia.

—¿Ninguna? —murmuró, y su voz la meció como una caricia.

—Pero también es cierto que yo sé muy poco sobre cómo gestionar una hacienda —se apresuró a añadir.

—Tiene que haber sido raro eso de pasar toda la vida en Londres —reflexionó Richard.

Iris ladeó la cabeza.

—No es tan raro si es lo único que conoces.

—Pero no es lo único que conoces, ¿no?

Iris frunció el ceño y se volvió hacia él. Fue un error. Estaba más cerca de lo que pensaba y, por un momento, olvidó lo que iba a decir.

Richard alzó una ceja con actitud interrogativa.

—Yo…

¿Por qué no dejaba de mirarle la boca? Iris levantó la vista para mirarlo a los ojos, que Richard entornaba divertido.

—¿Ibas a decir algo? —murmuró.

—Sólo que yo… ah… —¿Qué era lo que iba a decir? Miró hacia la ventana—. ¡Oh! —Se volvió de nuevo hacia Richard. Otro error, pero por lo menos esa vez no olvidó lo que iba a decir—. ¿A qué te refieres con eso de que Londres no es lo único que conozco?

Se encogió de hombros.

—Supongo que habrás pasado algunos días en el campo con tus primos.

—Bueno, sí, pero no es lo mismo.

—Tal vez, pero basta para formarse una opinión sobre las diferencias que hay entre la vida en el campo y la vida en la ciudad, ¿no?

—Supongo —admitió Iris—. Para ser sincera, nunca lo había pensado mucho.

Richard la miró con intensidad.

—¿Crees que te gustará la vida en el campo?

Iris tragó saliva tratando de ignorar que la voz de Richard había sonado más grave al formularle la pregunta.

—No lo sé —contestó—. Eso espero.

Notó que Richard le cogía la mano, y antes de que pudiera darse cuenta de lo que estaba pasando, se volvió una vez más justo cuando él se llevaba sus dedos a los labios.

—Yo también —le dijo.

La miró por encima de las manos entrelazadas y justo entonces lo comprendió: «Me está seduciendo».

La estaba seduciendo. ¿Pero por qué? ¿Por qué sentía la necesidad de hacer algo así? Ella nunca le había dado a entender que fuera a rechazarlo.

—Espero que tengas hambre —le dijo sin soltarle la mano.

—¿Hambre? —repitió ella aturdida.

—Para cenar. —Richard sonrió divertido—. La cocinera ha preparado un festín.

—Ah. Sí. Claro. —Iris carraspeó—. Creo que tengo hambre, sí.

—¿Crees? —bromeó él.

Iris respiró hondo. Obligó a su corazón a respirar más despacio.

—Estoy segura —le dijo.

—Perfecto. —Señaló la puerta con la cabeza—. ¿Vamos?


*C*uando Iris se retiró a dormir, estaba muy alterada. Richard había estado encantador toda la cena, no recordaba cuándo fue la última vez que se había reído tanto. La conversación había sido maravillosa, la comida estaba deliciosa, y él la había mirado de una forma…

Había sido como si fuera la única mujer de la Tierra.

Y, en cierto modo, Iris suponía que era así. No cabía ninguna duda de que era la única mujer de la casa. Aparte de los sirvientes, ellos dos eran los únicos dos habitantes, y ella, que siempre se había quedado al margen y prefería observar a los demás, no podía evitar ser el centro de atención.

Era una situación desconcertante y maravillosa. Y ahora le resultaba aterradora.

Iris aguardaba sola en su habitación y estaba convencida de que él no tardaría en llamar a la puerta que conectaba sus dormitorios. Vestiría su camisa de dormir, vería sus piernas desnudas, ya no llevaría corbata.

Le vería la piel. Mucha más de la que le hubiera visto jamás a ningún hombre.

Iris todavía no tenía doncella, así que la chica que la había ayudado a peinarse la ayudó también a prepararse para dormir. Se quiso morir de vergüenza cuando sacó uno de los camisones de su ajuar. La tela era demasiado fina y muy reveladora, y aunque se había acercado al fuego, no conseguía que desapareciera la piel de gallina que le trepaba por los brazos.

Él la iría a buscar esa noche. Estaba segura de que lo haría. Y por fin se sentiría como una esposa.

*R*ichard se puso derecho al otro lado de la puerta. Podía hacerlo. Podía hacerlo.

O quizá no pudiera.

¿A quién quería engañar? Si entraba en su dormitorio la cogería de la mano. Y si la cogía de la mano, se la llevaría a los labios. Besaría cada uno de sus esbeltos dedos antes de tirar de ella, Iris se dejaría caer sobre él y Richard notaría el contacto de su cuerpo, cálido, inocente y, por fin, suyo. Tendría que abrazarla, sería incapaz de resistirse. Y entonces la besaría como se debía besar a una mujer, larga y profundamente, hasta que susurrara su nombre y le suplicara con suavidad que...

Maldijo con rabia e intentó reprimir su imaginación antes de que lo llevara derecho a la cama. Cosa que no le serviría de nada. Richard ardía de deseo por su mujer.

Otra vez.

Todavía.

La noche había sido una tortura. Richard no recordaba nada de lo que había dicho mientras cenaban, pero esperaba que hubiera conseguido mantener una conversación mínimamente inteligente. Su cabeza no dejaba de reproducir pensamientos del todo inapropiados, y cada vez que Iris se lamía una gota de vino de los labios, le sonreía o sencillamente respiraba, Richard se ponía tenso y se excitaba tanto que creía que explotaría allí mismo.

Si Iris se había preguntado por qué pasaron tanto tiempo sentados a la mesa después de cenar, no hizo ningún comentario al respecto. Menos mal. Richard no creía que existiera una forma educada de explicar que su erección tardaría media hora en deshincharse.

Cielo santo. Se lo merecía. Merecía cada segundo de tormento por lo que le iba a hacer y, sin embargo, la plena conciencia de ello tampoco le ayudaba en ese momento. Richard no era ningún sibarita, pero tampoco estaba acostumbrado a negarse los placeres. Y hasta el último nervio de su cuerpo le suplicaba que se rindiera al placer. Era una locura lo mucho que deseaba a su mujer.

A la única mujer a la que, con todo el derecho, debería ser capaz de llevarse a la cama sin una pizca de remordimiento.

Todo le había parecido mucho más fácil cuando lo planeaba esa misma tarde. Se comportaría de una forma encantadora con ella durante toda la tarde, y luego le daría un apasionado beso de buenas noches. Después se inventaría alguna tontería romántica para decirle que quería que se conocieran mejor antes de hacer el amor. Le daría un último beso y la dejaría sin aliento.

A continuación la cogería de la barbilla y le diría «Hasta mañana», y se marcharía.

Como plan, era perfecto.

Pero en realidad, era un desastre.

Soltó un suspiro, largo y exhausto, y se pasó la mano por el pelo despeinado. La puerta que conectaba sus dormitorios no estaba tan insonorizada como imaginaba. Podía oír los movimientos de Iris. Sabía que se estaba sentando al tocador, quizá se estuviera cepillando el pelo.

Su mujer estaba esperando que fuera a su dormitorio, ¿Y por qué no iba a hacerlo? Estaban casados.

Tenía que entrar. Si no lo hacía, Iris se sentiría confusa. Quizá incluso insultada. Y él no quería hacerle daño. Por lo menos, no quería lastimarla más de lo necesario.

Inspiró hondo y llamó a la puerta.

Los movimientos que escuchaba en el interior de la habitación de Iris se detuvieron y, tras un largo y sereno segundo, escuchó cómo le daba permiso para entrar.

—Iris —dijo en un tono de voz bajo y delicado.

Luego levantó la mirada.

Se quedó sin aliento.

Estaba completamente convencido de que se le había parado el corazón.

Su mujer llevaba un finísimo camisón de seda de un tono muy pálido de azul. Tenía los brazos desnudos y también los hombros, salvo por las estrechas tiras de tela que sostenían la seda.

Era una prenda de ropa diseñada con el único objetivo de tentar a un hombre, para provocar al mismísimo diablo. El escote del camisón no dejaba entrever mucho más que cualquier vestido de fiesta, pero por algún motivo sugería mucho más. La tela era tan fina que parecía prácticamente traslúcida, y Richard veía el contorno de sus pezones asomando por debajo.

—Buenas noches, Richard —dijo, y fue entonces cuando se dio cuenta de que se había quedado paralizado.

—Iris —contestó con la voz ronca.

Ella esbozó una sonrisa incómoda y Richard se dio cuenta de que se llevaba las manos a la cintura, como si no supiera muy bien qué hacer con ellas.

—Estás preciosa —le dijo.

—Gracias.

Llevaba el pelo suelto. La melena se descolgaba por su espalda en suaves ondas y moría a escasos centímetros de sus codos. Había olvidado las ganas que tenía de saber lo larga que era.

—Es mi primera noche en Maycliffe —comentó ella con vergüenza.

—Así es —convino él.

Iris tragó saliva, era evidente que esperaba que él tomara la iniciativa.

—Debes de estar cansada —espetó él aferrándose a la única excusa que se le ocurrió sumido en el calor del deseo.

—Un poco.

—No te molestaré.

Ella parpadeó.

—¿Qué?

Richard dio un paso adelante y se preparó para lo que debía hacer. Para lo que debía hacer y para lo que no debía hacer después.

La besó, pero sólo en la frente. Él conocía sus límites.

—No soy ningún animal —le dijo intentando hablar con un tono de voz suave y tranquilizador.

—Pero…

Iris tenía los ojos muy abiertos y desconcertados.

—Buenas noches, Iris —se apresuró a añadir.

—Pero yo…

—Hasta mañana, mi amor.

Y entonces huyó.

Como el cobarde que era.

# 12

*C*omo era una mujer casada, Iris tenía el privilegio de poder desayunar en la cama, pero cuando se despertó la mañana siguiente, apretó los dientes y se vistió enfadada.

Richard la había rechazado.

Él la había rechazado a ella.

Y ya no estaban en ninguna posada de carretera demasiado «polvorienta» para pasar la noche de bodas. Estaban en su casa, por todos los santos. Había estado flirteando con ella toda la noche. Le había besado la mano, la había embelesado con su ingeniosa conversación y, entonces, cuando Iris se puso un camisón provocativo y se cepilló el pelo hasta sacarle brillo, ¿va y le dice que parece cansada?

Cuando Richard se marchó, Iris se quedó mirando la puerta que comunicaba sus dormitorios durante no sabía cuánto tiempo. No se dio cuenta de que estaba llorando hasta que reprimió un enorme y terrible sollozo, y advirtió que las lágrimas le habían mojado el camisón, la prenda que ahora juraba que no se volvería a poner.

Luego sólo era capaz de pensar que él debía de haberla oído llorar desde el otro lado de la puerta. Y eso todavía empeoró más las cosas.

Iris siempre había sabido que no poseía la clase de belleza que empujaba a los hombres a comportarse de forma apasionada y a escribir poesía. Quizá hubiera algún país donde se apreciara a las mujeres por su piel pálida y su melena rubia, pero ese país no era Inglaterra.

Sin embargo, por primera vez en su vida había empezado a sentirse guapa. Y era Richard quien la hacía sentir de ese modo, con sus miradas secretas y sus sonrisas cálidas. De vez en cuando lo sorprendía mirándola y la hacía sentir especial. Como un tesoro.

Pero todo era mentira. O quizá el problema fuera que ella era una tonta por creer cosas que no existían.

O tal vez fuera tonta y punto.

Bueno. No pensaba aguantar todo aquello sin rechistar. Y tenía muy claro que no pensaba dejar que él se diera cuenta de lo insultada que se sentía. Iris pensaba bajar a desayunar como si no hubiera ocurrido nada. Tomaría tostadas con mermelada y leería el periódico, y cuando hablara lo haría con el efervescente ingenio por el que la conocía todo el mundo.

Y la verdad era que ni siquiera estaba segura de que ella quisiera hacer todas esas cosas que las parejas casadas hacían en la cama, por muy agradables que le hubiera asegurado su prima Sarah que eran. Pero habría sido agradable que él sí hubiera querido hacerlas.

Ella lo habría intentado.

La chica que la había ayudado la noche anterior debía de tener otras cosas que hacer, por lo que Iris decidió vestirse sola. Se recogió el pelo en un moño lo más pulcro que pudo, se puso las zapatillas y salió de la habitación.

Se detuvo cuando pasó por delante de la puerta de Richard. ¿Seguiría en la cama? Se acercó un paso más y se sintió tentada de apoyar la oreja sobre la madera.

«¡Ya basta!».

Se estaba comportando como una tonta. Allí plantada escuchando delante de su puerta. No tenía tiempo para eso. Tenía hambre y quería desayunar, y tenía muchas cosas que hacer, ninguna de las cuales concernían a su esposo.

Para empezar, debía encontrar una doncella. Y tenía que aprender muchas cosas sobre la casa. Quería visitar el pueblo. Conocer a los arrendatarios.

Tomar el té.

«¿Qué?», se preguntó. Tomar el té era importante. Si dejaba de hacerlo tendría que hacerse italiana.

—Me estoy volviendo loca —dijo en voz alta.

—¿Disculpe, milady?

Iris dio un respingo. Al otro lado del pasillo había una criada que aguardaba nerviosa con un enorme plumero entre las manos.

—Nada —dijo Iris intentando no parecer muy avergonzada—. Sólo he carraspeado.

La criada asintió. Iris en seguida se dio cuenta de que no era la misma chica que la había peinado.

—La señora Hopkins quiere saber a qué hora desea desayunar —le comentó la criada. Le hizo una pequeña reverencia sin mirar a Iris a los ojos—. Ayer por la noche no tuvimos la oportunidad de preguntarlo y sir Richard…

—Desayunaré en el comedor —la interrumpió Iris.

No quería saber lo que opinaba sir Richard. Acerca de nada.

La criada le hizo otra reverencia.

—Lo que usted mande.

Iris esbozó una sonrisa incómoda. Le costaba sentirse como la señora de la casa cuando el señor opinaba lo contrario.

Bajó las escaleras intentando actuar como si no se estuviera dando cuenta de que todos los sirvientes la miraban mientras fingían no hacerlo. Todos actuaban de forma extraña, ella la primera.

Se preguntó cuánto tiempo pasaría hasta que dejara de ser la nueva señora de Maycliffe. ¿Un mes? ¿Un año? ¿Y su marido pasaría todo ese tiempo evitando su cama?

Suspiró, dejó de caminar un segundo y luego se dijo que era tonta. Ella nunca había imaginado que tendría un matrimonio apasionado, ¿por qué se lamentaba? Se había convertido en lady Kenworthy, por extraño que pareciera, y tenía una reputación que mantener.

Se puso derecha, respiró hondo y entró en el comedor.

Pero estaba vacío.

Maldita sea.

—¡Lady Kenworthy! —La señora Hopkins entró a toda prisa en el comedor—. Annie me acaba de decir que esta mañana desayunará usted aquí.

—Emm, sí. Espero que no suponga ningún problema.

—En absoluto, milady. Todavía tenemos el aparador que habíamos preparado para que comiera sir Richard.

—¿Entonces el señor ya ha bajado?

Iris no estaba segura de cuál era el motivo de su decepción. Tampoco sabía si quería decepcionarse.

—Hará menos de un cuarto de hora —le confirmó el ama de llaves—. Supongo que habrá pensado que usted desayunaría en la cama.

Iris se quedó allí plantada sin saber qué decir.

La señora Hopkins esbozó una sonrisa cómplice.

—Nos ha pedido que le pongamos una flor en la bandeja.

—¿Ah, sí? —preguntó Iris.

Odió el sonido de su voz, que parecía brotarle de la garganta completamente descontrolada.

—Es una pena que no tengamos lirios. Florecen muy pronto.

—¿Tan al norte? —preguntó Iris.

La señora Hopkins asintió.

—Salen cada año en los campos del oeste. Mis preferidos son los de color violeta.

Iris estaba a punto de mostrarse de acuerdo con ella cuando oyó unos pasos enérgicos y decididos en el pasillo. Sólo podía ser Richard. A ningún sirviente se le ocurriría caminar por una casa haciendo tanto ruido.

—Señora Hopkins —dijo—Voy a… Oh. —Parpadeó cuando vio a Iris—. Ya estás despierta.

—Pues sí.

—Me dijiste que te gustaba dormir hasta tarde.

—Pero, por lo visto, hoy no.

Richard entrelazó las manos a su espalda y luego carraspeó.

—¿Has desayunado?

—No, todavía no.

—¿No querías desayunar en tu dormitorio?

—No —contestó Iris preguntándose si habría mantenido alguna conversación más forzada en su vida.

¿Qué había pasado con el hombre encantador de la noche anterior? ¿El hombre que pensaba que querría acostarse con ella?

Richard se tiró de la corbata.

—Hoy pensaba ir a visitar a algunos arrendatarios.

—¿Puedo ir contigo?

Se miraron a los ojos. Iris no sabía quién estaba más sorprendido de los dos. Ella no pensó en lo que iba a decir hasta que ya lo había dicho.

—Claro —contesto Richard.

¿Qué otra cosa podía decir delante de la señora Hopkins?

—Cogeré mi jubón —explicó Iris dando un paso en dirección a la puerta.

En aquellas tierras del norte, la primavera seguía siendo una estación fresca.

—¿No te olvidas de algo?

Iris se dio media vuelta.

Él hizo un gesto en dirección al aparador.

—¿No desayunas?

—Oh. —Iris se sonrojó—. Claro. Qué tonta.

Se volvió a acercar a la comida y cogió un plato. Pero casi da un brinco cuando sintió el aliento de Richard en la oreja.

—¿Debería preocuparme que mi presencia consiga que te olvides de comer?

Se puso tensa. ¿Ahora estaba flirteando con ella?

—Disculpa —le dijo.

Estaba en medio y no alcanzaba las salchichas.

Richard se hizo a un lado.

—¿Sabes montar?

—No se me da muy bien —admitió. Y luego, y sólo porque estaba de mal humor, añadió—: ¿Y tú?

Él se echó hacia atrás. Estaba sorprendido. Y enojado. Más enojado que sorprendido.

—Por supuesto.

Iris se sentó sonriendo para sus adentros. No había nada que ofendiera más a un hombre que dudar de su capacidad para montar.

—No tienes por qué esperarme —le dijo cortando la salchicha con precisión quirúrgica.

Se estaba esforzando mucho por aparentar normalidad, aunque él tampoco la conocía lo suficiente como para saber lo que era normal o no. Aun así, era una cuestión de orgullo.

Richard se sentó frente a ella.

—Estoy a tu disposición.

—¿Ah, sí? —murmuró deseando que esa clase de comentarios no le aceleraran el pulso.

—Claro. Estaba a punto de irme cuando te he visto. Ahora ya no puedo hacer otra cosa que esperar.

Iris lo miró mientras se untaba la tostada de mermelada. Se había recostado sobre la silla con informalidad y desprendía la elegancia relajada de un atleta.

—Debería llevarles regalos —dijo Iris.

Se le acababa de ocurrir.

—¿Disculpa?

—Obsequios. Para los arrendatarios. No sé, cestas de comida y cosas así. ¿No crees?

Richard lo reflexionó durante un par de segundos y luego dijo:

—Tienes razón. No se me había ocurrido.

—Bueno, para ser justos, tampoco pensabas que yo te acompañaría.

Él asintió y le sonrió mientras ella se llevaba la tostada a la boca.

Iris se quedó de piedra.

—¿Ocurre algo?

—¿Por qué tendría que ocurrir algo?

—Me estás sonriendo.

—¿Es que no puedo?

—No, yo… vaya —murmuró por lo bajo—. No importa.

Richard le hizo un gesto con la mano para quitarle importancia.

—Está olvidado.

Pero le seguía sonriendo.

La ponía muy nerviosa.

—¿Has dormido bien? —le preguntó.

¿De verdad? ¿Eso era lo que le iba a preguntar?

—¿Iris?

—Tan bien como cabría esperar —respondió en cuanto encontró la voz.

—Eso no suena muy bien.

La joven se encogió de hombros.

—No conozco el dormitorio.

—Teniendo eso en cuenta, también tendría que haberte costado dormir cuando estábamos de viaje.

—Y así fue —le confirmó.

A Richard se le nubló la mirada de preocupación.

—Me lo tendrías que haber dicho.

Iris quiso decirle que si hubiera estado en su habitación, se habría dado cuenta, pero dijo:

—No quería preocuparte.

Él se inclinó hacia delante y le cogió la mano, cosa que fue un poco incómoda, porque en ese momento Iris había alargado el brazo para coger el té.

—Espero que siempre te sientas lo bastante cómoda como para venir a contarme tus problemas.

Ella intentó permanecer impasible, pero le dio la sensación de que lo estaba mirando como si fuera alguna clase de exhibición del zoológico. Era encantador que se mostrara tan preocupado, pero sólo estaban hablando de algunas noches de poco descanso.

—Estoy segura de que será así —le dijo esbozando una sonrisa forzada.

—Bien.

Iris miró a su alrededor con incomodidad. Richard seguía cogiéndole la mano.

—Mi té —le dijo al fin ladeando la cabeza en dirección a la taza.

—Claro. Perdona.

Pero antes de soltarla le acarició la mano.

Ella sintió un excitante escalofrío en el brazo. Él volvía a tener esa encantadora y despreocupada sonrisa en los labios, esa sonrisa que le subía la temperatura. Intentaba volver a seducirla. Estaba convencida.

¿Pero por qué? ¿Por qué querría tratarla con tanta calidez para rechazarla después? No era un hombre tan cruel. No podía serlo.

Tomó un apresurado sorbo de té deseando que dejara de mirarla con tanta intensidad.

—¿Cómo era tu madre? —espetó.

La pregunta pareció desconcertarlo.

—¿Mi madre?

—Nunca me has hablado de ella.

Y, para ser más exactos, no era la clase de tema que invitara al romance. Si quería acabarse el desayuno, Iris necesitaba entablar una conversación inofensiva.

—Mi madre era…

Daba la impresión de que Richard no supiera qué decir.

Ella dio otro bocado y lo observó con serenidad mientras él arrugaba la nariz y parpadeaba unas cuantas veces. Puede que en el fondo fuera una persona egoísta y mezquina, pero estaba disfrutando de aquello. Él no dejaba de ponerla nerviosa. Le parecía justo devolverle la pelota.

—Le encantaba el aire libre —habló por fin—. Cultivaba rosas. Y también otras plantas, pero sólo recordaba el nombre de las rosas.

—¿Y cómo era?

—Supongo que se parecía a Fleur. —Frunció el ceño al recordar—. Aunque ella tenía los ojos verdes. Los de Fleur son más bien color avellana, una mezcla entre el color de ojos de nuestros padres.

—¿Entonces tu padre tenía los ojos marrones?

Richard asintió y reclinó la silla hacia atrás.

—Me pregunto de qué color tendrán los ojos nuestros hijos.

Las patas de la silla de Richard aterrizaron con gran estruendo en el suelo y tiró el té por toda la mesa.

—Perdón —murmuró—. He perdido el equilibrio.

Iris se miró el plato, vio una gota de té en la tostada, y decidió que, de todas formas, ya había acabado de desayunar. Aunque le pareció que Richard había reaccionado de una forma muy extraña. Él debía de querer hijos, ¿no? Todos los hombres querían descendencia. Por lo menos, todos los que poseían tierras.

—¿La herencia de Maycliffe tiene alguna limitación?

—¿Por qué lo preguntas?

—¿No crees que yo debería saber esas cosas?

—No. Me refiero a las limitaciones. Pero sí, es algo que debes saber —reconoció.

Iris cogió una taza limpia y se sirvió un poco más de té. En realidad no le apetecía tanto, pero, por extraño que pudiera parecer, no quería que Richard se librara de aquella conversación.

—Tus padres debieron de sentirse muy aliviados cuando descubrieron que su primer hijo era varón —señaló—. Supongo que no querrían separar la propiedad del título.

—Nunca hablé con ellos sobre ese tema.

—Ya imagino. —Iris añadió un poco de leche al té y le dio un sorbo—. ¿Qué pasará con el título si tú mueres sin descendencia?

Richard alzó una ceja.

—¿Estás planificando mi muerte?

Iris lo miró extrañada.

—Creo que también debería saberlo, ¿no?

Su marido hizo un gesto con la mano para quitarle importancia.

—Pasaría a un primo lejano. Me parece que vive en Somerset.

—¿Te parece?

¿Cómo podía ser que no lo supiera?

—No nos conocemos —explicó Richard encogiéndose de hombros—. Hay que remontarse a los tiempos anteriores a mi tatarabuelo para encontrar un ancestro común.

Iris lo comprendía. Quizá ella supiera mucho sobre sus primos, pero todos eran primos hermanos. No estaba segura de que pudiera ubicar a sus parientes lejanos en un mapa.

—No tienes por qué preocuparte —la tranquilizó Richard—. Si me ocurriera algo, no te faltaría de nada. Ya me ocupé de ello en el acuerdo matrimonial.

—Ya lo sé —anunció Iris—. Lo he leído.

—¿Ah, sí?

—¿No tendría que haberlo hecho?

—Muchas mujeres no lo hacen.

—¿Cómo lo sabes?

Él sonrió de repente.

—¿Estamos discutiendo?

E Iris se fundió con la misma celeridad.

—Yo no estoy discutiendo.

Richard se rió.

—Pues admito que es un alivio. No me gustaría pensar que me he perdido nuestra primera discusión.

—No creo que vaya a pasar eso.

Él se inclinó hacia delante y ladeó la cabeza con actitud interrogativa.

—Yo no suelo levantar la voz —murmuró Iris.

—Pero cuando lo haces, ¿es algo digno de presenciar?

Ella sonrió para sí.

—¿Por qué será que tengo la sospecha de que Daisy suele ser la persona que mejor conoce las consecuencias de tu mal carácter?

Iris hizo un gesto con el dedo índice como si quisiera hacerle entender que se había equivocado.

—Para nada.

—Explícamelo.

—Daisy es… —Suspiró—. Daisy es Daisy. No sé describirla de otra manera. Ya hace muchos años que pienso que debieron de cambiarnos a alguna de las dos al nacer.

—Ten cuidado con lo que deseas —le advirtió Richard sonriendo—. Daisy es la que más se parece a tu madre.

Iris le devolvió la sonrisa.

—Es verdad. Yo me parezco más a la familia de mi padre. Dicen que tengo el color de piel de mi bisabuela. Es curioso que haya tardado tantas generaciones en reaparecer.

Richard asintió y comentó:

—Sigo queriendo saber quién consigue ponerte de mal humor, si no es Daisy.

—Bueno, yo no he dicho que ella nunca me ponga de mal humor. Ya lo creo que lo hace. Continuamente. Pero nunca suele llegar a sacarme de mis casillas. Las discusiones con Daisy acostumbran a ser sobre nimiedades, tonterías que despiertan mi faceta gruñona y sarcástica.

—¿Entonces quién te enfurece? —le preguntó con delicadeza—. ¿Hay alguien que te irrite tanto como para sacarte de tus casillas?

Estuvo a punto de contestarle que sí.

Pero él todavía no lo había conseguido. No del todo. La había humillado y había herido sus sentimientos, pero no la había hecho enfurecer de esa forma.

Y, sin embargo, Iris estaba convencida de que Richard sería capaz de llevarla hasta ese extremo.

Sabía que algún día lo haría.

—Sarah —contestó con firmeza poniendo fin a sus peligrosos pensamientos.

—¿Tu prima?

La joven asintió.

—Una vez tuve una pelea con ella…

Los ojos de Richard se iluminaron de regocijo y se inclinó hacia delante apoyando los codos en la mesa y la barbilla sobre las manos.

—Quiero hasta el último detalle.

Iris se rió.

—De eso nada.

—Claro que sí.

—Y luego dicen que las mujeres somos chismosas.

—Esto no es cotilleo —protestó—. Necesito saberlo para comprenderte mejor.

—Ah, si es por eso… —Se volvió a reír—. Está bien, fue por el concierto. La verdad es que no creo que lo entiendas. Ni tú, ni nadie que no forme parte de la familia.

—Ponme a prueba.

Iris suspiró y se preguntó cómo podría explicarlo. Richard siempre se mostraba muy confiado y seguro de sí mismo. Él no podía saber lo que se sentía al subir a un escenario para hacer el ridículo y ser consciente, además, de que no puedes hacer nada para remediarlo.

—Cuéntamelo, Iris —la animó—. Tengo muchas ganas de saberlo.

—Bueno, vale. Fue el año pasado.

—Cuando se puso enferma —intervino Richard.

Iris lo miró sorprendida.

—Ya me lo habías mencionado —le recordó.

—Ah. Pues bueno, la verdad es que no estaba enferma.

—Ya me lo imaginaba.

—Se lo inventó todo. Dijo que estaba intentando que cancelaran el concierto, pero en realidad sólo pensaba en ella.

—¿Le dijiste lo que pensabas?

—Ya lo creo —contestó Iris—. Fui a verla a su casa al día siguiente. Intentó negarlo, pero era evidente que no estaba enferma. Aun así, ella siguió insistiendo en que lo estaba hasta seis meses después, el día de la boda de Honoria.

—¿Honoria?

Es verdad, Richard no conocía a Honoria.

—Es otra de nuestras primas —le dijo—. Está casada con el conde de Chatteris.

—¿Ella también es músico?

Iris esbozó una sonrisa que pareció una mueca.

—Eso depende del significado que le atribuyas a la palabra.

—Y Honoria, perdón, lady Chatteris, ¿actuó en el concierto?

—Sí, pero ella es compasiva y buena. Estoy segura de que sigue pensando que Sarah estaba enferma. Ella siempre piensa bien de todo el mundo.

—¿Y tú no?

Iris lo miró fijamente.

—Yo soy más suspicaz.

—Intentaré tenerlo presente —murmuró Richard.

Ella creyó conveniente no seguir por ahí y dijo:

—En cualquier caso, Sarah acabó confesando la verdad. Y lo hizo la noche anterior a la boda de Honoria. Dijo algo sobre que no se debía ser egoísta, y yo no pude contenerme.

—¿Y qué le dijiste?

Iris esbozó una mueca al recordarlo. Todo lo que le dijo a su prima era cierto, pero no lo expresó con mucha amabilidad.

—Preferiría no decirlo.

Richard no la presionó para que siguiera hablando.

—Fue entonces cuando Sarah comentó que en realidad intentaba que se cancelara todo el concierto —dijo.

—¿Y la creíste?

—Creo que es una opción en la que pensó cuando planeó todo el asunto. Pero no pienso que esa fuera su motivación principal.

—¿Y qué importancia tiene?

—Mucha —respondió Iris con una pasión que la sorprendió incluso a ella misma—. Los motivos por los que hacemos las cosas tienen mucha importancia. Deben tenerla.

—¿Incluso aunque el resultado sea positivo?

Iris ignoró su comentario.

—Eso es una hipótesis. Yo sigo hablando sobre mi prima y el concierto. Y los resultados no fueron positivos, al menos no para las demás.

—Pero podría decirse que su actuación no varió el curso de tu vida.

Iris lo miró de hito en hito.

—Considerémoslo del siguiente modo —le explicó—. Si Sarah no se hubiera fingido enferma, tú habrías actuado en el concierto.

La observó en busca del gesto que le confirmara que lo había entendido.

—Pero, al final, sí que se fingió enferma —prosiguió—. Y, por lo tanto, tú tuviste que actuar en el concierto.

—No entiendo tu punto de vista.

—Su decisión no supuso ningún cambio para ti. Sus acciones, por muy solapadas que fueran, no te afectaron en absoluto.

—¡Claro que sí!

—¿En qué sentido?

—Si yo tenía que tocar, ella también debía hacerlo.

Richard se rió.

—¿No te parece que eso suena un poco infantil?

Iris apretó los dientes con frustración. ¿Cómo se atrevía a reírse?

—Me parece que tú nunca has tenido que subirte a un escenario para ponerte en ridículo delante de todas las personas que conoces. Y lo que es peor, algunas que no conoces.

—A mí no me conocías —murmuró—, y mira lo que ha pasado.

Iris no respondió.

—Si no hubiera sido por el concierto —comentó con ligereza—, no nos habríamos casado.

La joven no sabía cómo interpretar sus palabras.

—¿Sabes qué vi yo cuando asistí al concierto? —le preguntó con delicadeza.

—¿No te referirás a lo que escuchaste? —murmuró.

—Bueno, todos sabemos lo que escuché.

Ella le sonrió incluso a pesar de no querer hacerlo.

—Vi a una joven escondiéndose tras su violonchelo —prosiguió—. Una chica que sabía tocar el violonchelo de verdad.

Iris le clavó los ojos.

—Tu secreto está a salvo conmigo —la tranquilizó esbozando una sonrisa indulgente.

—No es un secreto.

Richard se encogió de hombros.

—Pero si quieres te cuento uno —le confesó repentinamente ansiosa por compartir sus pensamientos.

Quería que él lo supiera. Quería que la conociera mejor.

—Soy todo oídos.

—Odio tocar el violonchelo —afirmó con rotundidad—. No sólo detesto tocar en conciertos, porque lo odio. Aborrezco los conciertos, los detesto con todas mis fuerzas; nunca seré capaz de transmitir hasta qué punto.

—Pues lo estás haciendo bastante bien.

Iris le sonrió con vergüenza.

—Pero odio tocar el violonchelo. Podrías sentarme en una orquesta compuesta por los músicos más virtuosos —aunque jamás dejarían tocar a una mujer— y seguiría odiándolo.

—¿Y por qué lo haces?

—Bueno, ahora ya no tengo por qué volver a hacerlo. Ahora estoy casada. Ya no tendré que volver a coger un arco nunca más.

—Me alegro de saber que sirvo para algo —espetó—. Pero sinceramente, ¿por qué lo hacías? Y no me digas que tenías que hacerlo. Sarah se escabulló.

—Yo no podría mentir como lo hizo ella.

Iris aguardó a que él dijera algo, pero Richard se limitó a fruncir el ceño y mirar hacia un lado, como perdido en sus pensamientos.

—Yo tocaba el violonchelo porque era lo que se esperaba de mí —prosiguió Iris—. Y porque era una forma de hacer feliz a mi familia. Y a pesar de todo lo que digo de ellos, los quiero muchísimo.

—Sí que los quieres, ¿verdad? —murmuró él.

La joven lo miró muy seria.

—Incluso a pesar de todo lo que ocurrió, sigo pensando que Sarah es una de mis mejores amigas.

Richard la miró con curiosidad.

—Es evidente que sabes perdonar.

Iris se encerró un segundo en sí misma mientras meditaba sus palabras.

—No lo había pensado nunca —reconoció.

—Espero que sea así —le confesó con suavidad.

—¿Disculpa?

Era imposible que lo hubiera escuchado bien.

Pero Richard ya se había levantado y le tendía la mano.

—Venga, nos espera un día muy largo.

# 13

—¿*C*uántas cestas dice que quiere?

Richard fingió no advertir la perpleja expresión de la señora Hopkins.

—Sólo dieciocho —respondió Iris con alegría.

—¿Dieciocho? —preguntó el ama de llaves—. ¿Sabe cuánto tardaremos en prepararlas?

—Sería una tarea compleja para cualquiera, pero no para ti —opinó Richard con modestia.

El ama de llaves entornó los ojos, pero Richard se dio cuenta de que apreciaba el cumplido.

—¿No cree que es una idea excelente obsequiar a los arrendatarios con una cesta de víveres? —preguntó antes de que la mujer pudiera atacarlo con otra protesta. Tiró de la mano de Iris—. Ha sido idea de lady Kenworthy.

—He pensado que sería un gesto bonito —opinó Iris.

—Lady Kenworthy es muy generosa —contestó la señora Hopkins—, pero…

—Nosotros la ayudaremos —sugirió Richard.

La mujer se quedó boquiabierta.

—¿No suele usted decir siempre que a mayor colaboración menos trabajo?

—Nunca se lo he dicho a usted —espetó el ama de llaves.

Iris reprimió una carcajada. Aquella mujer era una traidora encantadora. Pero Richard estaba demasiado contento para ofenderse.

—Estos son los peligros de tener sirvientes que te conocen desde que ibas al colegio —le murmuró al oído.

—¡Al colegio! —se burló la señora Hopkins—. Yo le conozco desde que...

—Sé muy bien cuánto tiempo hace que me conoce —la interrumpió Richard.

No quería que la señora Hopkins hiciera referencias a sus pañales delante de Iris.

—La verdad es que me gustaría ayudar —dijo Iris—. Tengo muchas ganas de conocer a mis arrendatarios y creo que los regalos tendrán más valor si yo también ayudo a prepararlos.

—Ni siquiera creo que tengamos dieciocho cestas —gruñó la señora Hopkins.

—No hace falta que sean cestas —explicó Iris—. Servirá con cualquier recipiente. Y estoy segura de que usted nos ayudará a decidir con qué cosas es mejor llenarlas.

Richard sonrió, admiraba la facilidad con la que su esposa manejaba al ama de llaves. Cada día —no, cada hora que pasaba—, averiguaba algo nuevo sobre ella. Y tras cada descubrimiento comprendía la suerte que tenía de haberla elegido. Le resultaba raro pensar que si no se hubiera visto obligado a buscar esposa tan rápido, lo más probable es que no se hubiera parado a mirarla dos veces.

Le costaba recordar lo que creía que quería encontrar en una esposa. Una buena dote, claro. Había tenido que olvidarse de eso, pero cuando veía cómo Iris se iba acomodando en Maycliffe, ya no le parecía tan importante. Le daba igual tener que esperar uno o dos años para hacer las reformas que necesitaba la casa. Iris no era la clase de mujer que fuera a quejarse de esas cosas.

Pensó en las mujeres que se planteó desposar antes de conocer a Iris. No las recordaba muy bien, sólo se acordaba de que siempre parecían bailar, flirtear o se daban golpecitos en el brazo con el abanico. Eran mujeres a las que les gustaba llamar la atención.

Mientras que Iris se la ganaba.

Ella conseguía colarse en sus pensamientos con su feroz inteligencia y su astuto y relajado sentido del humor. Iris no dejaba de sorprenderlo.

¿Quién iba a pensar que acabaría gustándole tanto?

Le gustaba.

¿A quién le gustaba su esposa? En su mundo, las esposas eran mujeres toleradas, consentidas y, para algunos pocos con suerte, deseadas. Pero gustar...

Si no se hubiera casado con Iris, le habría encantado ser amigo suyo.

Bueno, aunque tenía un problema: le apetecía tanto llevársela a la cama que a duras penas lograba pensar con claridad. La noche anterior, cuando entró en su dormitorio para darle las buenas noches, había estado a punto de perder el control. Tuvo muchas ganas de convertirse en su marido en todos los sentidos, quería que ella supiera que la deseaba. Richard le vio la cara cuando le dio ese recatado beso en la frente. Estaba confusa. Herida. Iris había creído que no la deseaba.

¿Cómo podía pensar que no la deseaba?

Esa idea era tan ridícula que resultaba casi cómica. ¿Qué pensaría Iris si supiera que se quedaba despierto por las noches ardiendo de deseo e imaginando todas las formas que se le ocurrían de darle placer? ¿Qué le diría si le confesara las ganas que tenía de enterrarse en ella y dejar huella en su cuerpo, de hacerle comprender que era suya, de que supiera las ganas que tenía de hacerla suya y de lo encantado que estaría de entregarse a ella?

—¿Richard?

Se volvió al oír el sonido de su voz. En realidad, se volvió sólo a medias. Sus acalorados pensamientos habían dejado huella en su cuerpo y se alegró de poder esconderse detrás del mostrador de la cocina.

—¿Decías algo? —le preguntó Iris.

¿Lo había dicho?

—Bueno, has hecho un ruido —le explicó la joven encogiéndose de hombros.

A Richard no le extrañaba que hubiera hecho algún sonido. Qué desastre, ¿cómo conseguiría superar los próximos meses?

—¿Richard?

Iris lo llamó de nuevo. Parecía divertida, quizá incluso encantada de haberlo sorprendido distraído. Cuando vio que él no le contestaba de inmediato, meneó la cabeza esbozando una sonrisa y volvió al trabajo.

Él la estuvo observando un rato, luego metió las manos en un cuenco lleno de agua que tenía al lado y se humedeció la cara con discreción. Cuando logró tranquilizarse lo suficiente, volvió junto a Iris y la señora Hopkins, que estaban eligiendo las cosas que meterían en las cestas.

—¿Qué estás metiendo en esta? —preguntó mirando por encima del hombro de Iris mientras ella colocaba cosas dentro de una pequeña caja de madera.

Su esposa levantó la mirada un segundo. Era evidente que estaba disfrutando de la tarea.

—La señora Hopkins me ha dicho que es probable que los Millers necesiten mantelerías nuevas.

—¿Trapos de cocina?

A Richard le parecía un regalo demasiado sencillo.

—Es lo que necesitan —le explicó Iris. Pero luego le esbozó una sonrisa—. También pondremos unas cuantas galletas en cuanto salgan del horno. Siempre es agradable que te regalen cosas que quieres, además de las que necesitas.

Richard se quedó mirándola un buen rato.

Ella se sintió cohibida y se tocó el vestido y la cara.

—¿Tengo algo en la cara? He estado ayudando a hacer mermelada y…

Iris no tenía nada en la cara, pero Richard se inclinó hacia delante y le dio un suave beso en la comisura de los labios.

—Justo aquí —murmuró.

La joven se llevó la mano al punto exacto donde la había besado. Lo miró con asombro, como si no comprendiera lo que acababa de ocurrir.

Él tampoco lo entendía.

—Mucho mejor —le dijo.

—Gracias. Yo… —Iris se ruborizó—. Gracias.

—Ha sido un placer.

Y lo había sido.

Richard pasó las dos horas siguientes fingiendo ayudar a preparar las cestas. Iris y la señora Hopkins lo tenían todo bajo control, y siempre que él les hacía alguna sugerencia, las mujeres la ignoraban o la descartaban después de considerarla un rato.

A él no le importaba. Estaba encantado con su tarea: lo habían puesto a probar galletas. Richard le dijo a la cocinera que estaban buenísimas mientras observaba cómo Iris desempeñaba su papel de señora de Maycliffe.

Cuando acabaron, tenían una colección de dieciocho cestas, cajas y cuencos, muy bien empaquetados y con sus correspondientes etiquetas, en las que se leían los apellidos de cada una de las familias de arrendatarios. No había dos regalos iguales. Los Dunlop, que tenían cuatro hijos con edades comprendidas entre los doce y los dieciséis años, recibirían una buena cantidad de comida, mientras que en la cesta de los Smith, habían metido una de las viejas muñecas de Marie-Claire pensando en su hija de tres años, que se estaba recuperando de unas anginas. Los Millers recibirían sus mantelerías y las galletas, y los Burnham un buen jamón y dos libros: un estudio para aprender a gestionar correctamente las tierras para el hijo mayor, que hacía poco que se ocupaba de dirigir la granja, y una novela romántica para sus hermanas.

Aunque tal vez también la leyera el hijo, pensó Richard sonriendo. A todo el mundo le puede apetecer leer una novela romántica de vez en cuando.

Lo subieron todo a un carro, y Richard e Iris partieron dispuestos a llegar a todos los rincones de Maycliffe Park.

—No es el transporte más glamuroso del mundo —comentó Richard esbozando una triste sonrisa mientras el carro traqueteaba por el camino.

Iris se llevó la mano a la cabeza para evitar que el viento le robara el sombrero.

—No me importa. ¿Te imaginas lo que habría pasado si hubiéramos intentado subir todo esto a una calesa?

Richard no tenía calesa, pero no le pareció necesario mencionarlo.

—Deberías atarte los lazos del sombrero. Así no tendrás que sujetártelo.

—Ya lo sé. Pero siempre me ha resultado muy incómodo. Me molesta notar el nudo del lazo debajo de la barbilla. —Lo miró con los ojos brillantes—. No deberías dar tantos consejos. Tú tampoco llevas el sombrero bien sujeto.

Justo en ese momento, el carro dio un salto y sopló una ráfaga de viento, y Richard notó cómo se le levantaba el sombrero.

—¡Cuidado! —gritó Iris y, sin pensar, le apoyó la mano en la cabeza para ponerle bien el sombrero.

Ya llevaban un rato sentados uno al lado del otro, pero el vaivén los había acercado todavía más, y cuando Richard aminoró el paso de los caballos y la miró, ella se había vuelto hacia él. Estaba radiante y muy, muy cerca.

—Creo que… —murmuró, pero cuando la miró a los ojos, que se veían más intensos bajo la brillante luz del cielo azul, se quedó sin palabras.

—¿Qué? —susurró Iris.

Seguía con la mano apoyada sobre la cabeza de Richard. Tenía la otra mano en la cabeza, y habría sido la postura más ridícula del mundo si el momento no hubiera sido tan maravilloso.

Los caballos se detuvieron confundidos por la falta de dirección.

—Creo que necesito besarte —afirmó Richard.

Le posó la mano en la mejilla y acarició su piel lechosa con la yema del pulgar. Era preciosa. ¿Cómo podía ser que no se hubiera dado cuenta de lo guapa que era hasta ese instante?

El espacio entre ellos se extinguió y Richard la besó con delicadeza y apetito; el asombro lo dejó sin aliento. La besó despacio, con calma, dándose tiempo para descubrir sus formas, su sabor, su textura. No era la primera vez que la besaba, pero lo parecía.

Había algo exquisitamente inocente en aquel momento. No la estrechó contra su cuerpo, ni siquiera quería hacerlo. No era un beso posesivo, ni tampoco de lujuria. Era algo por completo diferente, algo nacido de la curiosidad, de la fascinación.

Fue profundizando en el beso muy despacio y deslizó la lengua por la piel sedosa del labio inferior de Iris. Ella jadeó y se relajó bajo sus caricias.

Era perfecta. Y dulce. Y Richard tuvo la extraña sensación de que podría quedarse allí todo el día, con la mano en su mejilla, notando la mano de Iris apoyada en la cabeza, tocándola sólo con los labios. Era prácticamente casto, casi espiritual.

Pero entonces, un pájaro graznó a lo lejos y su estridente canto se coló en el momento. Algo cambió. Iris se quedó quieta o quizá sencillamente volviera a respirar, y Richard soltó un suspiro tembloroso y consiguió separarse unos centímetros. Parpadeó un par de veces e intentó volver a enfocar con nitidez. Todo su universo se había reducido hasta centrarse en aquella mujer, y no conseguía ver nada que no fuera su rostro.

La mirada de Iris rebosaba de asombro y Richard supuso que ella debía de ver lo mismo en sus ojos. La joven tenía los labios un poco separados y le ofrecía una diminuta visión de su lengua sonrosada. Fue muy extraño, pero no sintió la necesidad de besarla de nuevo. Sólo quería mirarla. Quería descifrar las emociones que le cruzaban el rostro. Quería mirarla a los ojos mientras esperaba a que sus pupilas se acostumbraran a la luz. Quería memorizar la forma de sus labios, averiguar lo rápido de que se movían sus pestañas de arriba abajo cada vez que parpadeaba.

—Ha sido… —murmuró al fin.

—Ha sido… —repitió ella.

Richard sonrió. No pudo evitarlo.

—Ya lo creo.

Iris esbozó una sonrisa y Richard se sintió desbordado de felicidad.

—Todavía tienes la mano encima de mi cabeza —le recordó en tono de broma esbozando una sonrisa ladeada.

Ella miró hacia arriba como si tuviera que verlo para creerlo.

—¿Crees que tu sombrero está a salvo? —le preguntó.

—Tendremos que arriesgarnos.

Iris quitó la mano y el movimiento la hizo cambiar de posición, cosa que la separó un poco más de él. Richard se sintió vacío de repente, cosa que era una locura. Ella estaba sentada a menos de medio metro de él y, sin embargo, tenía la sensación de haber perdido algo precioso.

—Creo que deberías atarte mejor el sombrero —le sugirió Richard.

Ella asintió con un murmullo e hizo lo que él le pedía.

Él carraspeó.

—Deberíamos seguir.

—Claro. —Iris sonrió, primero un tanto vacilante, luego con decisión—. Claro —repitió—. ¿A quién vamos a visitar primero?

Richard agradeció la pregunta y la necesidad de formular una respuesta. Necesitaba algo en lo que concentrarse para volver a poner su cerebro en marcha.

—Emm… creo que a los Burnham —decidió—. Tienen la granja más grande y también son los que viven más cerca.

—Perfecto. —Iris se volvió sobre el asiento y miró la montaña de regalos que llevaban en la parte trasera del carro—. La caja marrón es para ellos. La cocinera les ha puesto una buena ración de mermelada. Dice que el pequeño Burnham es muy goloso.

—No creo que se le pueda seguir considerando pequeño —explicó Richard agitando las riendas—. John Burnham ya debe de tener veintidós años, quizá veintitrés.

—Es más joven que tú.

Él le sonrió con ironía.

—Es cierto, pero está en la misma situación que yo: él es el cabeza de familia y el encargado de dirigir la granja. Y cuando uno tiene esa clase de responsabilidades, la juventud desaparece rápido.

—¿Te ha resultado muy difícil? —le preguntó en voz baja.

—Ha sido lo más difícil del mundo.

Richard recordó los días que siguieron a la muerte de su padre. Por aquel entonces estaba perdido y agobiado. Y mientras fingía que sabía cómo dirigir Maycliffe y ser un padre para sus hermanas, el dolor de la pérdida lo abrumaba. Él había amado mucho a su padre. Quizá no siempre estuvieran de acuerdo, pero estaban unidos. Su padre le enseñó a montar. Le enseñó a leer, no le enseñó las letras y las palabras, sino a amar la lectura, a entender el valor de los libros y el conocimiento. Lo que no le había enseñado era a dirigir Maycliffe, nadie se había imaginado que fuera a necesitarlo tan pronto. Bernard Kenworthy no era un anciano cuando cayó enfermo. Lo más normal era pensar que a Richard le quedaban años, incluso décadas, antes de plantearse siquiera tomar las riendas.

Pero, a decir verdad, tampoco es que hubiera mucho que enseñar. Bernard Kenworthy nunca se molestó en aprender la mayoría de las cosas necesarias. No había sido un buen administrador para aquellas tierras. Nunca le había interesado mucho el tema, y sus decisiones —cuando se molestaba en tomar alguna— no fueron demasiado sabias. El problema no fue que su padre fuera un hombre codicioso, pero siempre solía hacer lo que le requiriese menos tiempo y energía. Y Maycliffe se había resentido.

—Sólo eras un niño —dijo Iris.

Richard soltó una breve carcajada.

—Eso es lo más gracioso. Yo creía que era un hombre. Ya había ido a Oxford, había…

Se contuvo antes de decir que se había acostado con mujeres. Iris era su esposa. No tenía por qué saber nada sobre las formas que tenían los jóvenes estúpidos de medir su virilidad.

—Me consideraba un hombre —prosiguió frunciendo los labios con tristeza—. Pero entonces, cuando tuve que regresar a casa para serlo de verdad…

Iris le tocó el brazo.

—Lo siento mucho.

Él encogió el hombro, pero lo hizo con el brazo opuesto. No quería que ella apartara la mano.

—Lo has hecho muy bien —le dijo. Iris miró a su alrededor, como si los tonos verdes de los árboles fueran la prueba de sus buenas gestiones—. Según dicen, Maycliffe es una finca próspera.

—¿Según dicen? —repitió Richard con una juguetona sonrisa en los labios—. ¿Qué has oído decir desde que vives aquí?

Iris resopló entre risas y le dio un golpecito con el hombro.

—La gente habla —confesó con astucia—. Y como ya sabes, a mí me gusta escuchar.

—Ya lo creo.

Observó la sonrisa de su mujer. Era una expresión rebosante de satisfacción, y le encantaba.

—¿Me cuentas más cosas sobre los Burnham? —le pidió—. En realidad quiero saber cosas sobre todos los arrendatarios, pero deberíamos empezar por los Burnham, ya que son los primeros a los que vamos a visitar.

—No sé qué quieres saber, pero son seis. Está la señora Burnham, su hijo John, que ahora es el cabeza de familia, y luego cuatro hijos más, dos niños y dos niñas. —Reflexionó un momento—. No recuerdo sus edades, pero el más pequeño, Tommy, no puede tener más de once años.

—¿Cuánto tiempo hace que murió su padre?

—Dos años, tal vez tres. Su muerte no fue inesperada.

—¿No?

—Bebía. Mucho.

Richard frunció el ceño. No quería hablar mal de los muertos, pero era la verdad. Al señor Burnham le gustaba demasiado la cerveza, y eso lo condenó. Engordó, luego se le puso la piel amarilla, y al final murió.

—¿Y su hijo es como él?

No era una mala pregunta. Richard sabía muy bien que los hijos seguían el ejemplo de los padres. Cuando heredó Maycliffe, él también hizo lo que era conveniente y mandó a sus hermanas a vivir con su tía mientras él seguía con su vida en Londres como si no tuviera responsabilidades en su hogar. Tardó varios años en darse cuenta de lo vacío que se había quedado. Y todavía estaba pagando el precio de su falta de juicio.

—No conozco muy bien a John Burnham —le comentó a Iris—, pero no creo que beba. Por lo menos no más de lo habitual.

Como Iris no decía nada, siguió hablando.

—Será un buen hombre, mucho mejor que su padre.

—¿A qué te refieres? —le preguntó.

Richard reflexionó un momento. Nunca se había parado a pensar en John Burnham. Sólo había pensado en él como el cabeza de familia que habitaba en la granja más grande de Maycliffe. Le gustaba lo que sabía de él, pero sus caminos no solían cruzarse a menudo, y tampoco era de esperar.

—Es un chico serio —contestó Richard al poco—. Ha hecho bien las cosas. Y, gracias a mi padre, incluso acabó el colegio.

—¿A tu padre? —repitió Iris con cierta sorpresa.

—Él le pagó los estudios. Le tenía aprecio. Siempre decía que era muy inteligente. Y mi padre siempre valoró eso.

—Es algo digno de valoración.

—Ya lo creo. —A fin de cuentas, esa era una de las muchas virtudes que él valoraba en Iris. Pero no era el momento de decírselo—. Es muy probable que John hubiera podido estudiar leyes o algo así si no hubiera vuelto a Mill Farm.

—¿De granjero a abogado? —preguntó Iris—. ¿En serio?

Richard se encogió de hombros.

—No hay motivo por el que no pueda conseguirse. Siempre que uno quiera lograrlo.

Iris guardó silencio un momento y luego preguntó:

—¿El señor Burnham está casado?

Richard la miró con asombro y luego se volvió a concentrar en la carretera.

—¿A qué viene tanto interés?

—Necesito saber esa clase de cosas —le recordó. Iris se removió en el asiento— Y tenía curiosidad. Siempre he tenido mucha curiosidad por las personas. Quizá tuviera que regresar a casa para ocuparse de su familia. Puede que ese fuera el motivo por el que no pudo estudiar Derecho.

—No sé si él quería estudiar Derecho. Sólo he dicho que es lo bastante inteligente como para hacerlo. Y no, no está casado. Pero sí que tiene una familia de la que ocuparse. Nunca abandonaría a su madre y a sus hermanos.

Iris le puso la mano en el brazo.

—Entonces se parece mucho a ti.

Richard tragó saliva con incomodidad.

—Tú cuidas muy bien de tus hermanas —añadió Iris.

—Todavía no las conoces —le recordó.

Ella se encogió de hombros.

—Se nota que eres un buen hermano. Y un buen tutor.

Richard cogió las riendas con una sola mano y se sintió aliviado de poder señalar hacia delante y cambiar de tema.

—Está justo allí.

—¿Mill Farm?

La miró. Había percibido algo en su voz.

—¿Estás nerviosa?

—Un poco, sí —admitió.

—No tienes por qué. Eres la señora de Maycliffe.

Ella resopló.

—Por eso precisamente estoy nerviosa.

Richard empezó a decir algo, pero luego meneó la cabeza. ¿No se daba cuenta de que eran los Burnham los que debían estar nerviosos ante la perspectiva de conocerla a ella?

—¡Vaya! —exclamó Iris—. Es mucho más grande de lo que esperaba.

—Ya te he dicho que es la granja más grande de Maycliffe —murmuró Richard deteniendo el carro.

Los Burnham llevaban varias generaciones cultivando aquellas tierras y, con el tiempo, habían logrado construir una casa muy bonita, con cuatro habitaciones, un salón y un despacho. Hubo un tiempo en que tuvieron incluso criada, pero se vieron obligados a despedirla cuando la familia pasó por malos momentos económicos, justo antes de la muerte del anterior señor Burnham.

—Yo nunca he ido a visitar a mis primos —confesó Iris con timidez.

Richard se bajó del carro y le ofreció la mano.

—¿Por qué de repente pareces tan insegura?

—Supongo que me estoy dando cuenta de lo poco que sé. —Hizo un gesto señalando la casa—. Había dado por hecho que todas las familias de arrendatarios vivían en casitas de campo pequeñas.

—La mayoría sí. Pero hay algunas que son bastante prósperas. Uno no tiene por qué ser propietario de las tierras que cultiva para que las cosas le vayan bien.

—Pero sí que es necesario poseer las tierras para hacerse llamar caballero. O por lo menos haber nacido en una familia de terratenientes.

—Eso es cierto —admitió.

Ni siquiera se consideraba parte de la burguesía a los pequeños terratenientes. Era necesario poseer grandes extensiones de tierra para formar parte de ese grupo.

—¡Sir Richard! —gritó alguien.

Richard sonrió cuando vio al niño pequeño que corría hacia él.

—¡Tommy! —lo llamó. Cuando se detuvo frente a él le revolvió el pelo al muchacho—. ¿Qué te da tu madre para comer? Estoy seguro de que has crecido treinta centímetros desde la última vez que te vi.

Tommy Burnham esbozó una sonrisa radiante.

—John me deja ayudarle en el campo. Mamá dice que es el sol. Debo de ser una mala hierba.

Richard se rió y le presentó a Iris, que se ganó la eterna devoción de Tommy al tratarlo como un adulto y tenderle la mano para que se la estrechara.

—¿Está John en casa? —preguntó Richard rebuscando en el carro la caja correcta.

—Está con mamá —contestó Tommy haciendo un movimiento con la cabeza en dirección a la casa—. Nos hemos tomado un descanso para comer.

—¿Es ésta? —le murmuró Richard a Iris. Ella asintió y él cogió la caja y le hizo un gesto para indicarle que empezara a caminar en dirección a la casa—. Pero hay más hombres trabajando con vosotros en el campo, ¿verdad? —le preguntó al niño.

—Sí, claro. —Tommy lo miró como si fuera tonto por pensar siquiera que pudiera no ser así—. No podríamos hacerlo solos. En realidad, ni siquiera me necesitan, pero John dice que tengo que hacer mi parte.

—Tu hermano es muy listo —afirmó Richard.

El chiquillo puso los ojos en blanco.

—Eso dice él.

Iris soltó una carcajada.

—Ten cuidado con ella —dijo Richard señalando a Iris con la cabeza—. Es como tú. Tiene demasiadas hermanas y ha aprendido a ser rápida.

—No es rapidez —lo corrigió ella—. Es astucia.

—Peor aún.

—Él es el mayor —le dijo Iris a Tommy con complicidad—. Lo que él ha conseguido mediante la fuerza, nosotros nos hemos visto obligados a pelearlo con ingenio.

—Ahí te ha pillado, sir Richard —contestó el niño riendo con alegría.

—Siempre lo hace.

—¿Ah, sí? —murmuró ella alzando las cejas.

Richard sonrió para sí. Prefirió dejar que Iris sacara sus propias conclusiones.

Entraron en la casa precedidos del niño, que se abrió paso gritando que sir Richard estaba allí con la nueva lady Kenworthy. La señora Burnham salió en seguida limpiándose las manos manchadas de harina en el delantal.

—Sir Richard —lo saludó inclinando la cabeza—. Es todo un honor.

—He venido a presentarles a mi esposa.

Iris esbozó una bonita sonrisa.

—Les hemos traído un regalo.

—Pero si somos nosotros quienes deberíamos hacerles un regalo —protestó la señora Burnham—. Un regalo de bodas.

—Tonterías —le contestó Iris—. Ya me está recibiendo en su casa y en sus tierras.

—Ahora también son tus tierras —le recordó Richard dejando la caja de regalos sobre la mesa.

—Sí, pero los Burnham llevan aquí un siglo más que yo. Todavía me tengo que ganar el puesto.

Y con ese comentario Iris se ganó la eterna lealtad de la señora Burnham y, por extensión, de todos los arrendatarios. Las normas de la sociedad eran iguales en todos los círculos. La señora Burnham era la matriarca de la mayor granja de la propiedad y eso la convertía en la líder de la sociedad de Maycliffe. Antes del anochecer, las palabras de Iris ya habrían llegado a oídos de todas las almas de Maycliffe.

—Ahora comprenderá por qué me he casado con ella —le confesó Richard a la señora Burnham.

Lo dijo con naturalidad y una sonrisa en los labios, pero en cuanto pronunció las palabras, notó el mordisco de la culpabilidad en el estómago. Ese no era el motivo por el que se había casado con ella.

Ojalá hubiera sido por eso.

—John —dijo la señora Burnham—, ven a conocer a la nueva lady Kenworthy.

Richard no se había dado cuenta de que John Burnham estaba en el pequeño vestíbulo. Era un hombre tranquilo, siempre lo había sido, y estaba de pie junto a la cocina, aguardando a que los demás advirtieran su presencia.

—Milady —la saludó John inclinando la cabeza—. Es un placer conocerla.

—Lo mismo digo —respondió Iris.

—¿Cómo va la granja? —preguntó Richard.

—Muy bien —contestó John, y los dos charlaron durante un rato sobre campos, cosechas y sistemas de riego, mientras Iris hablaba sobre temas triviales con la señora Burnham.

—Tenemos que marcharnos —dijo Richard—. Aún nos quedan muchas paradas que hacer antes de llegar a Maycliffe.

—La casa debe de estar muy tranquila ahora que no están sus hermanas —comentó la señora Burnham.

John se volvió con brusquedad.

—Sólo han ido a visitar a mi tía. La mujer pensó que nos iría bien pasar unos días a solas. —Le dedicó una mirada cómplice a John—. Las hermanas no son la mejor compañía para una luna de miel.

—No —convino John—. Ya imagino.

Se despidieron y Richard cogió a Iris del brazo para acompañarla fuera.

—Creo que ha ido bien —observó Iris mientras la ayudaba a subir al carro.

—Has estado fantástica —le aseguró.

—¿Sí? ¿No lo dices por decir?

—Te lo diría de todos modos —admitió Richard—. Pero es verdad. La señora Burnham ya te adora.

Ella separó los labios y Richard se dio cuenta de que estaba a punto de decir algo como «¿De veras?» o «¿Lo piensas de verdad?», pero entonces sonrió y el orgullo le sonrojó las mejillas.

—Gracias —le dijo en voz baja.

Richard le respondió besándole la mano y luego agitó las riendas.

—Hoy es un día estupendo —comentó Iris cuando se marchaban de Mill Farm—. Estoy pasando un día estupendo.

Y él también. Un día para recordar.

# 14

Tres días después

$\mathcal{S}$e estaba enamorando de su marido. Iris sabía que era evidente.

¿No decían que el amor era una emoción confusa? ¿No debería tumbarse en la cama y agonizar bajo el peso de sus tortuosos pensamientos? ¿Será real? ¿Es amor? En Londres le preguntó a Sarah por el tema. Y su prima, a pesar de estar profundamente enamorada de su marido, había admitido que al principio no estaba segura.

Pero no, Iris siempre tenía que hacer las cosas a su manera. Ella se levantó por la mañana y pensó: le quiero.

Y si no lo había hecho todavía, lo haría muy pronto. Sólo era cuestión de tiempo. Se quedaba sin respiración cada vez que veía a Richard. No dejaba de pensar en él. Y la hacía reír, ya lo creo que sí.

Ella también le hacía reír a él. Y cuando lo conseguía, su corazón daba un brinco.

El día que fueron a visitar a los arrendatarios fue mágico y ella sabía que Richard también lo había sentido. La había besado como si fuera un tesoro precioso; «No», pensó, «no lo hizo así. Eso habría sido frío y cínico».

Richard la había besado como si fuera ligera, cálida y de colores, todo a la vez. La había besado como si brillara un solo rayo de luz, sólo para ellos y sólo sobre ellos.

Había sido perfecto.

Pura magia.

Y no lo había vuelto a hacer.

Pasaban los días juntos explorando Maycliffe. Richard la miraba a los ojos con calidez. La cogía de la mano, incluso le besaba la sensible piel de la muñeca. Pero nunca volvió a besarla en los labios.

¿Acaso pensaba que ella no le aceptaría? ¿Seguía pensando que era muy pronto? ¿Cómo podía ser demasiado pronto? ¡Pero si estaban casados! Era su esposa.

Tampoco parecía que Richard se diera cuenta de que a ella le daría demasiada vergüenza pedírselo.

Por eso siguió fingiendo que todo aquello le parecía normal. Muchas parejas casadas dormían por separado. Iris ni siquiera sabía si sus padres dormían en la misma cama alguna vez.

«Y tampoco quería saberlo», pensó estremeciéndose.

Pero aunque Richard fuera la clase de hombre que pensara que las parejas casadas debían dormir en habitaciones separadas, debería querer consumar la unión. La madre de Iris le había dicho que a los hombres les gustaba hacer… eso. Y Sarah le aseguró que a las mujeres también les podía gustar.

La única explicación era que Richard no la deseaba. Aunque ella pensaba que tal vez… sí.

Ya lo había sorprendido dos veces mirándola con una intensidad que le había acelerado el pulso. Y precisamente esa misma mañana había estado a punto de besarla. Estaba convencida. Iris había tropezado cuando paseaban hacia el invernadero de naranjos. Richard se dio la vuelta al agarrarla, y ella aterrizó contra su pecho.

Nunca había estado tan cerca de él y levantó la cabeza para mirarlo a los ojos. El mundo desapareció a su alrededor y no veía nada que no fuera su precioso rostro. Él agachó la cabeza y se quedó mirando sus labios. Iris suspiró…

Y él se retiró.

—Disculpa —murmuró, y retomaron el camino.

Pero la mañana perdió la magia. Su conversación, que hasta el momento había sido fluida y desenfadada, se volvió tensa, y Richard no la volvió a tocar, ni siquiera por casualidad. No le posó la mano en la espalda, ni enlazó el brazo con el de Iris.

Otra mujer —una que tuviera más experiencia con los hombres o que tuviera el poder de leer la mente—, quizá comprendiera por qué Richard actuaba de esa forma, pero Iris estaba perdida.

Y frustrada.

Y triste.

Soltó un gruñido y se volvió a concentrar en el libro que estaba leyendo. Ya era tarde y había encontrado una vieja novela de Sarah Gorely en la biblioteca de Maycliffe; supuso que la habría comprado alguna de las hermanas de Richard. No creía que hubiera sido cosa de su marido. No era muy buena, pero era dramática y, lo más importante, era entretenida. Y el sofá azul del salón era demasiado cómodo. La tela se había desgastado tanto que tenía un tacto muy suave y, sin embargo, no parecía viejo.

A Iris le gustaba leer en el salón. La luz de la tarde era perfecta y allí, en el corazón de la casa, le costaba menos imaginar que era su hogar.

Había conseguido perderse en la historia durante aproximadamente un capítulo, cuando oyó unos pasos en el pasillo que sólo podían ser de Richard.

—¿Cómo te va la tarde? —le preguntó desde la puerta saludándola con una educada inclinación de cabeza.

Ella le sonrió.

—Muy bien, gracias.

—¿Qué estás leyendo?

Iris levantó el libro, pero era muy improbable que él pudiera leer el título desde la otra punta del salón.

—*La señorita Truesdale y el caballero silencioso*. Es una vieja novela de Sarah Gorely. Aunque me temo que no es su mejor libro.

Richard entró en la estancia.

—Nunca he leído nada suyo. Pero me parece que es bastante conocida, ¿no?

—No creo que te gustara —opinó Iris.

Él esbozó esa cálida y lánguida sonrisa que parecía fundirse en su rostro.

—Ponme a prueba.

Iris parpadeó y miró el libro que tenía sobre el regazo. Se lo tendió.

Él se rió con alegría.

—Nunca se me ocurriría quitártelo.

Su mujer lo miró con sorpresa.

—¿Quieres que te lo lea yo?

—¿Por qué no?

Iris alzó las cejas dubitativa.

—Luego no digas que no te he avisado —murmuró, y le hizo sitio para que se sentara en el sofá.

Sin embargo, en seguida tuvo que reprimir la punzada de decepción que sintió al descubrir que Richard se sentaba en el sillón que estaba delante de ella.

—¿Lo has encontrado en la biblioteca? —preguntó—. Supongo que lo compraría Fleur.

Iris asintió mientras anotaba la página por la que iba. Luego volvió al principio del tomo.

—Tenéis todas las novelas de Gorely.

—¿Ah, sí? No tenía ni idea de que mi hermana la admirara tanto.

—Pero si me contaste que le gustaba mucho leer —le recordó Iris—. Y la señora Gorely es una autora muy conocida.

—Eso he oído —murmuró.

Ella lo miró y él inclinó la cabeza con mucha pompa para indicarle que podía empezar.

—Capítulo uno —leyó—. «La señorita Truesdale se quedó huérfa-na...». —Levantó la vista—. ¿Estás seguro de que quieres que te lea esto? No creo que te vaya a gustar.

Su marido la miró muy divertido.

—Tienes que admitir que después de todo lo que has protestado, ya no te queda más remedio que leerlo.

Iris meneó la cabeza.

—Como quieras—. Carraspeó—. «La señorita Truesdale se quedó huérfana un miércoles por la tarde, cuando un arquero profesional hún-garo lanzó una flecha envenenada con su arco y atravesó el corazón de su padre, logrando así el espantoso objetivo por el que lo habían llevado a Inglaterra».

La joven levantó la vista del libro.

—Qué deprimente —comentó Richard.

Iris asintió.

—Y la cosa se pone aún peor.

—¿Cómo es posible?

—El arquero húngaro muere pocos capítulos después.

—Déjame adivinar. Lo atropella un carro.

—Demasiado vulgar —bromeó Iris—. Esta es la misma escritora que hizo que una bandada de palomas picoteara hasta la muerte a uno de sus personajes.

Richard abrió la boca, pero la cerró de nuevo.

—Palomas —dijo al poco parpadeando con rapidez—. Increíble.

Ella levantó el libro.

—¿Quieres que siga?

—Por favor —contestó él poniendo la cara de un hombre que no está nada seguro de estar eligiendo el camino adecuado.

Iris carraspeó.

—«Durante los seis años siguientes, Ivory fue incapaz de pasar una tarde de miércoles sin recordar el silencioso silbido de la flecha que le rozó la cara al pasar en dirección al condenado corazón de su padre».

Richard murmuró algo por lo bajo. Iris no entendió bien lo que decía, pero estaba bastante segura de que había entendido la palabra «desagradable».

—«Los miércoles eran una tortura para ella. Levantarse de la cama requería una energía anormal en ella. Era incapaz de comer nada y su única escapatoria eran las escasas horas de sueño que lograba arañar».

Richard resopló.

Iris levantó la vista.

—¿Qué decías?

—Nada.

La joven se volvió hacia el libro.

—Pero con franqueza —dijo indignado—. ¿Los miércoles?

Ella volvió a levantar la vista.

—¿Esa mujer tiene miedo de los miércoles?

—Eso parece.

—Sólo de los miércoles.

Iris se encogió de hombros.

—¿Y qué pasa los jueves?

—Si me dejas continuar…

Richard puso los ojos en blanco al escuchar su comentario impertinente y le hizo un gesto para que prosiguiera.

Su esposa lo miró con deliberada impaciencia para darle a entender que aguardaba su próxima interrupción. Pero él le devolvió la expresión con la misma ironía, y ella se volvió a concentrar en el texto.

—«Los jueves llegaban cargados de esperanza y renacimiento, pero no se podía decir que Ivory tuviera ningún motivo para albergar esperanza o que su alma renaciera. La vida que llevaba en el orfanato de la señorita Winchell era tediosa y desdichada».

—La palabra «tediosa» debe de ser la más apropiada de toda la novela —se burló Richard.

Iris alzó las cejas.

—¿Quieres que pare?

—Por favor. No creo que pueda soportarlo ni un minuto más.

La joven reprimió una sonrisa y se sintió un poco mala por disfrutar de su sufrimiento.

—Pero sigo queriendo saber cómo muere el arquero húngaro —añadió Richard.

—Es que si te lo cuento te arruinaré la historia —replicó Iris con remilgo.

—No sé por qué, pero lo dudo mucho.

La joven se rió. No pretendía hacerlo, pero Richard tenía una forma de decir las cosas que siempre la hacía reír.

—Tú ganas. El arquero muere de un tiro en la cabeza.

—Eso tampoco es tan interesante. —Cuando vio cómo lo miraba Iris añadió—: En sentido literario, claro.

—Le dispara un perro.

Richard se quedó estupefacto.

—Y he aquí otro caballero silencioso —anunció Iris con una sonrisa de superioridad en los labios.

—No, en serio —dijo Richard—. Debo protestar.

—¿A quién?

La pregunta pareció desconcertarlo.

—No lo sé —dijo al fin—. Pero debe quedar constancia de mi protesta.

—No creo que el perro le disparara intencionadamente —comentó Iris con modestia.

—¿Me estás diciendo que la autora no deja claras las motivaciones del animal?

Iris se puso seria.

—Ni siquiera ella posee el talento suficiente para eso.

Richard resopló.

—Ya te he dicho que no era una de sus mejores novelas —le recordó la joven.

Su marido parecía incapaz de responder.

—Te podría leer un pasaje de alguna de sus otras novelas —le sugirió sin molestarse en esconder sus risas.

—No, por favor.

Iris se rió.

—¿Cómo es posible que sea una de las autoras más conocidas de nuestro tiempo? —preguntó Richard.

—Pues yo creo que sus historias son divertidas —admitió Iris.

Y era cierto. No estaban muy bien escritas, pero tenían algo, porque una vez empezabas a leerlas, ya no podías dejarlas.

—Puede que diviertan a los locos —se burló Richard—. ¿Y cuántas novelas ha escrito la señorita Gorely? ¿O es señora?

—No tengo ni idea —admitió Iris. Hojeó las primeras y las últimas páginas—. Aquí no explica nada sobre ella. Ni una sola frase.

Su marido se encogió de hombros con despreocupación.

—No me extraña. Si a ti te diera por escribir una novela, no me gustaría que utilizaras tu verdadero nombre.

Iris levantó la vista sorprendida del breve pinchazo de dolor que había sentido por detrás de los ojos.

—¿Te avergonzarías de mí?

—Claro que no —le aclaró muy serio—. Pero no querría que tu fama interfiriera en nuestras vidas privadas.

—¿Crees que me haría famosa? —espetó.

—Claro.

La miró muy relajado, como si la conclusión fuera tan evidente que no tuviera sentido ni mencionarlo.

Iris pensó en lo que le había dicho mientras intentaba controlar el orgullo que le había provocado su comentario. Pero estaba convencida de que no lo conseguía, porque ya notaba el calor que le trepaba por las mejillas. Se mordió el labio inferior. Aquella burbuja de felicidad la hizo sentirse muy rara, y todo porque él había pensado que... que ella... bueno, que era lista.

Y lo más absurdo de todo es que ella ya sabía que era lista. No necesitaba que él se lo dijera para creerlo.

Lo miró sonriendo con vergüenza.

—¿De verdad no te importaría que yo escribiera una novela?

—¿Quieres escribir una novela?

Iris se lo pensó.

—La verdad es que no.

Richard se rió.

—¿Y por qué estamos hablando de esto?

—No lo sé. —Iris sonrió, primero le sonrió a Richard y luego sonrió para sí. *La señorita Truesdale y el caballero silencioso* seguía sobre su regazo. Lo cogió y preguntó—: ¿Quieres que siga?

—¡No! —exclamó poniéndose en pie. Le tendió la mano—. Ven. Vamos a dar un paseo.

Iris le cogió la mano y trató de ignorar el escalofrío de placer que sintió al tocarle la piel.

—¿Cómo se las arregló el perro para apretar el gatillo? —preguntó Richard—. No, no me lo digas. No quiero saberlo.

—¿Estás seguro? La verdad es que lo ha resuelto de una forma muy inteligente.

—¿Estás pensando en enseñar a disparar a nuestros perros?

—¿Tenemos perros?

—Por supuesto.

Iris se preguntó qué más ignoraría sobre su nuevo hogar. Seguro que muchas cosas. Tiró de la mano de Richard para detenerlo en medio del pasillo, lo miró a los ojos y le dijo muy seria:

—Te prometo que jamás enseñaré a disparar a nuestros perros.

Richard se deshizo en carcajadas, cosa que hizo que más de un sirviente asomara la cabeza por el pasillo.

—Eres un tesoro, Iris Kenworthy —afirmó tirando de ella hacia la puerta principal.

«Un tesoro», pensó ella con cierta preocupación. «¿De verdad?».

—¿Te gusta tu nuevo nombre? —le preguntó Richard como quien no quiere la cosa.

—La verdad es que es más fácil de pronunciar que Smythe-Smith —admitió ella.

—Creo que te queda bien —comentó su marido.

—Eso espero —murmuró ella.

Era difícil imaginar un apellido más incómodo que el de su padre.

Richard empujó la pesada puerta de Maycliffe y una ráfaga de viento gélido se coló en la casa. Iris se rodeó con los brazos. Era más tarde de lo que había imaginado y empezaba a hacer frío.

—Deja que suba a buscar un chal —dijo—. No debería haberme puesto manga corta, ha sido una tontería.

—¿Una tontería o una demostración de optimismo?

La joven se rió.

—Yo no suelo ser optimista.

—¿Ah, no?

Iris ya había subido media escalera cuando se dio cuenta de que Richard la estaba siguiendo.

—Me parece que nunca he oído a nadie acompañar una declaración de pesimismo de una sonrisa tan alegre —reflexionó.

—Tampoco soy pesimista —dijo Iris.

O por lo menos a ella no se lo parecía. Tampoco era de esa clase de personas que viven anticipando desastres y decepciones.

—Ni optimista ni pesimista —argumentó Richard cuando llegaron a lo alto de la escalera—. ¿Y entonces qué eres?

—Tampoco soy una esposa —murmuró ella.

Richard se quedó de piedra.

—¿Qué has dicho?

Iris jadeó al darse cuenta de la respuesta que se le había escapado sin querer.

—Lo siento —espetó—. No quería...

Levantó la mirada y, en cuanto lo hizo, deseó no haberlo hecho. Richard la estaba mirando con una expresión indescifrable, y se sintió fatal. Estaba avergonzada, enfadada, arrepentida y contrariada, y, probablemente, ocho cosas más en las que no tenía ganas de pensar.

—Te ruego que me disculpes —murmuró, y salió disparada hacia su dormitorio.

—¡Espera! —la llamó él.

Pero no lo hizo.

—Iris, ¡espera!

La joven siguió caminando. Movía los pies lo más rápido que podía sin arrancar a correr. Pero entonces tropezó sin saber con qué y se las arregló, a duras penas, para no perder el equilibrio.

Richard apareció junto a ella en un santiamén y la sujetó por el brazo.

—¿Estás bien?

—Sí —respondió ella con un hilo de voz.

Iris tiró del brazo, pero él siguió agarrándola con firmeza. Estaba a punto de ponerse a reír. O a llorar. ¿Ahora quería tocarla? ¿Ahora se negaba a soltarla?

—Tengo que ir a coger mi chal —murmuró, pero ya no tenía ganas de salir a pasear.

Lo único que quería era meterse en la cama y taparse hasta las orejas.

Richard la observó un buen rato antes de soltarla.

—Está bien —le dijo.

Iris intentó sonreír, pero no lo consiguió. Le temblaban las manos y, de repente, no se encontraba bien.

—Iris —dijo Richard con preocupación—. ¿Estás segura de que estás bien?

Ella asintió, pero luego cambió de idea y negó con la cabeza.

—Quizá sea mejor que descanse un rato.

—Claro —respondió él tan caballeroso como siempre—. Ya saldremos a pasear en otro momento.

Ella intentó sonreír de nuevo, pero seguía sin conseguirlo, y optó por hacer una torpe reverencia. Pero antes de que pudiera escapar, Richard la cogió del brazo para acompañarla hasta su dormitorio.

—No necesito ayuda —le explicó—. Estoy bien, de verdad.

—Pero yo me sentiré mejor si te acompaño.

La joven apretó los dientes. ¿Por qué tenía que ser tan amable con ella?

—Pediré que avisen al doctor —comentó mientras cruzaban el umbral.

—No, por favor, no lo hagas.

Dios, ¿qué le diría el doctor? ¿Le diagnosticaría un corazón roto? ¿Le advertiría que estaba loca si pensaba que su marido se interesaría por ella algún día?

Richard la soltó y suspiró mientras la miraba.

—Iris, es evidente que te pasa algo.

—Sólo estoy cansada.

Su marido no respondió, pero la miraba fijamente y ella sabía lo que estaba pensando: cuando estaban en el salón no parecía cansada.

—En seguida estaré bien —le aseguró aliviada de advertir que su voz empezaba a recuperar su seguridad habitual—. Te lo prometo.

Richard apretó los labios e Iris se dio cuenta de que no sabía si creerla. Pero al final le dijo:

—Está bien.

Y entonces la cogió de los hombros con delicadeza y se inclinó para...

¡Para besarla! Iris se quedó sin respiración y se dejó llevar por un momento de felicidad. Cerró los ojos y se acercó a él. Se moría de ganas. Quería que la besara y sentir la cálida caricia de su lengua sobre la suave piel de sus labios.

—Richard —susurró.

Su marido le dio un beso en la frente. No era el beso de un amante.

Ella se apartó de él humillada y se volvió hacia la pared, la ventana, hacia cualquier parte donde no tuviera que verlo.

—Iris…

—Por favor —dijo con la voz sofocada por la emoción—, vete.

Richard no contestó, pero tampoco se marchó. Iris habría oído sus pasos. Habría sentido su pérdida.

La joven se rodeó con los brazos, le suplicaba en silencio que hiciera lo que le había pedido.

Y entonces lo hizo. Iris escuchó cómo se daba la vuelta y el inconfundible sonido de sus botas sobre la alfombra. Estaba consiguiendo lo que quería y lo que le había pedido, pero todo aquello estaba mal. Tenía que entenderlo. Necesitaba saberlo.

Se dio media vuelta.

Richard se detuvo cuando tenía la mano en el pomo de la puerta.

—¿Por qué? —le preguntó la joven con la voz entrecortada—. ¿Por qué?

Él no se dio la vuelta.

—No finjas, sé que me has escuchado.

—No estoy fingiendo —le respondió en voz baja.

—En ese caso, no finjas no haber comprendido la pregunta.

Le clavó los ojos en la espalda y vio cómo se ponía rígido. Richard apretó el puño. Si Iris hubiera sido más sensata, no le habría presionado. Pero estaba cansada de tanta sensatez y le dijo:

—Tú me elegiste a mí. De todas las mujeres de Londres me elegiste a mí.

Su marido tardó varios segundos en moverse. Luego cerró la puerta con cautela y se volvió hacia ella.

—Podrías haberme rechazado —le recordó.

—Los dos sabemos que eso es mentira.

—¿Y tan descontenta estás?

—No —admitió, y en realidad no lo estaba—. Pero eso no niega la verdad fundamental sobre nuestro matrimonio.

—La verdad fundamental —repitió él con un tono de voz apagado y vacío que Iris no había oído nunca.

La joven se dio media vuelta. Le costaba mucho ser valiente cuando lo miraba a la cara.

—¿Por qué te casaste conmigo? —espetó.

—Porque te puse en un compromiso.

—Después de haberte declarado —insistió ella sorprendida de su propia impaciencia.

Richard le contestó con un tono controlado.

—A la mayoría de las mujeres les gusta que los hombres les propongan matrimonio.

—¿Me estás diciendo que debería sentirme afortunada?

—Yo no he dicho eso.

—¿Por qué te casaste conmigo? —exigió saber.

—Porque quería hacerlo —le contestó encogiéndose de hombros—. Y tú aceptaste.

—¡No tuve otra opción! —exclamó—. Tú te aseguraste de que no me quedara ninguna alternativa.

Richard alargó la mano y la agarró de la muñeca con la fuerza del acero. No le hacía daño, era un hombre demasiado delicado como para lastimarla. Pero a Iris le quedó bien claro que no podía escapar.

—Si hubieras tenido elección —le dijo—, si tu tía no hubiera entrado en ese momento, si nadie me hubiera visto besándote…

Richard hizo una pausa. El silencio era tan cortante que Iris tuvo que levantar la vista.

—Contéstame, Iris —le pidió con suavidad—, ¿puedes afirmar que habrías contestado otra cosa?

«No».

Le habría pedido tiempo. Eso es lo que hizo, pedirle tiempo. Pero al final habría aceptado. Y los dos lo sabían.

Dejó de apretarle la muñeca y el gesto se convirtió en una caricia.

—¿Iris?

Richard no pensaba dejar que ella ignorara la pregunta que le había hecho. Pero Iris no tenía intención de contestar. Lo fulminó con la mirada en silencio y apretó los dientes con tanta fuerza que se puso a temblar. No pensaba ceder. No sabía por qué le resultaba tan importante no responder a su pregunta, pero tenía la sensación de que su alma dependía de ello.

Su alma.

Su alma dependía de ello.

Dios, era tan mala como la ficticia señorita Truesdale. ¿Eso era lo que el amor le hacía a las personas? ¿Convertía el cerebro de la gente en una masa de podredumbre melodramática?

A Iris se le escapó una dolorosa carcajada. Fue un sonido horroroso, amargo y salvaje.

—¿Te estás riendo? —quiso saber Richard.

—Eso parece —contestó Iris, porque ni siquiera ella se lo creía.

—¿Y puedo saber por qué?

La joven se encogió de hombros.

—No sé qué otra cosa hacer.

Su marido fijó la mirada en ella.

—Estábamos pasando una tarde maravillosa —le dijo.

—Así es —reconoció ella.

—¿Por qué estás enfadada?

—No sé si estoy enfadada —le contestó.

Richard la volvió a mirar desconcertado.

—Mírame —dijo Iris levantando la voz y adoptando un tono apasionado—. Ahora soy lady Kenworthy y apenas sé cómo ha sucedido.

—Te pusiste delante de un sacerdote y…

—No me hables con condescendencia —espetó—. ¿Por qué forzaste la boda? ¿Por qué tenías tanta prisa?

—¿Acaso importa? —le respondió.

Ella dio un paso adelante.

—Sí —admitió en voz baja—. Yo creo que sí.

—Eres mi esposa —le recordó con los ojos en llamas—. Te he prometido fidelidad y apoyo. Te he prometido todas mis posesiones, te he dado mi nombre.

Iris nunca lo había visto tan enfadado, jamás habría imaginado que podría llegar a ponerse tan furioso. Se moría por darle una bofetada, pero no quería dejarse llevar por ese impulso.

—¿Qué importancia tiene el modo en que ocurrió? —concluyó Richard.

Iris hizo ademán de responder, pero percibió una inflexión en la voz de Richard que la detuvo. Algo no iba bien. Se obligó a mirarlo a los ojos.

Él la miró a ella... y se marchó.

# 15

*E*ra un desgraciado.

Richard era consciente de ello, pero aún así se volvió hacia la puerta. Podría decirle la verdad. No tenía ningún motivo para no hacerlo, pero era un egoísta y un cobarde y, además, quería disponer de unos cuantos días más hasta que el desagrado de Iris se convirtiera en odio. ¿Era tanto pedir?

—Te dejaré descansar —dijo con aspereza.

Y lo habría hecho. Si no hubiera ocurrido nada, si ella no hubiera dicho nada, habría abierto la puerta y se habría ido. Se habría encerrado en alguna parte con una botella de coñac, en alguna estancia con las paredes muy gruesas, para no tener que oírla llorar.

Pero entonces, justo cuando tenía la mano sobre el pomo de la puerta, la escuchó susurrar:

—¿Estoy haciendo algo mal?

Detuvo la mano. Pero le temblaba el brazo.

—No sé a qué te refieres —le dijo.

Pero sabía muy bien lo que quería decir.

—Es que… yo…

Richard se obligó a darse la vuelta. Dios, cómo le dolía verla así, tan incómoda y dolida. Era incapaz de acabar la frase, y si hubiera sido lo bastante hombre, habría encontrado la forma de ahorrarle la humillación.

Tragó saliva mientras buscaba unas palabras que sabía que no bastarían.

—Tú eres todo cuanto podría pedir en una esposa.

Pero ella lo miraba con desconfianza.

Richard respiró hondo. No podía dejarla así. Cruzó la habitación y alargó el brazo con intención de cogerla de la mano. Quizá si se la llevara a los labios, si pudiera besarla…

—¡No! —Iris apartó la mano y le habló con la misma aspereza que anidaba en sus ojos—. No puedo pensar con coherencia cuando haces eso.

En otras circunstancias le habría encantado escuchar eso.

Iris apartó la vista, cerró los ojos un segundo y negó con la cabeza.

—No te entiendo —le confesó en voz baja.

—¿Tanto lo necesitas?

La joven levantó la vista.

—¿Qué clase de pregunta es esa?

Richard se obligó a encoger los hombros con la intención de parecer despreocupado.

—Yo no entiendo a todo el mundo.

Y mucho menos a él mismo.

Iris lo miró durante tanto rato que Richard tuvo que reprimir el impulso de cambiarse el peso de pierna.

—¿Por qué te casaste conmigo? —le preguntó Iris al fin.

—¿No hemos hablado ya de esto?

Ella apretó los labios en un gesto implacable. No habló. Tardó tanto tiempo en hablar que él se sintió obligado a llenar aquel silencio.

—Ya sabes por qué me casé contigo —le dijo negándose a mirarla a los ojos.

—No —respondió ella—. La verdad es que no lo sé.

—Comprometí tu honor.

Iris lo fulminó con la mirada.

—Los dos sabemos que todo empezó antes de eso.

Richard intentó calcular la cantidad de tiempo que podía pasar fingiendo ignorancia.

—Oh, por el amor de Dios, Richard, por favor, no insultes mi inteligencia. Tu única intención aquella noche era que mi tía te viera besándome. Y me ofendes cada vez que insistes en afirmar lo contrario.

—Te besé porque quería hacerlo.

Era la verdad. No era toda la verdad, pero sí era una parte de la verdad.

Y, sin embargo, Iris resopló con incredulidad.

—Puede que quisieras, pero la pregunta es por qué querías besarme.

Cielo santo. Richard se pasó la mano por el pelo.

—¿Qué motivo podría tener cualquier hombre para besar a una mujer?

—¿Y cómo voy a saberlo yo? —espetó Iris—. Le doy asco a mi marido.

Richard dio un paso atrás; estaba asombrado. Sabía que tenía que decir algo, así que al rato contestó:

—No seas ridícula.

Pero fue un error. Iris abrió mucho los ojos. Tenía la mirada llena de agravio. Se dio media vuelta y se alejó de él.

Pero él era más rápido y la cogió de la muñeca.

—No me das asco.

Ella levantó la vista. No le creía.

—Puede que yo no tenga tanta experiencia como tú, pero sé muy bien la clase de relación que hay entre un marido y una mujer. Y sé que nosotros no…

—Iris —la interrumpió desesperado por acabar con aquello—, te estás disgustando.

En los ojos de Iris brilló una ira gélida y apartó la mano.

—¡Te he dicho que no me hables con condescendencia!

—No lo hago.

—Claro que sí.

Y lo hacía. Ya lo creo que sí.

—Iris —empezó de nuevo.

—¿Acaso te gustan los hombres? ¿Es eso?

Richard se quedó boquiabierto. Intentó seguir respirando, pero tenía la sensación de que ya no tenía la garganta conectada al estómago y de tener la tripa deshinchada.

—Porque si es así…

—¡No! —rugió—. ¿Cómo puedes saber que existen esa clase de cosas?

Ella le lanzó una mirada apagada y él tuvo la incómoda sensación de que estaba intentando decidir si le creía o no.

—Conozco a un hombre al que le pasa —dijo al rato.

—¿Conoces a un hombre al que le pasa?

—Bueno, sé que le pasa —murmuró—. El hermano de mi prima.

—A mí no me gustan los hombres —espetó Richard.

—Pues preferiría que fuera así —susurró Iris desviando la mirada—. Por lo menos tendría una explicación para…

—¡Ya basta! —rugió Richard.

Por Dios, ¿por qué tenía que pasar por todo aquello? A él no le gustaban los hombres y deseaba a su mujer. En realidad, la deseaba con bastante urgencia. Y si su vida fuera distinta, se aseguraría de dejárselo bien claro de todas las formas posibles.

Se acercó a ella. Lo bastante como para incomodarla.

—¿Crees que me das asco?

—No-no lo sé —tartamudeó.

—Deja que te lo demuestre.

Le cogió la cara y le dio un beso que ardía con todo el tormento de su corazón. Llevaba toda la semana deseándola, imaginando cada una de las cosas deliciosas que haría con ella cuando por fin pudiera llevársela a la cama. Había sido una semana de negación y tortura, había castigado a su cuerpo de la forma más primitiva y había llegado al límite.

Quizá no pudiera hacer todo lo que quería, pero estaba decidido a enseñarle la diferencia entre el deseo y el asco.

Richard saqueó la boca de Iris con sus labios, recorrió cada rincón, se perdió en su sabor, la devoró. Fue como si cada segundo de su vida se fundiera en ese beso, y si rompía el contacto, aunque sólo fuera un segundo, aunque sólo fuera para respirar, todo desaparecería.

«La cama». Sólo podía pensar en eso, incluso sabiendo que era un error. Tenía que llegar hasta su cama. Tenía que sentirla debajo de él, debía dejar su huella en el cuerpo de Iris.

Era suya. Y ella tenía que saberlo.

—Iris —rugió contra su boca—. Mi esposa.

La empujó un par de veces hacia atrás hasta que la tuvo pegada a la cama. Iris era delgada y muy poca cosa, pero le estaba besando con un ardor que amenazaba con consumirlos a ambos.

Nadie más sabía lo que se ocultaba bajo su plácida superficie. Y Richard juró que nadie más lo sabría. Puede que compartiera su arrebatadora sonrisa con otros hombres o incluso que los deleitara con su astuto y sutil ingenio, pero lo que estaban compartiendo en ese momento…

Eso era sólo para él.

Le apoyó las manos en la espalda y las dejó resbalar por su cuerpo hasta que encontró la deliciosa curva de su trasero.

—Eres perfecta —dijo con la boca pegada a su piel—. Encajas a la perfección entre mis brazos.

Iris respondió con un ardiente gemido. Richard hizo un sorprendente y rápido movimiento y le subió la falda y la levantó hasta que la cadera de Iris quedó pegada a la suya.

—Rodéame con las piernas —le ordenó.

Iris hizo lo que le había pedido. Y él estuvo a punto de perder la cabeza.

—¿Lo notas? —jadeó presionando la erección contra su cuerpo.

—Sí —dijo ella con desesperación.

—¿Sí? ¿Estás segura?

Notaba como asentía pegada a él, pero no redujo la presión hasta que ella repitió:

—Sí.

—No vuelvas a acusarme de no desearte.

Iris se retiró. No despegó la cadera de él porque la estaba agarrando con demasiada fuerza como para que ella pudiera separarse. Pero echó la cabeza hacia atrás, lo bastante como para que él se viera obligado a mirarla a los ojos.

Azules. Eran muy pálidos, pero muy azules. Y estaban llenos de confusión.

—Podrás acusarme de muchas cosas —gruñó—. Pero esta no será una de ellas.

Se tumbó con ella en la cama. Cuando se estiró encima de ella disfrutó del suave jadeó que escapó por entre los labios de Iris.

—Eres preciosa —le susurró saboreando la piel salada que encontró detrás de su oreja.

—Eres exquisita —murmuró deslizando la lengua por el arco de su garganta.

Richard encontró la costura festoneada de su corsé con los dientes. Se lo desabrochó y tiró de la prenda hacia abajo hasta que pudo ver la sorprendente silueta de sus deliciosos pechos a través de la camisola. Cogió uno de sus pechos y se estremeció de deseo.

—Eres mía —le dijo, y agachó la cabeza para meterse uno de sus pezones en la boca.

La besó por encima de la tela, pero cuando eso dejó de ser suficiente, le besó la piel. Y cuando por fin vio el rubor cereza de sus pezones, sintió una cálida oleada de satisfacción que lo recorrió de pies a cabeza.

—Por aquí no eres pálida —le dijo dibujando un travieso círculo sobre uno de sus pezones con la lengua.

Iris jadeó su nombre, pero él sólo se rió.

—Eres muy pálida —le dijo Richard con la voz entrecortada mientras le deslizaba la mano por la pierna—. Eso fue lo primero que me llamó la atención cuando te vi. Tu pelo…

Cogió un grueso mechón y se lo paseó por el pecho.

—Tus ojos…

Se agachó y le rozó la sien con los labios.

—Tu piel…

Esas últimas palabras las dijo con un gemido, porque su piel, tan pálida y suave, estaba expuesta debajo de él, y su color contrastaba intensamente con la deliciosa punta rosa de su pecho.

—Me pregunto de qué color serás ahí abajo —murmuró deslizándole los dedos por el muslo.

Ella se estremeció debajo de él y jadeó de placer cuando Richard pasó un dedo por el íntimo pliegue que encontró justo donde la pierna se encuentra con la cadera.

—¿Qué me estás haciendo? —le susurró Iris.

Él esbozó una sonrisa lobuna.

—Te estoy haciendo el amor. —Y luego, espoleado por un arranque de humor malvado, se inclinó sobre ella y le pegó a la oreja sus cálidos labios—. Pensaba que era evidente.

Ella soltó una carcajada sorprendida y él no pudo evitar sonreír.

—No me puedo creer que me esté riendo —dijo Iris tapándose la boca con la mano.

—¿Y por qué no? —le preguntó arrastrando las palabras—. Se supone que esto tiene que ser placentero.

Ella abrió la boca, pero no emitió ningún sonido.

—Yo me lo estoy pasando muy bien.

Iris volvió a reírse con asombro.

—¿Sí? —le preguntó él.

Ella asintió.

Richard fingió pensar en ello.

—No estoy convencido del todo.

Ella alzó las cejas.

—¿Ah, no?

Él negó con la cabeza.

—Todavía llevas demasiada ropa como para estar disfrutando.

Iris se miró. Richard le había bajado el corsé y le había levantado la falda, estaba hecha un desastre.

Su marido se dio cuenta de que le gustaba verla así. No quería tenerla en un pedestal. La quería ver con la ropa revuelta, terrenal, atrapada debajo de su cuerpo y ruborizada de placer. Le volvió a pegar los labios a la oreja.

—Todavía puede mejorar.

Ya le había desabrochado el vestido, por lo que no le costó mucho quitárselo del todo.

—Esto también —afirmó agarrándole los bajos de la camisola.

—Pero tú...

—Estoy completamente vestido, ya lo sé —dijo riendo por lo bajo—. Eso también tendremos que solucionarlo.

Richard se sentó encima de ella y se quitó la casaca y la corbata. No dejó de mirarla ni un segundo. Vio cómo Iris sacaba la lengua para humedecerse los labios y luego advirtió cómo se mordía el labio inferior, como si estuviera nerviosa por algo, o quizá tratara de tomar alguna decisión.

—Dime lo que quieres —le pidió.

Los ojos de Iris se desplazaron desde su torso a su cara y se volvieron a posar sobre su pecho, y Richard inspiró hondo cuando los temblorosos dedos de Iris se posaron sobre los botones de su chaleco.

—Quiero verte —susurró.

Todos los nervios de su cuerpo le gritaban que se arrancara hasta el último trozo de tela, pero se obligó a quedarse quieto, aunque no pudo hacer nada para evitar que su pecho siguiera agitándose con frenesí. Estaba hipnotizado por las pequeñas manos de Iris, que se peleaban con los botones muy temblorosas. Le estaba costando mucho desabrocharlos, apenas conseguía meter el disco por el ojal.

—Lo siento —le dijo con vergüenza—. Yo...

Richard le cogió la mano.

—No te disculpes.

—Pero...

—No...

Ella levantó la vista.

Él intentó sonreír.

—...te disculpes.

Desabrocharon juntos los botones y Richard en seguida pudo quitarse la camisa.

—Eres muy atractivo —susurró—. Nunca había visto a ningún hombre. De esta forma.

—Eso espero. —Richard intentó bromear, pero entonces ella le apoyó los dedos en el pecho y fue como si se le escapara todo el aire del cuerpo—. No sabes lo que me haces —jadeó, y se volvió a tumbar sobre ella con la esperanza de que Iris no se hubiera dado cuenta de que no se había quitado los pantalones.

No podía quitárselos. Ya estaba demasiado cerca del fuego. En alguno de los febriles rincones de su mente, anidaba una vocecita que le advertía que si eliminaba la última barrera, no sobreviviría.

La poseería. La haría suya de verdad.

Y eso no podía ser.

Todavía no.

Pero tampoco podía dejarla así. Iris seguía tendida bajo su cuerpo: era la tentación en persona. Pero eso no era lo que lo tenía paralizado.

Él no podía conseguir lo que deseaba con tanto desespero, pero sí podía dárselo a ella.

Se lo merecía.

Y una parte de él pensaba que quizá, sólo quizá, darle placer a Iris le resultaría casi tan satisfactorio como lo otro.

Rodó hacia un lado y se la llevó consigo mientras le daba otro beso abrasador. Ella tenía las manos en su pelo y luego las dejó resbalar por su espalda. Mientras él se abría camino a besos por su cuello, notó cómo le latía el pulso bajo la piel. Estaba muy excitada, quizá casi tanto como él. Puede que Iris fuera virgen, pero estaba decidido a darle placer.

Dejó resbalar las manos y le separó las piernas con suavidad para posarlas sobre su monte. Iris se puso tensa, pero Richard era paciente, y después de acariciarla con delicadeza durante un rato, ella se relajó lo suficiente como para que pudiera internarse entre sus pliegues.

—Shhh —la tranquilizó mirándola a la cara—. Déjame hacer esto por ti.

Ella asintió con aspereza, pero Richard estaba bastante seguro de que no tenía ni idea de a qué se refería. Iris le estaba dando toda una lección con aquella demostración de confianza ciega, y él se obligó a no pensar en todos los motivos por los que no la merecía.

No dejó de besarla por toda la cara mientras la acariciaba con los dedos. La sensación era fantástica: cálida, húmeda y femenina. Richard estaba ardiendo, pero ignoró su fuego y la besó con fuerza antes de susurrarle:

—¿Te gusta?

Ella asintió de nuevo. En los ojos de Iris brillaba un deseo teñido de desconcierto.

—¿Confías en mí?

—Sí —susurró, y entonces él empezó a descender por su cuerpo deteniéndose en cada uno de sus pechos antes de seguir bajando.

—¿Richard?

Iris susurraba. El pánico le teñía la voz.

—Confía en mí —murmuró dejando que las palabras se hundieran en la suave piel de la tripa de Iris.

Ella se agarró a las sábanas, pero él no detuvo su sensual progreso.

Entonces le dio un beso justo en el centro mientras le hacía el amor, muy suavemente, con los labios y la lengua. Tenía las manos extendidas sobre sus muslos y la inmovilizaba, la mantenía abierta para su invasión erótica.

Iris empezó a retorcerse debajo de él. Richard la besó con más fuerza y deslizó un dedo en su interior. Rugió de deseo al sentir cómo los músculos de la joven se contraían y lo succionaban hacia dentro. Tuvo que pararse un momento a tomar aire. Cuando la volvió a besar ella se pegó a él y levantó las caderas de la cama, que se elevaron empujadas por la fuerza de la necesidad.

—No pienso soltarte —le dijo, pero no podía saber si ella lo habría escuchado.

Le abrió un poco más las piernas y la besó, chupó y acarició hasta que la joven gritó su nombre y se deshizo bajo sus manos.

Él siguió bebiendo de ella y la abrazó hasta que Iris regresó a la tierra.

—Richard —jadeó golpeando la cama con la mano frenéticamente—. Richard…

Él trepó por el cuerpo de su esposa y se cernió sobre ella para ver bien su rostro empapado de placer.

—¿Por qué has hecho eso? —le preguntó Iris en un susurro.

Él esbozó una sonrisa lánguida.

—¿Es que no te ha gustado?

—Sí, pero…

Parpadeó muy deprisa, era evidente que no encontraba las palabras. Él se tumbó junto a ella y le dio un beso en la oreja.

—¿Ha sido placentero?

El pecho de Iris subió y bajó varias veces antes de que pudiera contestar.

—Sí, pero tú...

—Para mí ha sido muy placentero —la interrumpió.

Y era verdad. Incluso a pesar de la frustración que sentía en ese momento.

—Pero tú... tú...

Iris lo agarró de la cintura de los pantalones. Richard no sabía si la pasión la había dejado sin palabras o si sencillamente estaba demasiado avergonzada para hablar de intimidades.

—Shhhh.

Le posó un dedo en los labios. No quería hablar del tema.

Ni siquiera quería pensar en ello.

La abrazó hasta que se quedó dormida. Luego se bajó de la cama y se tambaleó hasta su dormitorio.

No podía quedarse dormido en su cama. No se tenía la confianza suficiente como para despertar entre sus brazos.

# 16

Iris despertó poco antes de la cena y lo hizo como lo hacía siempre: despacio y con los ojos entrecerrados. Estaba muy relajada, las extremidades le pesaban a causa del sueño y de algo más… algo sensual y muy agradable. Frotó las sábanas con los pies y se preguntó si antes eran igual de sedosas. El aire tenía un olor dulce, como a flores frescas y a algo más, algo terrenal y exuberante. Inspiró hondo y se llenó los pulmones con ese perfume mientras rodaba por la cama y enterraba la cara en la almohada. No creía que hubiera dormido jamás así de bien. Se sentía…

Abrió los ojos de golpe.

«Richard».

Miró por la habitación volviendo la cabeza de un lado a otro. ¿Dónde estaba?

Iris se sentó en la cama, se ciñó las sábanas alrededor del cuerpo desnudo y miró el lado opuesto de la cama. ¿Qué hora era? ¿Cuándo se había marchado?

Miró la otra almohada. ¿Qué pensaba que vería allí? ¿Una huella de su rostro?

¿Qué habían hecho? Él había…

Ella había…

Pero él definitivamente no había…

Iris cerró los ojos atormentada. No sabía lo que estaba pasando. No lo entendía.

Richard no había consumado la unión. Ni siquiera se había quitado los pantalones. Puede que Iris fuera una ignorante en cuanto al lecho conyugal se refería, pero eso sí que lo sabía.

Le rugió el estómago y recordó que hacía mucho tiempo que no comía. Estaba hambrienta. ¿Qué hora era? ¿Se habría perdido la cena?

Miró por la ventana intentando descifrar lo tarde que era. Alguien había cerrado las pesadas cortinas de terciopelo. Pensó que probablemente lo habría hecho Richard, porque la tela estaba doblada por una esquina. Y una criada nunca dejaría las cortinas torcidas.

Fuera estaba oscuro, pero quizá no fuera noche cerrada y... Al cuerno. Sería mejor que se levantara a echar un vistazo.

Dejó escapar un pequeño gruñido al tirar de la sábana para poder envolverse en ella. No sabía por qué sentía la extraña necesidad de saber la hora que era, pero estaba segura de que no encontraría la respuesta escudriñando un minúsculo trozo de ventana por detrás de las cortinas.

Iris se tambaleó hasta la ventana y miró fuera. La luna brillaba en el cielo. No estaba llena del todo, pero ya era lo bastante redonda como para proyectar un brillo perlado en el aire. Estaba claro que ya hacía un buen rato que se había puesto el sol. ¿Cuánto tiempo habría dormido?

—Ni siquiera estaba cansada —murmuró.

Se ciñó un poco más la sábana y esbozó una mueca cuando se dio cuenta de lo mucho que le costaba caminar. Pero no se puso bien la tela, eso habría sido demasiado sensato. Iris prefirió acercarse al reloj que había sobre la repisa de la chimenea dando saltos. Lo giró un poco hasta que quedó mirando a la ventana iluminada por la luna. Casi las nueve y media. Eso significaba que había dormido... ¿Cuánto? ¿Tres horas? ¿Cuatro?

Si lo supiera con exactitud sabría cuánto tiempo había pasado con Richard haciendo...

Eso.

Se estremeció. No tenía nada de frío, pero se estremeció.

Tenía que vestirse. Tenía que vestirse, conseguir algo para comer y...

Se abrió la puerta.

Iris gritó.

También gritó la criada que apareció en la puerta.

Pero sólo una de ellas iba envuelta en una sábana como una momia, e Iris se sorprendió tanto que se desplomó en el suelo.

—¡Oh, milady! —gritó la criada—. Disculpe, disculpe.

Corrió hacia ella, le tendió la mano y luego la retiró en seguida; era evidente que no sabía cómo actuar cuando se encontraba con la esposa de un *baronet* medio desnuda en el suelo.

Iris estuvo a punto de pedirle ayuda, pero luego decidió no hacerlo. Se recompuso con todo el equilibrio que pudo e intentó mirar a la criada con dignidad.

Iris imaginó que en ese momento se debía de parecer mucho a su madre.

—¿Sí? —entonó.

—Emm… —La criada, que parecía muy incómoda, le hizo una reverencia torpe—. Sir Richard se preguntaba si querría usted cenar en su habitación.

Iris asintió con gran pompa.

—Me encantaría, gracias.

—¿Y qué prefiere? —le preguntó la criada—. La cocinera ha preparado pescado, pero si no le apetece puede cocinar otra cosa. Me pidió que se lo hiciera saber.

—Cenaré lo que haya cenado sir Richard —dijo Iris.

Su marido debía de haber cenado haría ya una hora y no quería que el personal de cocina tuviera que ponerse a trabajar otra vez para satisfacer sus caprichos.

—Se lo traeré en seguida, milady.

La criada hizo otra reverencia y salió prácticamente corriendo de la habitación.

Iris suspiró y luego se puso a reír; ¿qué otra cosa podía hacer? Estaba segura de que en cuestión de cinco minutos toda la casa se habría enterado de su vergonzoso tropezón. Excepto su marido, claro. Nadie se atrevería a decirle ni una sola palabra.

Era un pequeño ápice de dignidad, pero Iris decidió aferrarse a él.

Diez minutos después ya se había puesto uno de sus camisones de seda nuevos y una bata un poco más recatada. Se trenzó el pelo para meterse en la cama, cosa que pensaba hacer en cuanto hubiera cenado. Ya imaginaba que no se quedaría dormida en seguida, y menos después de la siesta que había echado. Pero podía leer. No sería la primera vez que se quedaba despierta media noche acompañada de un libro y una vela.

Se acercó a la mesita de noche para echar un vistazo a la pila de libros que había cogido de la biblioteca aquella misma tarde. Se había dejado el tomo de *La señorita Truesdale y al caballero silencioso* en el salón, pero había perdido el gusto por los arqueros húngaros.

Y también por las heroínas patéticas que se pasaban la vida titubeando, llorando y preguntándose quién acudiría en su rescate.

Ya había leído un buen trozo. Y sabía lo que pasaba.

No estaba dispuesta a perder más tiempo en compañía de la lastimera señorita Truesdale.

Iris fue cogiendo los libros de uno en uno y valoró las opciones que tenía: otra novela de Sarah Gorely, un poco de Shakespeare y la historia de Yorkshire.

Eligió el libro de historia. Esperaba que fuera muy aburrido.

Pero en cuanto se hubo acomodado en la cama, oyó como llamaban de nuevo a la puerta.

—¡Adelante! —gritó ansiosa por cenar.

Sin embargo, la puerta que se abrió no fue la que daba al pasillo. Sino la puerta que conducía al dormitorio de su marido.

—¡Richard! —jadeó levantándose a toda prisa de la cama.

—Buenas tardes —le dijo con un tono de voz tan tersa como el coñac.

Iris no bebía coñac, pero todo el mundo decía que era una bebida suave.

Estaba muy nerviosa.

—Te has cambiado para cenar —espetó.

Y estaba guapísimo. Llevaba una casaca verde botella y un chaleco de brocado amarillo pálido. Ahora Iris sabía de primera mano que Richard no necesitaba relleno en las casacas. Él le contó, en una ocasión, que solía ayudar a sus arrendatarios en el campo. Y le creía.

—Pero tú no —le contestó.

Iris miró el firme nudo de su bata. La tapaba mejor que la mayoría de los vestidos de fiesta, pero lo cierto era que los vestidos de fiesta no se podían desabrochar con sólo tirar del cinturón.

—Tenía la intención de cenar en la habitación —le explicó Iris.

—Yo también.

La joven miró la puerta abierta que había dejado a su paso.

—En tu habitación —le aclaró Richard.

Iris parpadeó.

—¿En mi dormitorio?

—¿Hay algún problema?

—Pero si tú ya has cenado.

Richard esbozó una sonrisa de medio lado.

—En realidad, no.

—Pero si son las nueve y media —tartamudeó—. ¿Por qué no has cenado?

—Te estaba esperando —le dijo como si fuera lo más normal del mundo.

—Ah. —Iris tragó saliva—. No tenías por qué hacerlo.

—Pero quería esperarte.

Ella se rodeó con los brazos. Se sentía extraña, como si tuviera que protegerse, taparse o algo. Se sentía como un pez fuera del agua. Aquel hombre la había visto desnuda. Ya sabía que era su marido, pero aun así, las cosas que le había hecho… Y su forma de reaccionar…

Se ruborizó. A Iris no le hacía falta verse para saber que se había puesto muy roja.

Richard alzó una ceja.

—¿Estás pensando en mí?

Eso la hizo enfadar.

—Creo que deberías irte.

—Pero tengo hambre.

—Pues deberías haberlo pensado antes.

La respuesta de Iris lo hizo sonreír.

—¿Merezco un castigo por haber esperado a mi mujer?

—Ya sabes que no me refiero a eso.

—Y yo que me consideraba todo un caballero por dejarte descansar.

—Estaba cansada —dijo, y entonces se ruborizó de nuevo, porque los dos sabían el motivo.

Y todavía se avergonzó más cuando llamaron a su puerta y, antes de que se diera cuenta, entraron dos lacayos con una mesa pequeña y unas sillas, seguidos de dos criadas con sendas bandejas.

—Cielo santo —exclamó Iris observando toda aquella actividad.

Ella pensaba llevarse la bandeja a la cama. Pero era evidente que ya no lo podría hacer, y menos si Richard insistía en cenar con ella.

Los lacayos dispusieron la mesa rápido y con gran precisión, y luego se retiraron para que las criadas pudieran acercar la comida. Olía muy bien y el estómago de Iris rugió mientras las chicas servían los platos.

—Un momento —murmuró Richard, y se acercó a la puerta para mirar hacia el pasillo—. Ah, aquí está. Gracias.

Cuando regresó al dormitorio llevaba consigo un jarrón alto y estrecho.

Con un único lirio dentro.

—Para ti —dijo con delicadeza.

A Iris le temblaron los labios.

—¿Cómo lo has…? No es tiempo.

Richard se encogió de hombros y, por un momento, pareció algo inquieto. Pero eso era imposible, él nunca se ponía nervioso.

—Todavía quedan algunos —le explicó—, si sabes donde buscarlos.

—Pero es…

Iris guardó silencio y se quedó boquiabierta, estaba sorprendida. Miró hacia la ventana a sabiendas de que las cortinas no estaban bien recogidas. Era tarde. ¿Había salido de noche? ¿Sólo para cogerle una flor?

—Gracias —le dijo.

Sabía que, a veces, era mejor no cuestionar los regalos. A veces, sencillamente, había que alegrarse sin saber el motivo.

Richard dejó el jarrón en el centro de la pequeña mesa e Iris se quedó mirando la flor, hipnotizada por los minúsculos trazos dorados que brillaban con delicadeza sobre los suaves pétalos violetas.

—Es preciosa —dijo.

—Todos los lirios son preciosos.

Iris dejó de mirar la flor y clavó los ojos en Richard. No pudo evitarlo.

Él le tendió la mano.

—Venga —le dijo—. Deberíamos cenar.

Era una disculpa. Iris la reconoció en su mano tendida. Sólo deseó saber por qué se estaba disculpando.

«Ya basta», se dijo. «Deja de cuestionártelo todo». Por una vez estaba decidida a permitirse ser feliz sin necesidad de saber el motivo. Se había enamorado de su marido y eso era bueno. Richard le había provocado un placer en la cama que Iris jamás creyó posible. Y eso también era bueno.

Y era suficiente. Tenía que bastar.

Aceptó la mano de Richard. Era grande, fuerte y cálida, y todo lo que debía ser una mano. «¿Era todo lo que debía ser una mano?» Se rió, eso era absurdo. Dios santo, se estaba poniendo muy melodramática.

—¿Qué te resulta tan gracioso? —le preguntó.

Ella negó con la cabeza. ¿Cómo iba a explicarle que estaba valorando la perfección de las manos y él estaba en los puestos más altos de la lista?

—Cuéntamelo —la apremió estrechándole la mano—. Insisto.

—No.

Iris no dejaba de negar con la cabeza. Su voz se contagiaba de la alegría de sus pensamientos.

—Cuéntamelo —rugió tirando de ella.

Iris apretaba los labios con fuerza y se esforzaba por no sonreír.

Richard le acercó los labios al oído.

—Conozco formas de hacerte hablar.

Ella se sentía juguetona.

Él le mordisqueó el lóbulo de la oreja y dejó resbalar los dientes por su piel sensible.

—Dímelo, Iris…

—Tus manos —transigió sin apenas reconocer el sonido de su propia voz.

Richard se detuvo, pero ella notó cómo sonreía pegado a su piel.

—¿Mis manos?

—Mmm.

Las extendió sobre la cintura de Iris.

—¿Estas manos?

—Sí.

—¿Te gustan?

Ella asintió y jadeó cuando notó que él las dejaba resbalar por su cuerpo y la agarraba del trasero.

Richard deslizó la boca por su mandíbula, siguió por el cuello y regresó a la comisura de sus labios.

—¿Qué más te gusta?

—Todo.

La palabra le salió sin previo aviso y, probablemente, debería haber sentido vergüenza, pero no fue así. No podía. Cuando estaba con él no tenía vergüenza de nada.

Richard soltó una carcajada redonda y sólida que rebosaba de orgullo masculino. Desplazó las manos por el cuerpo de Iris y agarró los dos extremos del cinturón de su bata.

Le acercó los labios a la oreja.

—¿Tú eres mi regalo?

Y antes de que pudiera responder, dio un tirón y se quedó mirando, con ardiente deseo, cómo se le abría la bata.

—Richard —susurró ella, pero él ya estaba deslizando sus maravillosas manos por su cuerpo.

Antes de llegar a los hombros, se detuvo un agonizante momento en sus pechos para acabar de quitarle la prenda, que resbaló hasta el suelo como si fuera una nube de pálida seda azul.

Iris se quedó de pie delante de él vistiendo otro de sus provocativos camisones. No era una prenda práctica, ni siquiera servía para darle calor por la noche. Pero no recordaba haberse sentido nunca tan femenina, tan deseable ni tan valiente.

—Eres preciosa —susurró Richard dejando resbalar la mano por su pecho.

Le estimuló el pezón dibujando lentos círculos con la palma por encima de la seda del camisón.

—Yo...

Iris guardó silencio.

Richard la miró y la obligó a mirarlo a los ojos posándole el dedo bajo la barbilla. La interrogó alzando las cejas.

—No es nada —murmuró Iris.

Había estado a punto de contradecirlo, de decirle que ella no era preciosa, porque no lo era. Ninguna mujer llegaba a los veintiún años sin saber si era guapa o no. Pero cuando pensaba...

No. «No». Si él opinaba que era preciosa, ella no pensaba contradecirlo. Si Richard la consideraba guapa, entonces lo era, por lo menos aquella noche y en aquella habitación.

—Bésame —susurró.

A Richard le ardieron los ojos y se acercó a ella. Cuando la besó, Iris sintió una punzada de deseo en el centro de su feminidad. Hacía sólo unas horas que él la había besado justo en esa parte de su cuerpo. Se le escapó un pequeño gemido. Se estremecía cada vez que lo recordaba.

Pero esa vez le estaba besando los labios. Dejó resbalar la lengua por su boca y le acarició la piel sensible del paladar animándola a hacer lo mismo. Y lo hizo. El deseo la había envalentonado, y cuando Richard gruñó y la estrechó con más fuerza, ella se sintió muy poderosa. Le apoyó las manos en el pecho y le quitó la casaca.

Quería volver a sentirlo. Estaba fuera de control. Sólo hacía unas pocas horas desde la última vez y, sin embargo, volvía a tener ganas de arrastrarlo hasta su cama y sentir su cuerpo inmovilizándola sobre el colchón.

Aquella necesidad tan increíble y sobrenatural no podía ser normal.

—Mi regalo —dijo Iris posando los dedos sobre la corbata blanca que él llevaba anudada al cuello.

Por suerte se había hecho un nudo sencillo; le temblaban mucho los dedos y no creía que hubiera conseguido deshacer uno de esos nudos tan complejos que se estilaban tanto entre los dandis londinenses.

Luego se concentró en los tres botones del cuello de la camisa. Iris jadeó cuando por fin consiguió desabrocharlos, le vio la piel y advirtió el intenso latido de su pulso.

Lo tocó, le encantaba ver cómo se contraían sus músculos al paso de sus dedos.

—Eres una bruja —rugió quitándose la camisa.

Ella sonrió porque así era como se sentía, como si tuviera nuevos poderes. La última vez le había tocado el pecho y pudo sentir los músculos contrayéndose bajo su piel, pero no había podido hacer nada más. Él había sido demasiado rápido. La vez anterior, Iris perdió el control cuando sintió el contacto de las manos de su marido deslizándose por su cuerpo, y cuando le posó la boca sobre el sexo, perdió la razón.

Pero no pensaba dejar que le volviera a ocurrir.

Esa vez quería explorar.

Deslizó los dedos por su tenso abdomen y escuchó su respiración áspera. Una fina línea de pelo, oscura y nítida, se desplazaba desde su ombligo hasta la cintura de sus pantalones. Cuando Iris la repasó con los dedos, él encogió la tripa, tanto que la joven podría haberle metido la mano por debajo de la tela.

Pero no lo hizo. No era tan descarada. Todavía.

Pero lo sería antes de que acabara la noche.

Richard la cogió en brazos y la llevó a la cama. Los dos olvidaron la cena. La estiró —no lo hizo con aspereza, pero tampoco fue delicado— e Iris sintió una ráfaga de emoción femenina cuando se dio cuenta de lo cerca que estaba su marido de perder el control.

Se envalentonó y dejó resbalar la mano hasta sus pantalones. Pero justo cuando iba a colar los dedos por la cintura, Richard le cogió la mano.

—No —le dijo con aspereza. Y entonces, antes de que ella pudiera preguntarle nada, añadió—: No puedo.

Iris le sonrió. Por fin había despertado en ella alguna clase de demonio sugerente que había cogido las riendas.

—Por favor —le suplicó.

—Yo te daré placer. —Le posó la mano libre en el muslo y la estrechó con fuerza—. Te daré mucho placer.

—Pero yo quiero darte placer a ti.

Richard cerró los ojos y, por un instante, Iris pensó que le dolía algo.

Estaba apretando los dientes y su rostro se había transformado: ahora era una máscara de aspereza y tensión. Iris le acarició la frente y, cuando dejó resbalar la mano por su mejilla, él enterró la cara en su palma.

Notó cómo cedía. Sintió cómo se desprendía de parte de la tensión acumulada y, con la otra mano, la que tenía peligrosamente apoyada sobre su barriga, se coló por debajo de sus pantalones. No llegó muy lejos, sólo hasta el pelo rizado que crecía en su firme abdomen. Iris se sorprendió, aunque no sabía muy bien por qué; se mordió el labio inferior y lo miró.

—No te pares ahí —rugió él.

Iris no quería pararse, pero sus pantalones eran muy ajustados, y apenas había espacio para la mano. Posó los dedos sobre el cierre y se los desabrochó muy despacio.

La joven jadeó.

Aquello no tenía nada que ver con lo que había visto en las estatuas del museo.

De repente, muchas de las cosas que le había contado su madre empezaron a tener sentido.

Iris lo miró con los ojos vacilantes y él asintió. Ella aguantó la respiración y lo tocó. Al principio lo hizo muy despacio y se retiró cuando su erección palpitó entre sus dedos.

Richard se puso de lado y ella se dejó caer a su lado, y entonces se dio cuenta de que él todavía llevaba las botas puestas.

No le importaba. Y a él tampoco parecía preocuparle mucho.

Lo empujó hasta que estuvo tumbado boca arriba y se arrodilló junto a él para observarlo. ¿Cómo podía haber crecido tanto?

Otro misterio del mundo que no comprendía.

Lo volvió a tocar, esa vez deslizando los dedos por su sorprendente piel sedosa. Richard respiró hondo y se estremeció de pies a cabeza, pero ella sabía que se debía al placer y no al dolor.

Y si era dolor, era un dolor bueno.

—Más —rugió, y esa vez Iris lo rodeó suavemente con la mano mientras lo miraba para asegurarse de que estaba haciendo lo correcto.

Su marido había cerrado los ojos y respiraba muy deprisa. Ella movió la mano, sólo un poco, pero antes de que pudiera seguir, él posó la mano sobre la suya y la detuvo.

Iris pensó por un momento que le había hecho daño, pero entonces Richard apretó la mano y ella se dio cuenta de que le estaba enseñando lo que debía hacer. Después de unas cuantas caricias, él retiró la mano y le cedió el control. Iris se emocionó al sentir el poder seductor que tenía sobre él.

—Dios, Iris —rugió Richard—. No te imaginas lo que me haces sentir...

La joven se mordió el labio inferior; sabía que estaba esbozando una sonrisa orgullosa. Quería llevarlo al límite, igual que había hecho él. Después de haber pasado tantas noches sola, quería tener pruebas de que la deseaba, de que era lo bastante mujer para satisfacerlo. Richard ya no podría volver a esconderse tras un casto beso en la frente.

—¿Puedo besarte? —le preguntó Iris.

Él abrió los ojos.

—¿Puedo besarte como hiciste tú?

—No —se apresuró a contestar Richard con la voz entrecortada—. No —repitió.

Parecía presa del pánico.

—¿Por qué no?

—Porque... porque... —Maldijo y se incorporó, no lo bastante como para sentarse del todo, pero sí lo suficiente para apoyarse sobre los codos—. Porque no, no podré...

—¿Te haré daño?

Richard rugió y cerró los ojos. Parecía muy angustiado. Iris lo volvió a tocar y lo miró mientras él se estremecía bajo su caricia. El sonido de su respiración la electrizaba, y parecía... parecía...

Parecía que le estuviera pasando lo mismo que a ella. Parecía abrumado.

Richard dejó caer la cabeza hacia atrás y ella reconoció el momento exacto en que cedió. La tensión no abandonó su cuerpo, pero algo le dijo que estaba en conflicto consigo mismo. Iris le miró la cara para asegurarse de que seguía teniendo los ojos cerrados —por algún motivo no era lo bastante valiente para hacerlo si él la estaba mirando—, y se inclinó para darle un beso muy suave en la punta de la virilidad.

Richard jadeó y metió la tripa para dentro, pero no la detuvo. Ella se envalentonó y le dio otro beso, dejando esa vez, que sus labios se entretuvieran un segundo más. Él se contrajo y ella se retiró para mirarlo a la cara. Richard no abrió los ojos, pero debió de advertir las dudas de su mujer, porque asintió y luego, con una sola palabra, la hizo la mujer más feliz del mundo.

—Por favor.

A Iris le resultaba muy extraño pensar que hacía sólo unas semanas era la señorita Iris Smythe-Smith, una chica que se escondía detrás de su violonchelo en el terrible concierto de su familia. Su mundo había cambiado mucho, era como si la tierra se hubiera puesto bocabajo y la hubiera dejado allí, convertida en lady Kenworthy y en la cama con aquel hombre fantástico, que le había besado una parte del cuerpo que antes ni siquiera sabía que existía. O, por lo menos, en ese estado.

—¿Cómo lo hace? —murmuró la joven para sí.

—¿Qué?

—Oh, perdona —susurró sonrojada—. No es nada.

Richard la cogió de la barbilla y le volvió la cara.

—Cuéntamelo.

—Sólo estaba, bueno, me preguntaba…

Tragó saliva completamente avergonzada, cosa que era ridícula. Estaba a punto de volver a besarlo ahí, ¿y estaba avergonzada por haberse planteado cómo funcionaría esa parte de su cuerpo?

—Iris…

La voz de Richard era como una cucharada de miel caliente que se fundía por sus huesos.

Ella hizo un gesto hacia su miembro sin apenas mirarlo.

—No está así siempre. —Y luego, dudando, añadió—: ¿Verdad?

A él se le escapó una carcajada áspera.

—Dios, ¡no! Me moriría.

Ella parpadeó confundida.

—Es el deseo, Iris —dijo con la voz entrecortada—. El deseo pone a los hombres así. Duros.

Iris lo tocó con delicadeza. Era verdad, estaba muy duro. Bajo una capa de la piel más suave, estaba duro como el granito.

—Esta es la prueba del deseo que siento por ti —le explicó. Y luego admitió—: Llevo así toda la semana.

Ella abrió los ojos sorprendida. No dijo nada, pero estaba convencida de que él veía la duda en sus ojos.

—Sí —dijo con una sonrisa—. Duele.

—Pero entonces…

—No es un dolor comparable al de una herida —le aclaró acariciándole la mejilla—. Duele como la frustración, como las necesidades no satisfechas.

«Pero podrías haberme hecho tuya». Las palabras quedaron mudas en su mente. Era evidente que Richard había pensado que no estaba preparada. Quizá había creído que era lo más considerado. Pero ella no quería que la tratara como un adorno frágil. La gente parecía pensar que era una chica delicada y frágil; Iris pensó que se debía al color de su piel y a su delgadez. Pero no lo era. Nunca lo había sido. Por dentro era una fiera.

Y estaba decidida a demostrarlo.

# 17

*R*ichard no sabía si estaba en el cielo o en el infierno.

Su esposa, con la que todavía no se había acostado en condiciones, le estaba… besando la… Cielo santo, tenía la boca en su polla, y compensaba con su entusiasmo la habilidad que le faltaba, y…

¿Qué narices estaba diciendo? No carecía de habilidad en absoluto. ¿Acaso importaba la habilidad? Estaba viviendo el sueño erótico de cualquier hombre. Y no estaba con una cortesana cualquiera, estaba con su mujer. Su mujer.

Debería detenerla. Pero no podía, por Dios que no podía. Llevaba mucho tiempo deseándola y ahora ella estaba arrodillada entre sus piernas besándolo de la forma más íntima imaginable: estaba esclavizado por el deseo. Tras cada vacilante caricia de su lengua, él arqueaba las caderas y se acercaba un peligroso paso más a la liberación.

—¿Te gusta? —susurró Iris.

Parecía casi avergonzada. Por Dios, parecía casi avergonzada y, sin embargo, se estaba metiendo su miembro en la boca.

¿Que si le gustaba? La inocencia de la pregunta estuvo a punto de hacerlo perder los papeles. Iris no tenía ni idea del placer que le estaba dando. Él jamás se había atrevido a soñar que ella se pudiera entregar de esa forma. Y ella ni siquiera lo sabía.

—¿Richard? —susurró.

Pero él era una bestia. Un canalla. Se suponía que una esposa no hacía esa clase de cosas, por lo menos antes de haberse iniciado con delicadeza en los secretos del lecho matrimonial.

Pero Iris lo había sorprendido. Esa mujer no dejaba de asombrarlo. Y cuando se lo metió con cuidado en la boca, Richard perdió la cordura.

Nunca se había sentido tan bien.

Nunca se había sentido tan amado.

Se quedó helado. ¿Amado?

No, era imposible. Ella no lo amaba. No podía ser. Richard no se lo merecía.

Pero entonces, una horrible voz procedente de su interior —una voz que sólo podía concluir que pertenecía a su díscola conciencia— le recordó que ese había sido su plan. Él había planeado utilizar su breve luna de miel en Maycliffe para seducirla, quería hacerse con su corazón, no con su cuerpo. Y llevaba varios días intentando que ella se enamorara de él.

No debería haberlo hecho. No tendría que haberlo pensado siquiera.

Y, sin embargo, si ella… si ella lo amaba…

Eso sería maravilloso.

Cerró los ojos y se dejó llevar por la sensación. Los inocentes labios de su esposa le estaban provocando un placer inimaginable. La sensación lo recorría con una intensidad eléctrica y, al mismo tiempo, le provocaba un cálido y apacible resplandor. Se sentía…

Feliz.

Y eso era algo que no estaba acostumbrado a experimentar al mismo tiempo que la pasión. Había sentido excitación. Deseo. ¿Pero felicidad?

Y entonces lo comprendió. No era porque Iris se estuviera enamorando de él. Era porque él se estaba enamorando de ella.

—¡Para! —gritó.

La palabra salió disparada de entre sus labios. No podía dejar que le hiciera eso.

Ella se retiró y lo miró desconcertada.

—¿Te he hecho daño?

—No —se apresuró a aclarar apartándose de ella antes de que pudiera cambiar de opinión y se abandonara a la intensa necesidad que se había apoderado de su cuerpo.

Iris no le había hecho daño. Ni de lejos. Pero él sí la lastimaría. Era inevitable. Todo lo que Richard había hecho desde que la vio en el concierto de su familia…

Todo conducía a un único momento.

¿Cómo podía permitir que se entregara de esa forma tan íntima cuando sabía lo que estaba a punto de ocurrir?

Iris lo odiaría. Y luego se odiaría a sí misma por haber hecho eso, por haberle dado placer.

—¿Lo estaba haciendo mal? —preguntó clavándole sus pálidos ojos azules.

Dios, qué directa era. Richard pensaba que eso era precisamente lo que más le gustaba de ella, pero en ese momento le estaba matando.

—No —le contestó—. No estabas… quiero decir…

No podía decirle que lo estaba haciendo tan bien que había tenido miedo de perder la cabeza. Le había hecho sentir cosas que jamás creyó posibles. El tacto de sus labios, su lengua… la suave caricia de su aliento… Todo había sido espectacular. Había tenido que aferrarse con fuerza a las sábanas para evitar agarrarla, darle la vuelta y enterrarse en su calidez.

Richard se obligó a sentarse. Le resultaba más sencillo pensar en esa posición, o quizá fuera porque así ponía un poco más de espacio entre ellos. Se pellizcó el puente de la nariz y pensó en qué decir. Ella lo estaba mirando como un pajarillo perdido y aguardaba con una quietud insólita.

Tiró de la sábana para ocultar su erección. La cobardía era lo único que le impedía decirle la verdad. Pero no quería hacerlo. ¿Tan terrible era que quisiera disfrutar unos días más de la buena opinión de Iris?

—No esperaba que hicieras eso —le dijo al fin.

Era una evasiva terrible, pero no sabía qué más decir.

Ella lo miró sorprendida y frunció el ceño.

—No lo entiendo.

Por supuesto que no lo comprendía. Richard suspiró.

—La mayoría de esposas no hacen… eso.

Iris se sonrojó.

—Oh —exclamó con un doloroso hilillo de voz—.Seguro que piensas… yo no sabía… estoy tan…

—Para, por favor —le suplicó cogiéndola de la mano. Richard no creía que pudiera soportar escuchar cómo se disculpaba—. No has hecho nada mal. De verdad. Más bien al revés —añadió antes de censurarse.

Ella se levantó de la cama, pero él advirtió la confusión en su rostro.

—Es sólo que… es demasiado… estamos recién casados y…

Dejó que se le apagara la voz. Era lo único que podía hacer. No tenía ni idea de cómo acabar la frase. Cielos, era un imbécil.

—Esto es demasiado —prosiguió esperando que ella no percibiera la pequeña pausa que hizo antes de añadir—: para ti.

Richard se puso de pie y maldijo mientras se abrochaba los pantalones a toda prisa. ¿Qué clase de hombre era? Se había tomado las peores libertades. Por el amor de Dios, si todavía llevaba las botas puestas.

La miró. Tenía los labios entreabiertos y seguían hinchados de los besos. Pero el deseo había desaparecido de sus ojos y en su lugar asomaba algo que no sabía cómo llamar.

Algo a lo que no quería poner nombre.

Se pasó la mano por el pelo.

—Creo que debería irme.

—No has comido nada —le recordó Iris.

Le habló con un tono de voz apagado. Richard odiaba ese tono.

—No importa.

Ella asintió, pero Richard estaba bastante seguro de que ninguno de los dos sabía por qué.

—Por favor —susurró dándose permiso para tocarla por última vez. Le acarició la frente con delicadeza y luego se dio un momento para cogerla de la mejilla—. Por favor, ten presente una cosa: no has hecho nada mal.

Ella no contestó. Se quedó mirándolo con sus enormes ojos azules, sin parecer confusa siquiera. Sólo…

Resignada. Y eso era todavía peor.

—No eres tú —añadió Richard—. Soy yo.

Tenía la sensación de empeorar la situación con cada nueva palabra que decía, pero no parecía poder controlarse. Tragó saliva y aguardó de nuevo a que ella dijera algo, pero Iris no habló.

—Buenas noches —le dijo en voz baja.

Se despidió inclinando la cabeza y se marchó de la habitación. Nunca se había sentido tan mal haciendo lo correcto.

*D*os días después.

Cuando vio el carruaje que se acercaba por el camino, Richard estaba sentado en su despacho tomándose un segundo vaso de coñac. Los últimos rayos de sol de la tarde se reflejaban en las ventanas del vehículo.

¿Eran sus hermanas?

Ya le había confirmado a su tía de que Fleur y Marie-Claire no se podrían quedar con ella las dos semanas que pretendía y, sin embargo, no esperaba que llegaran ese día.

Dejó el vaso en la mesa y se acercó a la ventana para ver mejor. Sí, era el carruaje de su tía. Cerró los ojos un segundo. No sabía por qué habrían decidido regresar tan pronto, pero ya no podía hacer nada al respecto.

Había llegado la hora.

No sabía si recibirlas él solo o acompañado de Iris, pero la verdad es que no importaba. Su mujer estaba leyendo en el salón y lo llamó cuando pasó por delante.

—¿Hay un carruaje en el camino?

—Son mis hermanas —le confirmó.

—Oh.

Fue lo único que dijo. «Oh». Tenía el pálpito de que muy pronto la escucharía decir unas cuantas cosas más.

Se detuvo en la puerta y observó cómo dejaba el libro con cuidado. Estaba acurrucada sobre sus piernas en el sofá azul y tuvo que ponerse las zapatillas antes de levantarse.

—¿Estoy bien? —le preguntó alisándole el vestido.

—Claro —le contestó él distraído.

Richard apretó los labios.

—Estás preciosa —le dijo sin quitarle ojo. Llevaba un vestido de rayas verde y el pelo recogido—. Discúlpame, tengo la cabeza en otra parte.

Iris pareció aceptar la explicación y tomó su brazo cuando se lo ofreció. No lo miró a los ojos. No habían vuelto a hablar de lo que había ocurrido en el dormitorio de Iris hacía dos noches y no parecía que fueran a hacerlo en breve.

Cuando Iris bajó a desayunar la mañana anterior, Richard la aguardaba convencido de que la conversación sería tensa, y eso si hablaban. Pero ella lo había vuelto a sorprender una vez más. O quizá se sorprendió a sí mismo. Sea como fuere, hablaron del tiempo, sobre el libro que estaba leyendo Iris y acerca de un problema que estaban teniendo los Burnham, a quienes se les había inundado uno de los campos. Todo fue muy cordial.

Sin embargo, no parecía que las cosas fueran bien.

Cuando conversaban todo parecía… prudente. Siempre que limitaran sus conversaciones a los temas triviales, podían fingir que no había cambiado nada. Los dos parecían reconocer que al final se quedarían sin temas impersonales, por lo que ambos medían sus palabras y las racionaban como si fueran tesoros.

Pero todo eso estaba a punto de acabar.

—Pensaba que no regresaban hasta el martes —comentó Iris dejando que la acompañara hasta la puerta.

—Yo también.

—¿Por qué pareces tan triste? —le preguntó tras hacer una breve pausa.

La palabra «triste» ni siquiera se acercaba a describir lo que sentía.

—Deberíamos esperarlas en el camino —le indicó.

Iris asintió sin preguntarle por qué no le contestaba la pregunta.

Fueron juntos hacia la puerta principal. Cresswell ya estaba preparado en el camino junto a la señora Hopkins y los dos lacayos. Richard e Iris ocuparon sus puestos justo cuando el carruaje se detenía detrás de los moteados caballos grises que tanto apreciaba su tía.

Se abrió la puerta del coche y Richard se adelantó de inmediato para ayudar a sus hermanas. Marie-Claire bajó en primer lugar y le estrechó la mano mientras descendía.

—Está de un humor de perros —le informó sin preámbulos.

—Maravilloso —murmuró Richard.

—Tú debes de ser Marie-Claire —adivinó Iris con alegría.

Pero estaba nerviosa. Richard lo dedujo por el modo en que entrelazaba las manos delante del cuerpo. Ya se había dado cuenta de que lo hacía cuando estaba nerviosa para no juguetear con la tela del vestido.

Marie-Claire le hizo una pequeña reverencia. Sólo tenía catorce años y ya era más alta que Iris, pero todavía tenía cara de niña.

—Así es. Por favor, disculpa que hayamos vuelto tan pronto, pero Fleur no se encontraba bien.

—¿No? —preguntó Iris mirando en dirección a la puerta abierta del carruaje.

Seguía sin haber ni rastro de Fleur.

Marie-Claire miró a Richard aprovechando que Iris estaba distraída y le indicó, por señas, que su hermana había vomitado.

—¿En el carruaje? —preguntó él sin poder evitarlo.

—Dos veces.

Richard hizo una mueca, apoyó un pie sobre el taburete que habían colocado junto a la puerta del vehículo y miró dentro.

—¿Fleur?

La joven estaba acurrucada en una esquina, abatida y pálida. Tenía aspecto de haber vomitado dos veces en el carruaje. Y el vehículo olía ciertamente mal.

—No pienso hablar contigo.

Maldita sea.

—Así que esas tenemos.

Su hermana volvió la cabeza y ocultó la cara tras su melena oscura.

—Preferiría que me ayudara a bajar alguno de los lacayos.

Richard se pellizcó el puente de la nariz para suavizar el dolor de cabeza; sabía que muy pronto sería insoportable. Fleur y él llevaban enfadados más de un mes. Sólo había una solución aceptable para su problema. Él lo sabía y le enfurecía que ella se negara a aceptarlo.

Suspiró con cansancio.

—Por el amor de Dios, Fleur, olvídate de tu enfado un momento y deja que te ayude a bajar del carruaje. Aquí dentro huele a hospital.

—Yo no estoy enfadada —espetó.

—Pues yo empiezo a estarlo.

La respuesta de su hermano la cogió por sorpresa.

—Quiero que venga un lacayo.

—Cógete de mi mano —rugió Richard.

Por un momento pensó que la joven bajaría por la otra puerta sólo para molestarlo, pero Fleur debía de conservar una pizca del sentido común que demostró tener en el pasado, porque levantó la vista y rugió:

—Vale.

Dejó caer la mano sobre la de su hermano sin ninguna elegancia y dejó que la ayudara a bajar del carruaje. Iris y Marie-Claire aguardaban una al lado de la otra y fingían no mirar.

—Fleur —dijo Richard con un tono de voz peligroso—. Me gustaría presentarte a tu nueva hermana. Mi esposa, lady Kenworthy.

La joven miró a Iris. Se hizo un silencio incómodo.

—Me alegro mucho de conocerte —la saludó Iris tendiéndole la mano.

Ella no se la estrechó.

Por primera vez en la vida, Richard sintió ganas de golpear a una mujer.

—Fleur —le advirtió.

Su hermana frunció los labios con un gesto irrespetuoso e hizo una reverencia.

—Lady Kenworthy.

—Por favor —dijo Iris mirando a Richard con nerviosismo antes de volver a mirar a la joven—. Llámame Iris.

Fleur la fulminó con la mirada y luego se dirigió a Richard.

—Esto no va a funcionar.

—No montes un numerito —le advirtió.

Richard le estiró del brazo.

—¡Mírala!

Iris dio un pequeño paso atrás. Él tuvo la sensación de que ella ni siquiera se había dado cuenta. Se miraron a los ojos. La mirada de su mujer rebosaba desconcierto, la de Richard, cansancio, y suplicó en silencio que a ella no se le ocurriera preguntar, todavía no.

Pero Fleur no había acabado.

—Ya he dicho…

Richard la agarró del brazo y la alejó de las demás.

—No es ni el momento ni el lugar.

La joven lo miró en silencio y tiró del brazo para soltarse.

—Entonces te esperaré en mi habitación —le indicó, y se marchó hacia la casa.

Pero tropezó con el primer escalón y se habría caído si Iris no la hubiera agarrado.

Ambas mujeres se quedaron heladas por un momento, como si estuvieran en un cuadro. Iris sujetaba a Fleur del codo, parecía consciente de lo inestable que estaba la joven, que supiera que llevaba varias semanas en ese estado y necesitara un poco de contacto humano.

—Gracias —dijo la hermana de Richard a regañadientes.

Iris dio un paso atrás y volvió a entrelazarse las manos al frente.

—No ha sido nada.

—Fleur —dijo él con un tono imperativo.

No era el tono que solía emplear con sus hermanas. Pero empezaba a pensar que quizá tendría que haberlo hecho.

La joven se volvió despacio.

—Iris es mi esposa —afirmó—Y ahora Maycliffe es su hogar igual que es el tuyo.

Fleur lo miró a los ojos.

—Jamás podría ignorar su presencia en esta casa. Te lo aseguro.

Y entonces Richard hizo algo muy extraño. Alargó el brazo y cogió a Iris de la mano. No la cogió para besársela, ni tampoco para llevarla a ninguna parte.

Lo hizo porque sí. Para sentir su calidez.

Notó cómo ella entrelazaba los dedos con los suyos y él le estrechó la mano. No la merecía. Y lo sabía. Fleur también lo sabía. Pero en ese terrible momento, mientras toda su vida se hacía añicos a su alrededor, iba a cogerle la mano a su esposa y fingiría que ella no lo soltaría jamás.

# 18

Iris había elegido mantener la boca cerrada durante la mayor parte de su vida. No era porque no tuviera nada que decir, cuando estaba con sus primas no dejaba de hablar en toda la noche. Su padre dijo en una ocasión que Iris era una estratega nata, que siempre iba dos pasos por delante, y quizá ese fuera el motivo de que siempre reconociera el momento perfecto para guardar silencio. Sin embargo, nunca se había quedado sin habla de verdad. Totalmente atónita, sin habla, sin capacidad para pensar siquiera en formar una frase.

Pero en ese momento, mientras veía cómo Fleur Kenworthy desaparecía en el interior de Maycliffe, y Richard seguía cogiéndola de la mano, Iris sólo era capaz de pensar: «¿Eeehhhhh?»

Nadie se movió durante al menos cinco segundos. La primera en reaccionar fue la señora Hopkins, que murmuró algo sobre asegurarse de que la habitación de Fleur estuviera preparada y volvió a la casa a toda prisa. Cresswell también desapareció con rapidez y discreción, llevándose consigo a los dos lacayos.

Iris se quedó completamente quieta. Lo único que movía eran los ojos, que paseaba entre Richard y Marie-Claire.

¿Qué narices acababa de ocurrir?

—Lo siento —dijo Richard soltándole la mano—. Normalmente no se comporta así.

Marie-Claire resopló.

—Sería más exacto decir que a veces no es así.

—Marie-Claire —espetó.

Iris pensó que su marido parecía exhausto. Totalmente destrozado.

Marie-Claire se cruzó de brazos y le lanzó una mirada oscura a su hermano.

—Ha estado fatal, Richard. Fatal. Hasta la tía Milton ha perdido la paciencia con ella.

Richard se volvió rápidamente hacia su hermana pequeña.

—¿Acaso ha...?

Marie-Claire negó con la cabeza.

Richard suspiró.

Iris no les quitaba ojo. Y escuchaba con atención. Estaba ocurriendo algo extraño, los hermanos estaban manteniendo una conversación oculta por debajo de sus ceños fruncidos y su forma de encoger los hombros.

—No te envidio, hermano. —Marie-Claire miró a Iris—. Ni a ti tampoco.

Iris se sorprendió. Empezaba a pensar que se habían olvidado de que estaba allí.

—¿A qué se refiere? —le preguntó a Richard.

—A nada —espetó.

Era evidente que eso era mentira.

—En realidad, tampoco me envidio a mí —prosiguió Marie-Claire—. Yo soy quien tiene que compartir la habitación con ella —rugió con dramatismo—. Va a ser un año muy largo.

—Ahora no, Marie-Claire —le advirtió Richard.

Los hermanos intercambiaron una mirada que Iris fue incapaz de descifrar. Se dio cuenta de que tenían los mismos ojos y de que los entornaban de la misma forma para hacerse entender. Fleur también, aunque ella los tenía de un tono verdoso, mientras que Richard y Marie-Claire los tenían oscuros y marrones.

—Tienes un pelo precioso —comentó de pronto Marie-Claire.

—Gracias —le contestó Iris intentando no parpadear al advertir la brusquedad con la que había cambiado de tema—. Tú también.

Marie-Claire soltó una carcajada.

—No es verdad, pero eres muy amable por decirlo.

—Pero si es como el de tu hermano —opinó Iris.

Cuando se dio cuenta de lo que acababa de decir miró a Richard con vergüenza.

Su marido la estaba mirando con extrañeza, como si no supiera qué pensar sobre el cumplido accidental de Iris.

—Debes de estar cansada del viaje —comentó ella intentando salvar la situación—. ¿Te apetece descansar un poco?

—Emm... supongo que sí —admitió Marie-Claire—. Aunque no estoy muy segura de que mi habitación sea un lugar muy tranquilo en este momento.

—Yo hablaré con ella —se ofreció Richard con tristeza.

—¿Ahora? —preguntó Iris.

Estuvo a punto de sugerir que esperara a que Fleur tuviera tiempo de tranquilizarse, ¿pero qué sabía ella? No tenía ni idea de lo que estaba pasando. Hacía sólo un cuarto de hora estaba tan tranquila leyendo una novela. Ahora tenía la sensación de estar viviendo en una.

Y ella era el único personaje que no conocía el argumento.

Richard se quedó mirando la casa con seriedad. Iris vio como apretaba los labios hasta convertir su boca en una línea dura y prohibitiva.

—Hay que hacerlo —murmuró.

Entonces se marchó hacia la casa sin despedirse y dejó a Iris y a Marie-Claire a solas en el camino.

Iris carraspeó. Todo era muy extraño. Le esbozó una sonrisa a su nueva hermana, esa clase de sonrisa con la que una no acaba de enseñar los dientes, pero que no es falsa del todo porque te estás esforzando de verdad.

Marie-Claire le sonrió de la misma forma.

—Hace un día precioso —comentó Iris por fin.

Marie-Claire asintió lentamente.

—Sí.

—Soleado.

—Sí.

Iris se dio cuenta de que se estaba meciendo, apoyándose primero en los dedos de los pies y luego en los talones. Se quedó quieta. ¿Qué narices se suponía que debía decirle a aquella chica?

Pero al final no tuvo que decir nada, porque Marie-Claire se volvió y la miró con una expresión en la que Iris creyó entrever lástima.

—No sabes nada, ¿verdad? —dijo la joven.

Ella negó con la cabeza.

Marie-Claire miró por encima del hombro y se quedó contemplando la nada hasta que se volvió de nuevo hacia Iris.

—Lo siento.

Y entonces ella también se metió en la casa.

E Iris se quedó plantada en el camino.

Sola.

—¡Abre la puerta, Fleur!

Richard aporreó la puerta con el puño sin hacer caso de las vibraciones que los golpes le provocaron en el brazo.

Fleur no contestó, aunque eso ya se lo esperaba.

—¡Fleur! —rugió.

Nada.

—No me pienso marchar hasta que abras la puerta —la amenazó.

Entonces oyó unos pasos seguidos de una exclamación:

—¡Pues espero que no tengas que utilizar el orinal!

Quería matarla. Estaba convencido de que nadie había presionado nunca tanto a un hermano mayor.

Respiró hondo y soltó el aire despacio. No ganaría nada si seguía de aquel humor. Uno de los dos tenía que comportarse como un adulto. Flexionó los dedos de las manos, los volvió a estirar y cerró de nuevo los puños. El dolor que sintió al clavarse las uñas en las palmas de las manos tuvo un paradójico efecto sedante.

Se relajó. Pero no estaba nada tranquilo. Ni de lejos.

—No puedo hacer nada por ti si te niegas a hablar conmigo —dijo con un tono de voz más controlado.

No hubo ninguna respuesta.

Estuvo a punto de bajar a la biblioteca para acceder desde allí a la escalera secreta que daba acceso a la habitación de su hermana. Pero conociendo a Fleur, estaba seguro de que ya habría pensado en eso. No sería la primera vez que arrastraba el tocador y lo colocaba delante de la puerta escondida para bloquear el acceso desde dentro. Además, su hermana deduciría lo que se proponía en cuanto se marchara.

—¡Fleur! —gritó aporreando la puerta con la palma de la mano. Se hizo daño y maldijo con rabia—. ¡Voy a serrar este maldito pomo!

Seguía sin contestar.

—¡Lo haré! —aulló—. ¡No pienses que no seré capaz!

Silencio.

Richard cerró los ojos y se apoyó en la pared. Le deprimía pensar en lo que se había convertido, allí gritando como un loco en la puerta de su hermana. Ni siquiera quería pensar en lo que estarían diciendo los sirvientes en el piso de abajo. Ya debían de saber que sucedía algo, y no le cabía duda de que cada cual tendría su teoría, a cuál más escabrosa.

No le importaba, siempre que ninguno diera con la verdad.

Se odiaba por lo que iba a ocurrir. ¿Pero qué otra cosa podía hacer? Cuando su padre murió, Richard quedó al cargo del cuidado y bienestar de sus hermanas. Sólo se proponía protegerla. A ella y a Marie-Claire. ¿Tan egoísta era su hermana que no se daba cuenta?

—¿Richard?

Por poco da un salto. Iris se había acercado a él mientras tenía los ojos cerrados.

—Perdona —le dijo en voz baja—. No quería asustarte.

Él reprimió un ataque de risa irracional.

—Te aseguro que eres la persona que menos me asusta de toda la casa.

Iris fue inteligente y no contestó.

Pero su presencia sólo hizo que tuviera más ganas de hablar con su hermana.

—Discúlpame —le dijo a su mujer, y volvió a gritar—: ¡Fleur! —Golpeó la puerta con tanta fuerza que tembló la pared—. ¡Voy a tirar la puerta abajo!

—¿Antes o después de serrar el pomo? —le contestó Fleur con impertinencia.

Richard apretó los dientes e inspiró mientras se estremecía.

—¡Fleur!

Iris le posó la mano en el brazo con delicadeza.

—¿Puedo ayudarte en algo?

—Es un asunto familiar —le espetó.

Iris retiró la mano y luego se apartó de él.

—Disculpa —le contestó con aspereza—, pensaba que yo también formaba parte de esta familia.

—Sólo hace tres minutos que la conoces —terció él.

Fue un comentario cruel y por completo fuera de lugar, pero estaba tan furioso que se sentía incapaz de controlar sus palabras.

—En ese caso dejaré que te ocupes tú solo —dijo Iris con arrogancia—. Ya veo que te las arreglas muy bien.

—Tú no sabes nada sobre el tema.

Iris entornó los ojos.

—Soy plenamente consciente.

Por Dios, no podía pelearse con las dos al mismo tiempo.

—Por favor —le suplicó—, sé razonable.

Cosa que siempre era un error decirle a una mujer.

—¿Razonable? —repitió—. ¿Quieres que sea razonable? ¡Después de todo lo que ha pasado en estos últimos quince días, es un milagro que siga estando cuerda!

—¿No estás exagerando un poco, Iris?

—No me trates con condescendencia —siseó.

Richard no se molestó en contradecirla.

Su mujer dio un paso adelante con los ojos en llamas.

—Primero me arrastras al matrimonio…

—Yo no te arrastré.

—Como si lo hubieras hecho.

—Hace dos días no te quejabas.

Iris se encogió.

Richard sabía que se había pasado de la raya, pero ya no le quedaban más armas. No sabía cómo parar. Se acercó un poco más a ella, pero Iris no se achicó ni un ápice.

—Para bien o para mal, eres mi esposa.

El tiempo pareció detenerse. Iris apretó los dientes tratando de contener la rabia que sentía y Richard era incapaz de apartar los ojos de sus labios, sonrosados y exuberantes. Ahora ya conocía su sabor. Lo conocía tan bien como su propio aliento.

Maldijo y volvió la cabeza. ¿Qué clase de monstruo era? Lo único que podía pensar en medio de todo aquello era en besarla.

En devorarla.

En hacerle el amor antes de que lo odiara.

—Quiero saber qué está pasando —exigió Iris con tono furibundo.

—Ahora tengo que ocuparme de mi hermana —le explicó.

—No, ahora me vas a explicar…

Richard la cortó.

—Te diré lo que necesites saber cuando tengas que saberlo.

Cosa que ocurriría en los próximos minutos asumiendo que Fleur abriera la maldita puerta.

—Todo esto tiene algo que ver con el motivo por el que te casaste conmigo, ¿verdad? —preguntó Iris.

Richard se volvió hacia ella con aspereza. Estaba pálida, más de lo habitual, pero le ardían los ojos.

No podía seguir mintiéndole. Puede que no estuviera preparado para decirle la verdad, pero no podía mentir.

—¡Fleur! —gritó—. Abre la maldita…

La puerta se abrió y Fleur apareció ante él, con los ojos abiertos como platos y temblando de ira. Richard jamás había visto a su hermana en ese estado. Tenía la melena oscura despeinada y las mejillas enardecidas.

¿Qué le había pasado a su dulce y dócil hermana? ¡Pero si se habían sentado juntos a tomar el té en innumerables ocasiones!

—¿Querías hablar conmigo?

La voz de Fleur estaba teñida de desdén.

—En el pasillo no —le contestó con ímpetu agarrándola del brazo.

Intentó meterla en la habitación que compartía con Marie-Claire, pero la chica clavó los pies en el suelo.

—Ella también —dijo señalando a Iris con la cabeza.

—Ella tiene un nombre —rugió Richard.

—Disculpa. —Fleur se volvió hacia Iris y batió las pestañas—. Lady Kenworthy, se requiere su presencia.

Richard estaba fuera de sí.

—No le hables en ese tono.

—¿Quieres decir como si fuera de la familia?

Richard no confiaba en sus palabras. Prefirió meter a su hermana en la habitación. Iris los siguió, aunque no parecía muy convencida de estar haciendo lo correcto.

—Ya sé que vamos a estar muy unidas —le explicó Fleur a Iris con una enfermiza sonrisa en los labios—. No te puedes imaginar cuánto.

Iris la miró con merecido recelo.

—Quizá deba volver en otro…

—Oh, no —la interrumpió Fleur—. Es mejor que te quedes.

—Cierra la puerta —le ordenó Richard.

Iris hizo lo que le pedía y él agarró a su hermana y tiró de ella hacia el interior de la estancia.

—Suéltame —siseó Fleur intentando deshacerse de él.

—¿Serás razonable?

—Yo nunca he sido una persona poco razonable —le espetó.

Esa afirmación era muy discutible, pero le soltó el brazo. Odiaba el loco en que lo estaba convirtiendo.

Entonces Fleur se volvió hacia Iris con un peligroso brillo en los ojos.

—¿Richard ya te ha hablado de mí?

Iris tardó un poco en responder. Tragó saliva y le tembló la garganta, luego miró a Richard y por fin dijo:

—Un poco.

—¿Sólo un poco? —Fleur miró a Richard arqueando una ceja con ironía—. Habrás omitido lo mejor, ¿no?

—Fleur… —le dijo en tono de advertencia.

Pero su hermana ya se había vuelto hacia Iris.

—¿Por casualidad te ha dicho mi hermano que estoy embarazada?

A Richard se le hizo un nudo en el estómago. Le lanzó una mirada desesperada a su mujer. Se había quedado completamente pálida. Quería acercarse a ella, abrazarla y protegerla, pero sabía que sólo necesitaba que la protegieran de él.

—Pronto se me empezará a notar —explicó Fleur fingiendo decoro. Se alisó el vestido y se pegó la pálida tela rosa a la barriga—. ¿A que será genial?

—Por amor de Dios, Fleur —espetó Richard—, ¿es que no tienes tacto?

—Ninguno —contestó Fleur con impertinencia—. Ahora soy una mujer arruinada.

—No digas eso —terció Richard.

—¿Por qué no? Es la verdad. —Fleur se dirigió a Iris—. Seguro que no te habrías casado con él si hubieras sabido lo de su hermana embarazada, ¿a que no?

Iris estaba sacudiendo la cabeza de delante a atrás, como si no reconociera ni sus propios pensamientos.

—¿Tú lo sabías? —le preguntó. Luego levantó una mano como si quisiera prevenirlo—. No contestes, claro que lo sabías.

Richard dio un paso adelante e intentó mirarla a los ojos.

—Iris, tengo que decirte una cosa.

—Estoy segura de que se nos ocurrirá alguna solución —propuso Iris con un extraño tono de voz casi frenético. Miró a Fleur, miró el armario, miraba a todas partes menos a su marido—. Está claro que no es una situación ideal, pero no eres la primera joven en quedarse en estado y…

—Iris —dijo Richard en voz baja.

—Tienes el apoyo de tu familia —le aseguró Iris a Fleur—. Tu hermano te quiere. Yo sé que te quiere. Se nos ocurrirá algo. Siempre hay alguna solución.

Richard habló de nuevo.

—Ya tengo una solución.

Entonces ella lo miró.

Y le susurró:

—¿Por qué te casaste conmigo, Richard?

Había llegado la hora de decirle la verdad.

—Fingirás estar embarazada, Iris. Y criaremos al hijo de Fleur como si fuera nuestro.

# 19

$\mathscr{I}$ris se quedó mirando a su marido con incredulidad. Era imposible que le estuviera pidiendo... Él jamás...

—No —respondió.

«No». No pensaba hacerlo. «No». Era imposible que le estuviera pidiendo eso.

—Me temo que no tienes elección —le dijo Richard con tristeza.

Iris se quedó boquiabierta.

—¿Que no tengo elección?

—Si no lo hacemos, el bebé arruinará la vida de Fleur.

—A mí me parece que eso ya lo ha hecho ella solita —espetó Iris antes de poder pensar siquiera en lo que estaba diciendo.

Fleur soltó una áspera carcajada; parecía encontrar divertido el insulto de Iris. Pero Richard dio un paso adelante con los ojos en llamas y le advirtió:

—Estás hablando de mi hermana.

—¡Y tú estás hablando con tu mujer! —gritó Iris.

Horrorizada por su agónico tono de voz, se llevó la mano a la boca y se dio media vuelta. No podía mirarlo a la cara en ese momento.

Iris ya sabía que le ocultaba algo. Incluso mientras se enamoraba y se intentaba convencer de que eran imaginaciones suyas, siempre había sabido que había un motivo para explicar su precipitado matrimonio. Pero jamás habría imaginado algo así. Nunca habría pensado en eso.

Era una locura. Era absurdo y, sin embargo, eso lo explicaba todo. Desde la boda precipitada hasta que se negara a consumar el matrimonio, todo había cobrado un asqueroso sentido. Ahora comprendía por qué se había sentido obligado a encontrar novia tan deprisa. Y era evidente que no se podía arriesgar a dejar embarazada a Iris antes de que Fleur tuviera al bebé. A Iris le habría encantado ver cómo intentaba explicar algo así.

Y, aun así, tendrían que decir que Iris había dado a luz al bebé un mes, o incluso dos, antes. Y entonces, cuando el bebé naciera sano y grande, todo el mundo daría por hecho que había sido un matrimonio por compromiso, que Richard la había seducido antes de la boda.

Iris se rio con aspereza. Vaya, nada más alejado de la verdad.

—¿Te parece gracioso? —le preguntó Richard.

Iris se rodeó el cuerpo con los brazos y trató de contener la dolorosa burbuja de histeria que se estaba formando en su interior. Se dio media vuelta para que le pudiera ver bien la cara y le contestó:

—En absoluto.

Richard tuvo el sentido común de no pedirle más explicaciones. Iris ya imaginaba la mirada salvaje que su marido estaría viendo en sus ojos.

Entonces él carraspeó y dijo:

—Soy consciente de que te he puesto en una situación difícil...

«¿Difícil?». Se quedó boquiabierta. Quería que fingiera un embarazo y que se quedara con el hijo de otra mujer. ¿Y decía que esa era una situación difícil?

—...pero creo que pronto te darás cuenta de que es la única solución.

«No». Iris negó con la cabeza.

—No puede ser. Tiene que haber otra forma de arreglarlo.

—¿Crees que me resultó fácil tomar esta decisión? —le preguntó Richard levantando la voz enfadado—. ¿No crees que valoré todas las alternativas posibles?

A Iris se le apelmazaron los pulmones y reprimió la necesidad de inspirar grandes bocanadas de aire. No podía respirar. Apenas podía pensar. ¿Quién era ese hombre? Cuando se casó con él, era un tipo prácticamente desconocido para ella, pero Iris pensó que, en el fondo, era una persona honrada y buena. Había dejado que la besara de la forma más íntima posible y ni siquiera lo conocía.

Incluso había llegado a pensar que se podría estar enamorando de él.

Y lo peor de todo era que Richard la podía obligar a hacer todo aquello. En el matrimonio, la palabra del hombre era firme como la ley y el deber de la mujer era obedecerlo. Podía correr en busca de sus padres, pero la llevarían de regreso a Maycliffe. Quizá se sorprendieran, puede que opinaran que Richard estaba loco por pensar en esa alternativa, pero, al final, le dirían que era su marido y que si él había elegido ese camino ella tenía que aceptarlo.

—Me engañaste —susurró—. Me engañaste para que me casara contigo.

—Lo siento.

Y era probable que lo lamentara, pero eso no lo disculpaba.

Entonces Iris le hizo la pregunta más terrorífica de todas.

—¿Por qué yo?

Richard palideció.

Ella sintió cómo la sangre abandonaba su cuerpo y se tambaleó hacia atrás. La fuerza de la muda respuesta de Richard fue para Iris como un puñetazo en el estómago. Pero la verdad era que su marido no tenía por qué decir nada, ella tenía la respuesta delante de las narices. La había elegido porque podía. Porque dedujo que, con su modesta dote y escasa belleza, no sería una chica rodeada de pretendientes peleándose por pedir su mano. Una chica como ella estaría deseando casarse. Una chica como ella jamás rechazaría a un hombre como él.

Cielos, ¿la habría investigado? Pues claro. Debía de haberlo hecho. ¿Por qué otro motivo habría asistido a un concierto de la familia Smythe-Smith? Su único objetivo era conseguir que se la presentaran.

De pronto vio la cara de Winston Bevelstoke y la suave sonrisa que esbozó mientras los presentaba. ¿Habría ayudado a Richard a elegir esposa?

Iris estuvo a punto de atragantarse horrorizada. Richard debía de haberles pedido a sus amigos que elaboraran una lista de las mujeres más desesperadas de Londres. Y ella estaba en los puestos más altos.

La habían juzgado. Y la habían condenado.

—Me has humillado —lo acusó sin apenas encontrar la voz.

Era evidente que Richard Kenworthy no era ningún tonto. Había sabido exactamente lo que necesitaba encontrar en una esposa. Tenía que encontrar una mujer tan patética y agradecida de que le propusieran matrimonio y que, cuando por fin le revelara la verdad, se daría media vuelta y diría «Sí, por favor».

Eso es lo que pensaba de ella.

Iris jadeó y se llevó la mano a la boca para reprimir el grito que trepaba por su garganta.

Fleur la miró con una desconcertante mirada fija y luego le dijo a Richard:

—Tendrías que haberle dicho la verdad antes de pedirle que se casara contigo.

—Cierra el pico —rugió.

—No le digas que se calle —espetó Iris.

—Vaya, ¿ahora estás de su parte?

—Bueno, nadie parece estar de la mía.

—Quiero que sepas que le he dicho que no pienso aceptar ese plan —le explicó Fleur.

Iris se volvió para mirarla, para contemplarla a conciencia por primera vez aquella tarde, para intentar ver algo más aparte de la chica histérica y malhumorada que había bajado del carruaje.

—¿Estás loca? —le preguntó—. ¿Y qué piensas hacer? ¿Quién es el padre del bebé?

—Es evidente que no es nadie que tú conozcas —le soltó Fleur.

—Es el hijo pequeño de un barón de por aquí —le explicó Richard con un tono de voz monótono—. Él la sedujo.

Iris se volvió hacia él.

—¿Y por qué no la obligas a casarse con él?

—Está muerto —contestó.

—Oh. —La respuesta fue como un golpe para Iris—. Oh. —Miró a Fleur—. Lo siento.

—Yo no —terció Richard.

Iris abrió los ojos sorprendida.

—Se llamaba William Parnell —le explicó—. Era un bastardo. Siempre lo había sido.

—¿Qué pasó? —preguntó Iris sin estar muy convencida de querer saberlo.

Richard la miró con una ceja arqueada.

—Se cayó por un balcón. Estaba borracho y tenía una pistola en la mano. Es un milagro que no le disparara a nadie.

—¿Tú estabas allí? —susurró Iris.

Tenía la horrible sensación de que su marido había tenido algo que ver con ello.

—Claro que no. —La miró con cara de disgusto—. Había docenas de testigos. Incluyendo tres prostitutas.

Iris tragó saliva; estaba muy incómoda.

Richard tenía el rostro desencajado.

—Sólo te lo he contado para que sepas la clase de hombre que era.

Iris asintió entumecida. No sabía qué decir. No sabía qué sentir. Al poco se volvió hacia Fleur, recordándose que era su nueva hermana, y la cogió de las manos.

—Lo siento mucho. —Tragó saliva y le habló con un cuidadoso y dulce tono de voz—. ¿Te hizo daño?

Fleur se dio media vuelta.

—No fue así.

Richard dio un paso adelante.

—Estás diciendo que dejaste que…

—¡Para! —gritó Iris empujándolo—. No vas a ganas nada con tus acusaciones.

Su marido asintió, pero él y Fleur siguieron mirándose con recelo.

Iris tragó saliva. Odiaba ser insensible, pero no sabía de cuánto tiempo estaba Fleur —llevaba un vestido lo bastante holgado como para esconder los primeros meses de embarazo— y estaba convencida de que no tenían tiempo que perder.

—¿Hay algún otro caballero que pueda querer casarse con ella? —preguntó. —¿Alguien que…?

—No me voy a casar con un desconocido —dijo Fleur alarmada.

«Yo lo hice». Las palabras acudieron sin previo aviso a la mente de Iris. Fueron espontáneas, pero no por ello menos ciertas.

Richard puso los ojos en blanco poniendo expresión de desdén.

—Tampoco tengo el dinero suficiente como para comprarle un marido.

—Estoy segura de que podrías encontrar a alguien…

—¿Dispuesto a aceptar que este bebé sea su heredero en caso de que sea niño? Tendría que ser un soborno muy generoso.

—Y, sin embargo, tú estás dispuesto a hacerlo —señaló Iris.

Richard se estremeció, pero respondió:

—El hijo de Fleur será mi sobrino o sobrina.

—¡Pero no será tuyo! —Iris se dio media vuelta rodeándose con los brazos—. Y tampoco será mío.

—¿No puedes amar a un niño que no haya salido de tu cuerpo?

Le hablaba con un tono de voz grave y acusador.

—Pues claro que sí. Pero esto es un engaño. Está mal. ¡Y lo sabes!

—Te deseo suerte tratando de convencerlo de eso —le advirtió Fleur.

—Oh, por el amor de Dios, ¡cállate! —espetó Iris—. ¿Es que no ves que estoy intentando ayudarte?

Fleur dio un paso atrás sorprendida de la demostración de carácter de Iris.

—¿Y qué harás si algún día tú y yo tenemos un niño —preguntó Iris—, y tu hijo, tu primer hijo, no pueda heredar Maycliffe?

Richard no dijo nada. Tenía los labios tan apretados que estaban prácticamente blancos.

—¿Le negarías su derecho de nacimiento a tu propio hijo? —lo presionó Iris.

—Ya lo arreglaré de alguna forma —aseguró con aspereza.

—Eso no se puede arreglar de ninguna forma —gritó Iris—. Es imposible que lo hayas pensado bien. Si adoptas al hijo de tu hermana, no podrás nombrar heredero a un hijo más pequeño. Tú…

—La herencia de Maycliffe no tiene limitaciones —le recordó Richard.

Iris suspiró con rabia.

—Pues peor todavía. ¿Dejarás que el hijo de Fleur crea que es tu primer hijo y luego le legarás Maycliffe a su hermano pequeño?

—Claro que no —espetó Richard casi siseando—. ¿Qué clase de hombre crees que soy?

—¿Sinceramente? No lo sé.

Su marido reculó, pero siguió hablando.

—Si es necesario dividiré la propiedad en dos.

—Oh, eso será muy justo, sí —opinó Iris arrastrando las palabras—. Un hijo heredará la casa y el otro el invernadero de naranjos. Nadie se sentirá ninguneado por eso.

—Por el amor de Dios —explotó Richard—, ¿por qué no te callas de una vez?

Iris jadeó y se estremeció al oír su tono de voz.

—Si estuviera en tu lugar, yo no habría dicho eso —le advirtió Fleur.

Richard le rugió algo a su hermana. Iris no sabía qué le había dicho, pero Fleur dio un paso atrás y los tres se quedaron de piedra, muy incómodos, hasta que Richard suspiró con fuerza y habló con la voz desprovista de toda emoción.

—La semana que viene nos iremos a Escocia. A visitar a unos primos.

—No tenemos primos escoceses —afirmó Fleur.

—Pues ahora sí —le dijo su hermano.

Fleur lo miró como si se hubiera vuelto loco.

—Los acabo de descubrir en el árbol genealógico —comentó con tanta alegría que fue evidente que se lo estaba inventando—Hamish y Mary Tavistock.

—¿Y ahora inventas parientes? —se burló Fleur.

Su hermano ignoró el sarcasmo.

—Tú disfrutarás tanto de su compañía que decidirás quedarte una temporada. —Añadió esbozando una sonrisa enfermiza—. Meses.

Fleur se cruzó de brazos.

—No pienso hacerlo.

Iris miró a Richard. El dolor que anidaba en los ojos de su marido era casi insoportable. Por un segundo tuvo el impulso de acercarse a él, apoyarle la mano en el brazo y consolarlo.

Pero no. No. Richard no merecía su consuelo. Le había mentido. La había engañado de la peor forma posible.

—No puedo quedarme aquí —dijo de repente.

No podía seguir en aquella habitación. No podía mirarlo. Ni a él ni a su hermana.

—No me dejarás —le advirtió Richard con aspereza.

Iris dio media vuelta. No sabía si la expresión de su rostro escondería su incredulidad. O su desdén.

—Me voy a mi habitación —le aclaró muy despacio.

Richard se cambió el peso de pierna. Estaba avergonzado. Bien.

—No quiero que nadie me moleste —indicó Iris.

Ni Fleur ni Richard dijeron una sola palabra.

Iris salió disparada hacia la puerta y cuando la abrió se encontró frente a frente con Marie-Claire, que tropezó con sus propios pies al tambalearse hacia atrás fingiendo que no estaba espiando.

—Buenas tardes —la saludó Marie-Claire esbozando una apresurada sonrisa—. Sólo estaba…

—Oh, por el amor de Dios —espetó Iris—, pero si ya lo sabes.

Iris pasó junto a ella y la rozó sin preocuparse de que pudiera desestabilizarla. Cuando llegó a su dormitorio no dio un portazo. Prefirió cerrar la puerta con mucho cuidado. Se le quedó la mano congelada sobre el pomo. Observó cómo empezaban a temblarle los dedos y experimentó una extraña sensación extracorpórea. Entonces, le temblaron también las piernas y tuvo que apoyarse contra la puerta para no perder el equilibrio. Resbaló por la pared hasta llegar al suelo, se hizo un ovillo y se puso a llorar.

*C*uando Richard fue capaz de volver a mirar a su hermana, ya hacía un minuto que Iris se había marchado.

—No me eches la culpa —le advirtió Fleur con poca convicción—. Yo no te pedí nada de esto.

Richard intentó no contestar. Estaba muy cansado de discutir con su hermana. Pero era incapaz de ignorar la expresión destrozada de Iris y tenía la horrible sensación de que había roto algo en ella y ya nunca podría repararlo.

Empezó a sentir frío. La ardiente ira del último mes desaparecía tras un helor devastador. Le lanzó una dura mirada a Fleur.

—Me asombra tu falta de gratitud.

—Yo no soy la que le ha pedido que cometa un fraude tan inmoral.

Richard apretó los dientes hasta que le tembló la mandíbula. ¿Por qué se negaba a entrar en razón? Estaba intentando protegerla, darle la oportunidad de ser feliz y llevar una vida respetable.

Fleur le lanzó una mirada burlona.

—¿Acaso pensabas que tu mujer sonreiría y te diría «Como usted desee, señor»?

—Ya me encargaré yo de mi mujer.

Su hermana resopló.

—Por Dios —explotó él—. Es que no tienes ningún… —Guardó silencio y se pasó la mano por el pelo mientras se retiraba y volvía la cabeza hacia la ventana—. ¿Crees que estoy disfrutando con esto? —siseó. Apretó el alféizar hasta que se le pusieron los dedos blancos—. ¿Crees que he disfrutado engañándola?

—Pues no lo hagas.

—El daño ya está hecho.

—Pero lo puedes arreglar. Lo único que tienes que hacer es decirle que no tiene que robarme el bebé.

Richard se dio media vuelta.

—No es robar… —Vio la expresión triunfante en el rostro de su hermana y dijo—: Estás disfrutando con esto, ¿verdad?

Fleur le lanzó una dura mirada.

—Te aseguro que no hay nada que me agrade de esta situación.

Entonces Richard la miró, la observó de verdad. Detrás de aquellos ojos sólo había una chica tan destrozada como Iris. El dolor que reflejaba su rostro… ¿Había tenido la culpa él? No. «No». Él intentaba ayudarla, quería salvarla de la terrible situación en la que la había dejado el bastardo de Parnell.

Apretó los puños. Si ese maldito canalla no hubiera muerto, lo habría matado con sus propias manos. No, primero lo habría arrastrado a la iglesia junto a Fleur y luego lo habría matado. Pensó en cómo era su hermana antes, una chica soñadora y romántica. Solía tumbarse en la hierba del invernadero de naranjos a leer al sol. Y se reía.

—Ayúdame a comprenderlo —le suplicó—. ¿Por qué te resistes a esto? ¿Es que no entiendes que es la única esperanza que te queda de llevar una vida respetable?

A Fleur le temblaron los labios y, por primera vez aquella tarde, pareció insegura. Richard vio a la niña que fue reflejada en su rostro y se le volvió a romper el corazón.

—¿Por qué no me puedes colocar en alguna parte y decir que soy una viuda joven? —le preguntó—. Me puedo marchar a Devon. O a Cornwall. A algún sitio donde no me conozca nadie.

—No tengo dinero suficiente para mantenerte —razonó Richard avergonzado por su situación económica—. Y no pienso permitir que seas pobre.

—No necesito mucho —dijo Fleur—. Sólo una casa pequeñita y…

—Tú crees que no necesitas mucho —la cortó Richard—. Pero no lo sabes. Llevas toda la vida viviendo con criados. Nunca has tenido que hacer la compra ni atizar el fuego.

—Tú tampoco —espetó la joven.

—Pero no estamos hablando de mí. Yo no soy el que tendría que vivir en una cabaña llena de goteras y andar preocupado por el precio de la carne.

Fleur apartó la vista.

—Yo soy el que tendrá que preocuparse por ti y vivir preguntándome lo que haré si caes enferma o si alguien se aprovecha de ti —le dijo en voz baja—. Y ni siquiera podré ayudarte porque estarás en la otra punta del país.

Su hermana tardó un buen rato en contestar.

—No puedo casarme con el padre del bebé —dijo por fin—. Y no me separaré de mi hijo.

—Estará conmigo —le recordó.

—Pero no será mío —protestó—. No quiero ser su tía.

—Eso lo dices ahora, ¿pero qué pasará dentro de diez años cuando te des cuenta de que nadie quiere casarse contigo?

—Ya soy consciente de eso ahora —espetó.

—Si das a luz a tu hijo y lo crías tú sola, perderás el respeto de la sociedad. No podrás quedarte aquí.

La joven guardó silencio.

—Entonces, me estás diciendo que me echarías.

—No —se apresuró a asegurar—. Jamás. Pero no podrías quedarte en casa mientras Marie-Claire siguiera soltera.

Fleur apartó la mirada.

—Tu desgracia es también la suya. Ya lo sabes.

—Claro que lo sé —dijo acalorada—. Por qué crees que…

Pero entonces se detuvo y cerró la boca.

—¿Qué? —preguntó Richard. ¿Por qué pienso el qué?

Su hermana negó con la cabeza. Después adoptó un tono de voz grave y triste le dijo:

—Nunca nos pondremos de acuerdo en esto.

Richard suspiró.

—Sólo intento ayudarte, Fleur.

—Ya lo sé.

Lo miró con los ojos cansados, tristes y quizá incluso un poco sabios.

—Te quiero —le confesó Richard con la voz entrecortada—. Eres mi hermana. Prometí cuidar de ti. Y fracasé. Fracasé.

—Tú no fracasaste.

Richard alargó el brazo y le señaló la barriga, que todavía tenía plana.

—¿Intentas decirme que te entregaste a Parnell por voluntad propia?

—Ya te he dicho que eso no es…

—Tendría que haber estado aquí —dijo—. Tendría que haber estado aquí para protegerte y no estaba. Así que, por el amor de Dios, Fleur, dame la oportunidad de protegerte ahora.

—Yo no puedo ser la tía de este niño —le dijo con serena determinación—. No puedo.

Richard se frotó la cara con la mano. Estaba muy cansado. No recordaba haber estado nunca tan cansado. Hablaría con ella mañana. Conseguiría que entrara en razón.

Fue hacia la puerta.

—No hagas nada precipitado —le advirtió en voz baja. Y luego añadió—: por favor.

Ella asintió una única vez. Fue suficiente. Richard confiaba en ella. Era una locura, pero confiaba en ella.

Salió de la habitación y se detuvo sólo un momento al advertir que Marie-Claire estaba en el pasillo. Estaba de pie junto a la puerta y entrelazaba los dedos con nerviosismo. Richard no creía que le hiciera falta espiar, porque la mayor parte de la conversación la habían mantenido a gritos.

—¿Puedo pasar? —le preguntó la niña.

Se encogió de hombros. No tenía respuestas. Siguió caminando.

Quería hablar con Iris. Quería cogerla de la mano y hacerle comprender que él también odiaba esa situación, que lamentaba haberla engañado.

Pero no se arrepentía de haberse casado con ella. Eso no lo lamentaría jamás.

Se detuvo frente a su puerta. Iris estaba llorando.

Quería abrazarla.

¿Pero cómo podía consolarla cuando él era el causante de su tristeza?

Decidió seguir caminando, pasó de largo junto a la puerta de su dormitorio y bajó las escaleras. Se metió en su despacho y cerró la puerta. Miró el medio vaso de coñac que le quedaba y decidió que todavía no había bebido suficiente.

Ese problema tenía fácil solución.

Se bebió el contenido de un trago, lo volvió a llenar y lo alzó en un silencioso brindis con el diablo.

Ojalá todos sus problemas tuvieran respuestas tan sencillas.

# 20

$\mathcal{M}$aycliffe jamás había sido una casa tan fría y silenciosa.

Mientras desayunaba la mañana siguiente, Richard aguardaba sentado en silencio y contemplaba a Fleur, que estaba eligiendo su desayuno del aparador. Se sentó frente a él, pero no se hablaron, y cuando Marie-Claire entró en el comedor, se saludaron con gruñidos.

Iris no bajó.

Richard no la vio en todo el día y cuando tocaron el gong para llamarlos a comer, levantó la mano para llamar a su puerta, pero se quedó helado antes de golpear la madera. No podía olvidar la expresión que vio en su cara cuando le dijo lo que tendría que hacer, no conseguía borrar el sonido de sus lágrimas cuando se marchó a su habitación.

Ya sabía que pasaría todo eso. Lo había estado temiendo desde que le puso el anillo en el dedo. Pero aquello era mucho peor de lo que había imaginado. El sentimiento de culpa había desaparecido y, en su lugar, había dejado una sensación de repugnancia de la que no creía que pudiera deshacerse jamás.

Antes era una buena persona. Quizá no fuera la mejor persona del mundo, pero había sido básicamente bueno. ¿No?

Al final no llamó a la puerta de su mujer. Bajó solo al comedor y sólo se detuvo para pedirle a una criada que le subiera la comida en una bandeja.

Iris tampoco bajó a desayunar la mañana siguiente, cosa que suscitó los celos de Marie-Claire.

—Es muy injusto que las mujeres casadas puedan desayunar en la cama y yo no pueda hacerlo —dijo hundiendo el cuchillo en la mantequilla—. No hay ningún…

Dejó de hablar. Las caras enfadadas de Richard y Fleur bastaban para silenciar a cualquiera.

La mañana siguiente Richard decidió que debía hablar con su mujer. Sabía que merecía un poco de privacidad después de tal conmoción, pero también sabía, tan bien como cualquiera, que el tiempo jugaba en su contra. Le había concedido tres días, ya no podía darle más tiempo.

Volvió a desayunar con sus hermanas, pero nadie dijo una sola palabra. Richard intentaba encontrar la mejor manera de hablar con su mujer y trataba de formular frases coherentes y persuasivas. Y, entonces, Iris apareció en la puerta. Llevaba un vestido de un azul muy pálido —Richard ya había deducido que era su color preferido—, y le habían recogido el pelo en un intrincado moño hecho con trenzas y tirabuzones. No sabía cómo describir su aspecto, pero nunca la había visto tan arreglada.

Se dio cuenta de que se había puesto una armadura y no podía culparla.

Se quedó quieta un momento y Richard se levantó. Se había dado cuenta de que la estaba mirando fijamente.

—Lady Kenworthy —la saludó con máximo respeto.

Quizá fuera demasiado formal, pero sus hermanas seguían sentadas a la mesa y quería demostrarles que le tenía mucha estima a su mujer.

Iris lo miró con sus gélidos ojos azules, agachó la cabeza a modo de saludo, y luego se acercó al aparador. Richard la observó mientras ella se servía una pequeña cantidad de huevos en el plato, luego añadió dos trozos de beicon y una loncha de jamón. Sus movimientos eran seguros y precisos, y Richard admiró la compostura que mantuvo al tomar asiento y saludarlos a todos.

—Marie-Claire —luego—, Fleur —y por fin—, sir Richard.

—Lady Kenworthy —la saludó Marie-Claire con educación.

Iris no le recordó que empleara su nombre de pila.

Richard miró su plato. Sólo le quedaban algunos bocados. No tenía mucha hambre, pero sí la sensación de que debía seguir comiendo mientras Iris lo hacía, así que cogió una tostada del plato que había en el centro de la mesa y empezó a untarle mantequilla. Deslizaba el cuchillo por el pan con demasiada fuerza y el sonido se imponía en el abrumador silencio que reinaba en el salón.

—¿Richard? —murmuró Fleur.

Su hermano la miró. La joven lanzó una mirada hacia su tostada, que tenía muy mal aspecto y estaba aplastada.

Él la fulminó con la mirada sin ningún motivo y mordió el pan con rabia. Luego tosió. Maldita sea. Estaba seca como el polvo. Bajó la mirada. Toda la mantequilla que había intentado untar en la tostada seguía en el cuchillo, enroscada como un torturado lazo lácteo.

Rugió, aplastó la mantequilla blanda sobre la tostada y le dio otro mordisco. Iris lo estuvo mirando con desconcierto y, entonces, se dirigió a él sin imprimir inflexión alguna en su voz:

—¿Mermelada?

Richard parpadeó sorprendido de oír su voz.

—Gracias —le contestó aceptando el pequeño plato que le ofrecía.

No sabía de qué sabor era —tenía un color carmesí, así que probablemente le gustara—, pero no le importaba. Aparte de su nombre, era la primer apalabra que le decía en tres días.

Sin embargo, después de un minuto, empezó a pensar que sería la única palabra que escucharía durante los tres siguientes días. Richard no acababa de comprender que el silencio tuviera grados de incomodidad, pero el que compartían ellos cuatro era infinitamente peor que el que estaba compartiendo sólo con sus hermanas. Un manto gélido se había adueñado de la estancia, no por la temperatura, sino por el ánimo, y cada vez que su tenedor rozaba el plato era como oír cómo se quebraba un trozo de hielo.

Y entonces, de repente, y por fortuna, Marie-Claire habló. Richard pensó que quizá ella fuera la única que podía hacerlo. La adolescente era la única que no tenía parte en aquella farsa macabra en la que se había convertido su vida.

—Me alegro de verte aquí abajo —le dijo a Iris.

—Yo me alegro de haber bajado —terció su mujer sin apenas mirar a la joven—. Me encuentro mucho mejor.

Marie-Claire parpadeó.

—¿Estabas enferma?

Iris tomó un sorbo de té.

—En cierto modo.

Richard vio por el rabillo del ojo cómo Fleur levantaba la cabeza de golpe.

—¿Y ya te encuentras mejor? —preguntó Richard mirando a Iris hasta que se sintió obligada a mirarlo.

—Bastante mejor. —Su mujer se volvió a concentrar en su tostada, pero luego la soltó haciendo un ademán deliberado—. Si me disculpáis —dijo levantándose.

Richard se puso en pie de inmediato y esa vez también se levantaron sus hermanas.

—No has comido nada —dijo Marie-Claire.

—Me parece que tengo el estómago revuelto —contestó Iris con un tono de voz demasiado tranquilo para Richard. Su esposa dejó la servilleta en la mesa junto a su plato—. Según tengo entendido es muy común entre las mujeres que se encuentran en mi estado.

Fleur jadeó.

—¿No me dais la enhorabuena? —comentó Iris con un tono monótono.

Richard se dio cuenta de que él no podía hacerlo. Había conseguido lo que quería; no, nunca había sido lo que él quería. Pero había logrado lo que le había pedido. Puede que Iris no sonriera, pero era evidente que acababa de anunciar su embarazo. Se lo había dicho a tres personas que sabían muy bien que era mentira pero, aun así, había dejado claro que haría aquello que Richard le había pedido. Había ganado.

Pero no podía darle la enhorabuena.

—Disculpadme —dijo Iris saliendo de la habitación.

Richard se quedó de piedra. Y entonces…

—¡Espera!

Recuperó el sentido de golpe, o por lo menos, el poco que necesitaba para mover las piernas. Cuando salió de la habitación era muy consciente de que sus hermanas lo estaban mirando como si fuera un bicho raro. Llamó a Iris, pero había desaparecido. Richard pensó con ironía que su mujer era muy rápida. O eso o se estaba escondiendo de él.

—¿Cariño? —la llamó sin importarle que lo estuviera oyendo toda la casa—. ¿Dónde estás?

Miró en el salón y luego en la biblioteca. Maldita sea. Suponía que Iris tenía todo el derecho de ponerle las cosas difíciles, pero ya era hora de que hablaran.

—¡Iris! —la llamó de nuevo—. ¡Necesito hablar contigo!

Se quedó parado en medio del vestíbulo; se sentía frustrado. Frustrado y también avergonzado. William, el más joven de los lacayos, lo observaba de pie junto a una puerta.

Richard frunció el ceño; se negaba a admitir la ridícula situación.

Pero entonces William empezó a contraerse.

Richard lo miró fijamente.

El lacayo empezó a sacudir la cabeza hacia la derecha.

—¿Está usted bien?

Tenía que preguntárselo.

—Milady —susurró William con energía—. Ha entrado en el salón.

—Pero ahora no está ahí.

El chico parpadeó. Dio algunos pasos y asomó la cabeza en la estancia.

—El túnel —sugirió volviéndose hacia Richard.

—El… —frunció el ceño y miró por encima del hombro de William—. ¿Crees que se ha metido en uno de los túneles?

—No creo que haya saltado por la ventana —le contestó William. Carraspeó—. Señor.

Richard entró en el salón y clavó los ojos en el cómodo sofá azul. Se había convertido en uno de los rincones de lectura preferidos de Iris, aunque tampoco es que hubiera salido mucho de su dormitorio en los últimos días. En la pared del fondo había un panel muy bien camuflado que escondía la entrada al túnel secreto más utilizado de Maycliffe.

—¿Estás seguro de que ha entrado en el salón? —le preguntó a William.

El lacayo asintió.

—Entonces tiene que estar en el túnel. —Richard se encogió de hombros y cruzó la estancia de tres largas zancadas—. Gracias por la información, William —dijo abriendo la cerradura oculta con habilidad.

—No ha sido nada, señor.

—Te lo agradezco de todos modos —insistió Richard asintiendo. Echó un vistazo en el interior del pasaje y parpadeó para acostumbrarse a la oscuridad. Había olvidado lo frío y húmedo que podía llegar a estar allí dentro—. ¿Iris? —preguntó. No podía haber ido muy lejos. Dudaba que hubiera tenido tiempo de encender una vela y, cuando se alejaba de la casa, el túnel se tornaba negro como la noche.

Pero no recibió ninguna respuesta, así que Richard encendió una vela, la colocó en un pequeño farol y se internó en el pasadizo escondido.

—¿Iris?

La volvió a llamar. Pero seguía sin obtener una respuesta. Quizá no hubiera entrado en el túnel. Estaba enfadada, pero no era tonta y no se iba a esconder en un agujero negro como la boca del lobo sólo para evitarlo.

Sostuvo el farol a ras del suelo para iluminar el camino y empezó a avanzar con cuidado. Los túneles de Maycliffe nunca llegaron a empedrarse y el paso era áspero y desigual, había piedras sueltas y alguna que otra raíz de árbol que asomaba. Tuvo una repentina visión de Iris tropezando, imaginó que se torcía el tobillo o peor todavía, que se daba un golpe en la cabeza…

—¡Iris! —gritó una vez más, y esa vez oyó un sonido minúsculo, un ruido a caballo entre una persona que sorbía por la nariz y un sollozo—. Gracias a Dios —jadeó.

El alivio que sintió fue tan repentino e inesperado que cuando comprendió que Iris estaba reprimiendo el llanto, no tuvo tiempo de sentir lástima. Rodeó una larga y redonda esquina y la vio. Estaba sentada en el suelo inmundo, acurrucada como una niña y se rodeaba las rodillas con los brazos.

—¡Iris! —exclamó dejándose caer a su lado—. ¿Te has caído? ¿Estás herida?

Su mujer tenía la cabeza enterrada entre las rodillas y sólo levantó la vista para negar con la cabeza.

—¿Estás segura?

Richard tragó saliva con incomodidad. La había encontrado y ahora no sabía qué decir. Se había mostrado muy fría y compuesta durante el desayuno, con esa mujer sí que habría podido discutir. Podría haberle dado las gracias por haber accedido a ser la madre del hijo de Fleur, podría haberle dicho que tenían mucho que planificar. Por lo menos podría haber articulado alguna palabra.

Pero verla de aquella forma, triste y hecha un ovillo... Richard estaba perdido. Le posó una mano dubitativa sobre la espalda y le dio unas palmaditas. Era dolorosamente consciente de que ella no querría que la consolara el hombre que la había hecho tan desgraciada.

Pero no se apartó de él y eso hizo que Richard se sintiera todavía más incómodo. Dejó el farol a una distancia prudencial y se puso en cuclillas a su lado.

—Lo siento —le dijo.

Richard era muy consciente de que ni siquiera sabía por qué se estaba disculpando, había cometido demasiados pecados como para poder elegir sólo uno.

—He tropezado —confesó ella de repente. Le lanzó una mirada desafiante. Desafiante y húmeda—. He tropezado. Por eso estoy disgustada. Porque he tropezado.

—Claro.

—Y estoy bien. No me he hecho nada de daño.

Él asintió despacio y le tendió la mano.

—¿Me dejas que te ayude a levantarte?

Ella tardó un poco en moverse. Richard vio cómo apretaba los dientes a la luz de la vela. Luego Iris posó la mano sobre la suya.

Se levantó y tiró de ella.

—¿Estás segura de que puedes caminar?

—Ya te he dicho que no me he hecho daño —le recordó, pero le hablaba con un tono forzado.

Él no le contestó, se limitó a cogerla del codo y luego se agachó a coger el farol.

—¿Quieres regresar al salón o prefieres salir? —le preguntó.

—Prefiero salir —le contestó. A pesar del firme tono con el que le hablaba, le temblaba la barbilla—. Por favor.

Richard asintió y la guió hacia adelante. No le dio la sensación de que Iris cojeara, pero estaba tan contenida que no podía estar seguro del todo. Durante aquel breve período de tiempo que él consideraba su luna de miel, habían paseado juntos muchas veces, pero nunca la había notado tan frágil y quebradiza.

—¿La salida está muy lejos? —le preguntó.

—No. —Richard la escuchó tragar saliva—. Está cerca del invernadero de naranjos.

—Ya lo sé.

No se molestó en preguntarle cómo lo sabía. Se lo debían de haber explicado los sirvientes; sabía que no había hablado con ninguna de sus hermanas. Él quería enseñarle los túneles, tenía muchas ganas. Pero no había tenido tiempo. O quizá no había sabido encontrar el tiempo. O la había obligado a hacer tiempo.

—He tropezado —repitió Iris—. Habría llegado yo sola si no hubiera tropezado.

—Seguro que sí —murmuró.

Iris se detuvo tan de repente que Richard tropezó con ella.

—¡Es verdad!

—No estaba siendo sarcástico.

Su esposa frunció el ceño y apartó la vista tan deprisa, que a Richard le quedó muy claro que era con ella misma con quien estaba enfadada.

—La salida está ahí arriba —le explicó poco después de que retomaran sus pasos.

Iris asintió con rigidez. Richard la guió por el último tramo del túnel y luego le soltó el brazo para que ella pudiera abrir la puerta del techo. Él siempre se tenía que agachar en esa parte del túnel. Pero advirtió con diversión que Iris podía seguir derecha; su cabeza rubia rozaba el techo.

—¿Está aquí arriba? —le preguntó mirando la cerradura.

—Está un poco inclinado —le contestó abriendo el cierre—. Desde fuera parece un cobertizo.

Iris lo observó un momento y luego preguntó:

—¿Se cierra desde dentro?

Richard apretó los dientes.

—¿Puedes sostener esto? —le pidió tendiéndole el farol—. Necesito las dos manos.

Ella cogió la luz sin mediar palabra. Él se pilló el dedo índice con el cierre e hizo una mueca.

—Es un poco complejo —explicó cuando consiguió abrirla—. Se puede abrir desde ambos lados, pero hay que saber hacerlo. No funciona como una puerta normal.

—Me habría quedado atrapada —comentó ella en voz baja.

—Claro que no. —Richard abrió la puerta y parpadeó al ver la luz del sol—. Habrías dado la vuelta y habrías vuelto al salón.

—Había cerrado la puerta.

—Pero esa es más fácil de abrir —le mintió.

Supuso que tendría que enseñarle a hacerlo por su propia seguridad, pero por ahora prefería dejar que pensara que no le habría pasado nada.

—Ni siquiera sé escaparme —murmuró Iris.

Richard le tendió la mano y la ayudó a subir los escalones a pesar de que no eran muy empinados.

—¿Eso hacías? ¿Te estabas escapando?

—Estaba buscando una salida.

—En ese caso lo has hecho muy bien.

Iris se volvió hacia él con una expresión inescrutable en el rostro y luego recuperó la mano que le había cogido. La empleó para protegerse los ojos de la luz, pero él percibió el gesto como un rechazo.

—No tienes por qué ser amable conmigo —le espetó.

Richard se quedó boquiabierto y tardó un momento en ocultar su sorpresa.

—No veo por qué no debería serlo.

—¡No quiero que seas amable conmigo!

—Tú no…

—¡Eres un monstruo! —Iris se llevó el puño a la boca, pero Richard oyó el sollozo de todos modos. Y entonces, con un tono de voz mucho más bajo, le dijo—. ¿Por qué no puedes actuar como tal y dejar que te odie?

—Yo no quiero que me odies —le dijo con delicadeza.

—No eres tú quien debe decidir eso.

—No —le concedió.

Iris apartó la vista. La moteada luz de la mañana jugaba con las intrincadas trenzas que llevaba sobre la cabeza como una corona. Era tan hermosa que le dolía mirarla. Quería acercarse a ella, abrazarla y susurrarle tonterías con la boca pegada a su pelo. Quería hacerla sentir mejor y, luego, quería asegurarse de que nadie volvía a hacerle daño.

Richard pensó con sarcasmo que era un hombre muy honorable.

¿Lo perdonaría algún día? ¿O por lo menos llegaría a comprenderlo? Sabía que lo que le había pedido era una locura, pero lo había hecho por su hermana. Para protegerla. Estaba seguro de que Iris lo entendería.

—Me gustaría estar sola en este momento —le pidió.

Richard guardó silencio un momento antes de decir:

—Si así lo deseas…

Pero no se marchó. Sólo quería pasar un momento más con ella, aunque fuera en silencio.

Ella lo miró como diciendo «¿Y ahora qué?»

Richard carraspeó.

—¿Te puedo acompañar hasta un banco?

—No, gracias.

—Podría…

—¡Para! —Iris se tambaleó hacia atrás y tendió la mano hacia delante como si intentara protegerse de un mal espíritu—. Deja de ser amable. Lo que has hecho es imperdonable.

—No soy un monstruo —afirmó.

—Sí que lo eres —gimió ella—. Tienes que serlo.

—Iris, yo…

—¿Es que no lo entiendes? —le preguntó—. No quiero que me gustes.

Richard sintió un atisbo de esperanza.

—Soy tu marido —le recordó.

Se suponía que debía gustarle. Se suponía que ella debía sentir por él mucho más que eso.

—Si eres mi marido es sólo porque me engañaste —le dijo en voz baja.

—No fue exactamente así —protestó, pero sí, había sido exactamente así. Y, sin embargo, la verdad era que no lo había parecido, no del todo—. Tienes que comprender —intentó explicarle— que todo ese tiempo... en Londres, cuando te estaba cortejando... Todas las cosas que te convertían en una buena elección, eran las cosas que me gustaban de ti.

—¿Ah, sí? —contestó Iris, pero no parecía sarcástica, sólo incrédula—. ¿Te gusté porque estaba desesperada?

—¡No!

Por Dios santo, ¿de qué estaba hablando?

—Ya sé por qué te casaste conmigo —le dijo acalorada—. Tenías que encontrar a alguien que te necesitara más a ti. Alguien que pudiera pasar por alto una proposición sospechosamente apresurada y que estuviera lo bastante desesperada como para agradecértelo.

Richard reculó. Odiaba pensar que esos mismos pensamientos hubieran poblado su cabeza en el pasado. No recordaba haberlo pensado específicamente sobre Iris, pero sí que había pensado en ello antes de conocerla. Eran los motivos por los que había ido al concierto aquella fatídica primera noche.

Había oído hablar sobre las hijas de los Smythe-Smith. Y había oído la palabra «desesperadas» en más de una ocasión.

La desesperación era lo que le había atraído.

—Necesitabas a alguien —lo acusó Iris con una tranquilidad devastadora— que no tuviera que elegir entre tú y otro caballero. Necesitabas a alguien que eligiera entre tú y la soledad.

—No —le contestó él negando con la cabeza—. Eso no es...

—¡Claro que sí! —gritó—. No puedes decirme que...

—Puede que al principio fuera así —la interrumpió—. Quizá pensara que eso era lo que estaba buscando. No, seré sincero contigo, eso es precisamente lo que estaba buscando. ¿Pero puedes culparme? Tenía que...

—¡Sí! —gritó Iris—. Claro que te hago culpable. Yo era muy feliz antes de conocerte.

—¿Ah, sí? —le preguntó con aspereza—. ¿De verdad eras feliz?

—Pues era bastante feliz, sí. Tenía a mi familia y a mis amigos. Y tenía la posibilidad de encontrar a alguien...

Se quedó sin palabras y se dio media vuelta.

—Cuando te conocí cambié de idea —le confesó Richard en voz baja.

—No te creo.

Iris le hablaba con un hilillo de voz, pero con perfecta precisión.

Richard se quedó de piedra. Si se movía, si extendía sólo un dedo en su dirección, no sabía si sería capaz de reprimirse. Quería tocarla. Lo deseaba con tanta intensidad que debería haberse asustado.

Esperó a que ella se diera la vuelta. Pero no lo hizo.

—Es complicado conversar con tu espalda.

A Iris se le tensaron los hombros. Se volvió hacia él muy despacio, con intensidad, con ira en la mirada. Richard era muy consciente de las muchas ganas que ella tenía de odiarlo. Iris se aferraba a ese sentimiento. ¿Pero durante cuánto tiempo lo haría? ¿Algunos meses? ¿Toda la vida?

—Me elegiste porque te di lástima —le recriminó en voz baja.

Él intentó no estremecerse.

—No fue así.

—¿Y cómo fue? —Levantó la voz enfadada y se le oscurecieron los ojos—. Cuando me pediste que me casara contigo, cuando acababas de besarme...

—¡Exacto! —exclamó—. Ni siquiera iba a pedírtelo. Nunca pensé que encontraría a alguien a quien pudiera pedírselo en tan poco tiempo.

—Oh, gracias —espetó sintiéndose insultada por sus palabras.

—No me refería a eso —aclaró él con impaciencia—. Di por hecho que tendría que encontrar a la mujer adecuada y ponerla en una situación comprometida.

Iris lo miró con tanta decepción que casi no pudo soportarlo. Pero siguió hablando. Porque tenía que seguir hablando. Era la única forma de hacérselo entender.

—No estoy orgulloso de lo que hice —confesó—. Pero creía que debía hacerlo para salvar a mi hermana. Y antes de que pienses lo peor de mí, debes saber que yo jamás te habría seducido antes de casarme contigo.

—Claro que no —espetó ella con una amarga carcajada—. Cómo ibas a dejar embarazada a tu esposa antes de que tu hermana diera a luz.

—Sí... ¡No! Es decir que sí, claro, pero no estaba pensando en eso. ¡Dios! —se pasó la mano por el pelo—. ¿De verdad crees que me aprovecharía de una chica inocente después de lo que le ha pasado a mi hermana?

Richard vio cómo Iris tragaba saliva. Observó cómo peleaba con sus propias palabras.

—No —admitió al fin—. No. Ya sé que no harías eso.

—Te lo agradezco —contestó él con rigidez.

Iris se volvió a dar media vuelta y se rodeó el cuerpo con los brazos.

—No quiero hablar contigo en este momento.

—Ya me imagino que no, pero tendrás que hacerlo de todos modos. Si no es hoy, pronto.

—Ya he dicho que aceptaré tu espantoso plan.

—No habías sido tan específica.

Ella volvió la cabeza para mirarlo.

—¿Quieres que lo diga en voz alta? ¿Mi pequeño anunciamiento del desayuno no ha sido suficiente?

—Necesito que me des tu palabra, Iris.

Se quedó mirándolo, pero Richard no sabía si lo hacía con incredulidad o terror.

—Necesito que me des tu palabra porque confío en ti.

Guardó silencio un momento para que ella pensara en lo que le había dicho.

—Eres mi marido —le recordó Iris sin ninguna emoción en la voz—. Y te obedeceré.

—No quiero que...

Guardó silencio.

—¿Y entonces qué quieres? —espetó—. ¿Acaso pretendes que me

guste todo esto? ¿Quieres que te diga que estás haciendo lo correcto? Porque eso no puedo hacerlo. Por lo visto estoy dispuesta a mentirle a todo el mundo, pero no pienso mentirte a ti.

—Me conformo con que aceptes al bebé de Fleur —admitió Richard, pero no era cierto.

Quería más. Lo quería todo y ya no volvería a tener el derecho a pedírselo.

—Bésame —le pidió tan impulsiva y repentinamente que ni él mismo se creía que lo hubiera hecho.

—¿Qué?

—No te pediré nada más —le dijo—. Pero por ahora, y sólo por esta vez, bésame.

—¿Por qué? —le preguntó.

La miró sin comprender nada. ¿Por qué? «¿Por qué?».

—¿Tiene que haber algún motivo?

—Siempre hay un motivo —le explicó ella con la voz entrecortada—. Y he sido una tonta por haberme permitido olvidarlo.

Richard notó cómo se le movían los labios mientras trataba de encontrar las palabras adecuadas, pero fue incapaz. No tenía nada, ya no le quedaba más poesía para hacerla olvidar. El suave viento de la mañana le acarició la cara y observó cómo escapaba un mechón de la trenza de Iris. La luz del sol se reflejó en su pelo hasta que brilló como el platino.

¿Cómo podía ser tan encantadora? ¿Cómo era posible que no se hubiera dado cuenta?

—Bésame —repitió, y esa vez tuvo la sensación de estar suplicando. No le importaba.

—Eres mi marido —repitió Iris. Le clavó la mirada—. Y debo obedecerte.

Fue el golpe más duro que podía asestarle.

—No digas eso —siseó él.

Apretó los labios con aire desafiante.

Richard se acercó a ella y alargó la mano para cogerla del brazo, pero se detuvo en el último momento. Entonces, muy despacio y con mucha suavidad, alargó el brazo para tocarle la mejilla.

Iris estaba tan rígida que Richard pensó que se rompería, y entonces escuchó un diminuto quiebro en su aliento, un pequeño sollozo de aceptación, y ella se dio la vuelta para apoyar la mejilla en su mano.

—Iris —susurró.

Ella lo miró. Tenía los ojos pálidos, azules y muy tristes.

Richard no quería hacerle daño. Quería hacerla feliz.

—Por favor —susurró de nuevo acercando los labios a los de su mujer—. Deja que te bese.

# 21

¿*B*esarlo?

Iris estuvo a punto de ponerse a reír. Llevaba varios días consumida por ese pensamiento, pero no de esa forma. Y menos en ese momento, cuando estaba llorando, llena de polvo y tenía el codo dolorido de la caída: ni siquiera era capaz de escaparse con dignidad. O encima ella ni siquiera le había dicho ni una sola palabra de recriminación en el túnel y él estaba siendo muy amable.

¿Besarlo?

No había nada que deseara más. O menos. La rabia era lo único que la sustentaba, y si la besaba... Si ella lo besaba a él...

La haría olvidar. Y entonces estaría perdida, otra vez.

—Te he echado de menos —murmuró Richard, e Iris notaba el contacto de su mano, cálida sobre su mejilla.

Debería apartarse de él. Sabía que debía hacerlo, pero era incapaz de moverse. En ese momento no existía nadie más, sólo él, ella y su forma de mirarla, como si fuera el aire que respiraba.

Era un gran actor, ahora lo sabía. No la había engañado del todo —Iris se enorgullecía de haber sabido desde el principio que él escondía algo—, pero él había sido lo bastante hábil como para convencerla de que se podía enamorar de él. Y sabía que en ese momento también estaba fingiendo.

Quizá no la quisiera. Puede que lo único que buscara fuera su aceptación.

Pero no estaba segura de que todo eso importara. Porque ella lo deseaba. Deseaba sentir el contacto de sus labios y el suave roce de su aliento en la piel. Deseaba ese momento. Ese momento sagrado y cargado de tensión, justo antes de tocarse, mientras se miraban con deseo.

Con necesidad.

Con expectativa. Ese momento era casi mejor que el beso. El aire entre ellos era pesado y expectante, cálido y espeso.

Iris se quedó quieta y aguardó a que él la abrazara, la besara y la hiciera olvidar, aunque sólo fuera por un momento, un instante en que se convertiría en la mayor tonta del mundo.

Pero no lo hizo. Estaba quieto como una estatua y no le despegaba sus ojos oscuros. Iris se dio cuenta de que pensaba obligarla a decirlo. No la besaría hasta que ella le diera permiso.

Hasta que ella admitiera su deseo.

—No puedo —susurró.

Richard no dijo una sola palabra. Ni siquiera se movió.

—No puedo —repitió con la voz entrecortada—. Me lo has quitado todo.

—Todo no —le recordó Richard.

—Vaya, es verdad. —Estuvo a punto de reírse de la ironía—. No me has robado la inocencia. Es muy amable por tu parte.

Richard dio un paso atrás.

—Oh, por el amor de Dios, Iris, tú sabes muy bien por qué…

—Para —le interrumpió—. Déjalo ya. ¿es que no lo entiendes? No quiero hablar de esto.

Y no quería. Él sólo trataría de explicarse y ella no quería escuchar. Richard le diría que no había tenido elección, que lo hacía por amor a su hermana. Y puede que todo fuera cierto, pero Iris seguía muy enfadada. Él no merecía su perdón. No merecía su comprensión.

La había humillado. No pensaba darle la oportunidad de convencerla para que dejara de estar enfadada con él.

—Sólo es un beso —dijo con suavidad, pero no era tan ingenuo.

Tenía que saber que era mucho más que un beso.

—Me has quitado la libertad —afirmó Iris, no soportaba que la emoción temblara en su voz—. Me has quitado la dignidad. Pero no me quitarás el amor propio.

—Ya sabes que no era mi intención. ¿Qué puedo hacer para que lo entiendas?

Iris negó con la cabeza; estaba muy triste.

—Puede que después de… —Se miró la tripa, donde su útero vacío se ocultaba bajo sus ropas—. Quizá me enamore del bebé de Fleur. Y puede que entonces decida que todo esto ha valido la pena, incluso que era la intención de Dios. Pero ahora mismo…

Tragó saliva intentando ser compasiva con el niño. ¿Tan antinatural era que no podía ni conseguir eso? O quizá fuera demasiado egoísta, tal vez estuviera demasiado herida por la manipulación de Richard como para verle la parte positiva a todo aquello.

—Ahora mismo —repitió en voz baja—, no parece muy probable.

Iris reculó. Tuvo la sensación de estar cortando una cuerda. Se sentía poderosa. Y mucho más triste.

—Deberías hablar con tu hermana —le sugirió.

Él la miró a los ojos.

—A menos que ya tengas su consentimiento —añadió Iris contestando la muda pregunta de Richard.

A él parecía perturbarlo que ella le estuviera cuestionando eso.

—Fleur no ha vuelto a discutir conmigo sobre el tema desde el día que llegó.

—¿Y tú lo interpretas como una aceptación?

La verdad es que los hombres podían ser muy estúpidos.

Richard frunció el ceño.

—Yo no estaría tan convencida de que haya aceptado tu propuesta —le advirtió.

Richard la miró con aspereza.

—¿Has hablado con ella?

—Sabes muy bien que no he hablado con nadie.

—Entonces puede que no debas especular —opinó con un tono de voz que Iris consideró particularmente brusco.

Se encogió de hombros.

—Es posible.

—Tú no conoces a Fleur —insistió—. Tu interacción con ella se limita a una única conversación.

Iris puso los ojos en blanco. Ella no habría empleado la palabra «conversación» para describir la escena que tuvo lugar en el dormitorio de Fleur.

—No sé por qué está tan decidida a quedarse con el bebé —dijo Iris—. Quizá sea de esa clase de cosas que sólo puede comprender una madre.

Richard se estremeció.

—No lo he dicho para hacerte daño —le informó con frialdad.

La miró a los ojos y luego murmuró:

—Discúlpame.

—De todas formas —prosiguió Iris—. No creo que debas darlo por hecho hasta que Fleur te dé su consentimiento.

—Lo hará.

Iris alzó las cejas con actitud vacilante.

—No tiene elección.

Otra estupidez. Iris lo miró con lástima.

—Eso es lo que tú crees.

La miró con curiosidad.

—¿No estás de acuerdo?

—Ya sabes que no estoy de acuerdo con tus planes. Pero eso no importa.

—Lo que quiero saber es si opinas que ella puede criar el bebé sola —se explicó Richard apretando los dientes.

—Lo que yo piense no tiene importancia —le contestó Iris, aunque en eso también ella estaba de acuerdo.

Fleur estaba loca por pensar que podría soportar la dura vida que le aguardaba si elegía ser una madre soltera. Casi tan loca como Richard si creía que podía hacer pasar ese hijo como suyo y no provocar una oleada de infelicidad tras esa decisión. Si era una niña, quizá pudiera funcionar, pero si Fleur daba a luz a un niño…

Era evidente que tenían que encontrarle un marido a esa chica. Iris seguía sin comprender por qué era la única que no se daba cuenta de ello. Fleur se negaba a plantearse el matrimonio y Richard no dejaba de repetir que no había nadie adecuado. Pero a Iris le costaba de creer. Puede que no dispusieran de los fondos necesarios para comprarle un marido bien situado a Fleur que, además, estuviera dispuesto a aceptar al niño, ¿pero por qué no se podía casar con un vicario? ¿O con un soldado? ¿O incluso con alguien relacionado con el mundo del comercio?

No podían ser muy quisquillosos.

—Lo que importa —prosiguió Iris— es lo que piense Fleur. Y ella quiere ser madre.

—Es una estúpida —dijo Richard con aspereza siseando las palabras con amargura.

—En eso estoy de acuerdo —reconoció Iris.

Richard la miró sorprendido.

—No te has casado con un dechado de caridad y perdón cristiano —le recordó con sarcasmo.

—Por lo visto no.

Iris guardó silencio un momento y luego afirmó con obediencia:

—La apoyaré. Y la querré como una hermana.

—¿Como haces con Daisy? —espetó él.

Iris lo miró fijamente. Luego se rio. O quizá resoplara. En cualquier caso, fue un evidente sonido cargado de humor, y se llevó una mano a la boca sorprendida.

—Yo quiero a Daisy —afirmó volviendo a posarse la mano en la clavícula—. De veras.

Richard esbozó una pequeña sonrisa.

—Tienes más capacidad de caridad y perdón de la que crees.

Iris volvió a resoplar. Daisy era muy molesta.

—Si Daisy te ha dado algún motivo para sonreír —dijo con suavidad—, entonces yo también la quiero.

Iris lo miró y suspiró. Parecía cansado. Siempre había tenido los ojos un poco hundidos, pero ahora se le veían más las sombras que los rodeaban. Y las arrugas en las esquinas… las que aparecían cuando sonreía. Ahora no eran más que surcos.

La situación tampoco estaba siendo fácil para él.

Iris apartó la mirada. No quería sentir compasión.

—Iris —prosiguió Richard—. Sólo quiero… maldita sea.

—¿Qué pasa? —Se dio media vuelta y siguió la dirección de su mirada en dirección al camino de la casa—. Oh.

Fleur se acercaba a ellos muy enfadada.

—No parece contenta —observó Iris.

—Pues no —admitió Richard en voz baja, y luego suspiró.

Fue un sonido triste y exhausto e Iris no soportó darse cuenta de que se le rompía el corazón.

—¡Cómo te atreves! —gritó Fleur en cuanto estuvo lo bastante cerca como para que la oyeran.

Sólo tuvo que dar dos pasos más para que quedara bien claro a cuál de los dos estaba acusando.

A Iris.

—¿Qué narices te crees que hacías en la mesa del desayuno? —le preguntó Fleur.

—Comer —contestó Iris consciente de que era mentira.

Saber que estaba a punto de decir la mayor mentira de su vida la tenía tan aterrada que apenas había conseguido comer nada.

Fleur frunció el ceño.

—Sólo te ha faltado aparecer y anunciar que estás embarazada.

—Es que he aparecido y he anunciado que estaba embarazada —le aclaró Iris—. Eso era lo que se suponía que debía hacer.

—No pienso darte a mi bebé —le advirtió Fleur furiosa.

Iris se volvió hacia Richard con una expresión que decía «Esto es problema tuyo».

Fleur se puso entre ellos y prácticamente escupió de rabia en la cara de Iris.

—Mañana anunciarás que has abortado.

—¿A quién? —quiso saber Iris.

Cuando hizo su críptica afirmación, sólo la familia estaba en el salón.

—No —espetó Richard—. ¿Es que no tienes ninguna compasión? ¿No piensas en todas las cosas a las que tu nueva hermana está renunciando por ti?

Iris se cruzó de brazos. Ya iba siendo hora de que alguien valorara su sacrificio.

—Yo no le he pedido nada —protestó Fleur.

Pero Richard fue implacable.

—Tú no estás pensando con claridad.

Su hermana jadeó.

—Eres un odioso y condescendiente...

—¡Soy tu hermano!

—Pero no eres mi dueño.

Richard adoptó un tono de voz gélido.

—La ley difiere.

Fleur dio un paso atrás como si le hubiera dado una bofetada. Pero cuando habló lo hizo con rabia.

—Disculpa que me cueste confiar en tu sentido de la obligación.

—¿Y qué narices significa eso?

—Tú nos abandonaste —gritó Fleur—. Cuando papá murió tú te marchaste.

Richard, que tenía el rostro rojo de la ira, palideció de repente.

—Estabas deseando deshacerte de nosotras —prosiguió Fleur—. El cuerpo de papá todavía no estaba frío en su tumba cuando nos enviaste a vivir con la tía Milton.

—No podía ocuparme de vosotras —le explicó Richard.

Iris se mordió el labio mientras los observaba con preocupación. A Richard le temblaba la voz y parecía...

Destrozado. Estaba completamente destrozado, como si Fleur hubiera encontrado la única herida de su alma y estuviera hurgando en ella con el dedo.

—Podrías haberlo intentado —susurró su hermana.

—Habría fracasado.

La joven apretó los labios. O quizá le temblaran. Iris no sabía lo que estaría sintiendo.

Richard tragó saliva y pasaron varios segundos hasta que habló.

—¿Crees que estoy orgulloso de mi comportamiento? He pasado cada segundo de los últimos años intentando arreglarlo. Papá podría haber muerto justo después que mamá. Y yo... —Maldijo y se pasó la mano por el pelo mientras se daba la vuelta. Cuando prosiguió tenía la voz más relajada—. No dejo de intentar ser mejor hombre que antes, mejor hombre que él.

Iris abrió los ojos como platos.

—Me sentía muy desleal y...

Richard guardó silencio de repente.

Iris se quedó de piedra. Fleur también. Fue casi como si la falta de movimiento de Richard fuera algo contagioso y los tres permanecieron de pie, tensos, aguardando.

—Esto no tiene nada que ver con papá —admitió Richard al fin—. Y tampoco conmigo.

—Precisamente por eso soy yo quien debería tomar la decisión —espetó Fleur con aspereza.

«Oh, Fleur», pensó Iris suspirando. Había sacado las zarpas justo cuando las cosas empezaban a tranquilizarse.

Richard miró a Iris, vio su gesto alicaído y se volvió hacia su hermana con ira en los ojos.

—Mira lo que has hecho —espetó.

—¿Yo? —gritó Fleur.

—Sí, tú. Te comportas como una egoísta. ¿Acaso no te das cuenta de que quizá me vea obligado a legarle Maycliffe al hijo de William Parnell? ¿Tienes idea de lo terrible que me parece esa idea?

—Dijiste que amarías al niño a pesar de su parentesco —le recordó Iris en voz baja.

—Y lo haré —explotó Richard—. Pero eso no significa que sea fácil. Y ella... —alargó el brazo hacia Fleur— no está ayudando mucho.

—¿Yo no te he pedido nada de esto! —gritó su hermana.

Le temblaba la voz, pero ya no parecía enfadada. Iris se dio cuenta de que parecía una mujer a punto de quebrarse en mil pedazos.

—Ya basta, Richard —anunció Iris de repente.

Su marido se volvió hacia ella con irritada sorpresa.

—¿Qué?

Iris rodeó a Fleur con el brazo.

—Necesita descansar.

Fleur jadeó unas cuantas veces y luego se desplomó sollozando sobre Iris.

Richard se quedó pasmado.

—Pero si me estaba gritando —comentó sin dirigirse a nadie en particular. Y luego miró a Fleur—: Me estabas gritando.

—Vete —sollozó Fleur.

Sus palabras resonaron contra el cuerpo de Iris.

Richard se quedó mirándolas un buen rato y luego maldijo por lo bajo.

—Ya veo que ahora estás de su parte.

—Aquí no hay bandos —le corrigió Iris a pesar de no saber quién pensaba él que estaba en el otro equipo—. ¿Es que no lo entiendes? Esta situación es espantosa. Para todo el mundo. Nadie saldrá de esta con el corazón intacto.

Se miraron a los ojos; no, sus miradas chocaron, y Richard acabó por darse media y vuelta y marcharse. Iris contempló cómo desaparecía por la pendiente y luego soltó una bocanada de aire temblorosa.

—¿Estás bien? —le preguntó a Fleur, que seguía llorando entre sus brazos—. No hace falta que me contestes. Es evidente que no estás bien. Ninguno de nosotros lo está.

—¿Por qué se niega a escucharme? —susurró Fleur.

—Cree que lo está haciendo por tu bien.

—Pero no es verdad.

Iris respiró hondo e intentó no levantar la voz:

—Está claro que no lo está haciendo por él.

La joven se separó de ella y la miró.

—Ni por ti.

—Eso está claro —reconoció Iris con sarcasmo.

Fleur estaba muy triste.

—No me entiende.

—Yo tampoco —admitió Iris.

La hermana de Richard se llevó la mano a la barriga.

—Yo amo… quiero decir que amaba al padre del niño. El bebé es el fruto de ese amor. No puedo deshacerme de él.

—¿Le amabas? —preguntó Iris.

¿Cómo era posible? Si la mitad de lo que había dicho Richard era cierto, el tal William Parnell había sido una persona horrible.

Fleur se miró los pies y murmuró:

—Es difícil de explicar.

Iris negó con la cabeza.

—Será mejor que ni lo intentes. Venga, ¿volvemos a casa?

Fleur asintió y empezaron a caminar. Algunos minutos después se dirigió a ella sin rastro de ira.

—Todavía te odio, ¿sabes?

—Ya lo sé —admitió Iris. Alargó el brazo y le estrechó la mano con delicadeza—. Yo también te odio a ti a veces.

Fleur la miró un tanto esperanzada.

—¿Ah, sí?

—A veces. —Iris se agachó y cortó una brizna de hierba. La sujetó entre los pulgares e intentó hacerla silbar—. Yo no quiero tu bebé.

—Ya me imagino.

Siguieron caminando e Iris dio unos seis pasos antes de decir:

—¿No me vas a preguntar por qué lo hago?

Fleur se encogió de hombros.

—En realidad no importa, ¿no crees?

Iris se lo planteó por un momento.

—Supongo que no.

—Ya sé que tienes buena intención.

Ella asintió con aire ausente mientras subía la pendiente.

—¿No me vas a devolver el cumplido? —le preguntó Fleur.

Iris se volvió hacia ella con brusquedad.

—¿Quieres que admita que tienes buena intención?

Fleur apretó los labios malhumorada.

—Ya imagino que sí —cedió Iris al poco—. Debo confesar que tus motivos me desconciertan, pero supongo que tienes buena intención.

—No quiero casarme con un desconocido.

—Yo lo hice.

Fleur se quedó de piedra.

—Bueno, o casi —admitió Iris.

—Tú no estabas embarazada del hijo de otro hombre.

Dios, aquella chica era exasperante.

—Nadie dice que tengas que engañar a tu novio —le aclaró—. Estoy segura de que habrá alguien a quien le encantaría formar parte de la familia de Maycliffe.

—Y yo estaré obligada a estarle agradecida toda mi vida —le recordó Fleur con amargura—. ¿Has pensado en eso?

—No —respondió Iris en voz baja—. No lo había pensado.

Llegaron al final del campo que se extendía al oeste de la casa e Iris entornó los ojos para mirar al cielo. Seguía encapotado, pero las nubes eran cada vez más delgadas. Quizá acabara saliendo el sol.

—Me voy a quedar fuera —anunció.

Fleur también levantó la vista.

—¿No quieres un chal?

—Supongo que sí.

—Puedo pedirle a una de las criadas que te baje uno.

Era un gesto de amistad evidente.

—Te lo agradecería mucho, gracias.

Fleur asintió y entró en la casa.

Iris se acercó a un banco y se sentó a esperar el sol.

# 22

Por la noche Iris estaba un poco más tranquila. Había pasado el día sola y, cuando eligió cenar en su habitación, sólo sintió una pequeña punzada de culpabilidad. Después de las conversaciones que había mantenido aquella mañana con Richard y Fleur, consideraba que se había ganado el derecho a no hablar con ellos durante uno o dos días. La situación la dejaba agotada.

Pero le costaba mucho dormir por muy cansada que estuviera, así que, pasada la medianoche, se rindió, retiró la ropa de cama y caminó descalza por la habitación hasta el minúsculo escritorio que Richard había mandado a traer la semana anterior.

Observó la pequeña muestra de libros que había sobre la mesa. Ya los había leído todos, excepto la historia de Yorkshire, que no le había interesado nada, ni siquiera el capítulo sobre la Guerra de las Dos Rosas. Era incapaz de comprender el motivo por el que el autor habría decidido relatar la historia de una forma tan aburrida, pero al final se cansó de intentar averiguarlo.

Cogió los libros, se puso las zapatillas y salió de la habitación. Si bajaba de puntillas hasta la biblioteca, no despertaría a nadie.

Ya hacía un buen rato que los sirvientes se habían retirado y la casa estaba muy tranquila. Aun así, Iris caminaba muy despacio y agradecía que los escalones estuvieran forrados de moqueta. En su casa conocía todas las maderas que crujían y las puertas que chirriaban. Sin embargo, todavía no había tenido la oportunidad de aprenderse las de Maycliffe.

Se detuvo en un escalón y frunció el ceño. Aquello no estaba bien. Tenía que dejar de pensar que la casa de sus padres era la suya. Ahora su hogar era Maycliffe. Tenía que acostumbrarse.

Suponía que ya empezaba a sentirse en casa, o un poco. Incluso a pesar de todo el drama —y había mucho drama—, Maycliffe estaba empezando a hacerse un hueco en su corazón. Ahora el sofá del salón era su sofá, de eso no había duda, y ya se empezaba a acostumbrar al único trino que entonaban los pájaros de tripa amarilla que habían anidado junto a la ventana. No estaba segura de qué clase de pájaros eran, pero sabía que nunca los había visto en Londres.

Por extraño que pudiera parecer, ya comenzaba a sentirse como en casa. En casa junto a un marido que no quería acostarse con ella, una hermana que la odiaba (a veces) por intentar salvarla de la ruina, y otra hermana que... que...

Pensó en la hermana pequeña de Richard. No había mucho que decir sobre Marie-Claire. Iris no había compartido muchas cosas con ella desde aquel primer día. Tendría que cambiar eso. Sería agradable que, por lo menos, una de las hermanas de Richard no la viera (a veces) como la encarnación del diablo.

Cuando llegó al final de la escalera, Iris dobló hacia la derecha para ir a la biblioteca. Estaba justo al final del pasillo, después del salón y del despacho de Richard. A Iris le gustaba bastante el estudio. No había tenido muchas ocasiones de entrar en aquel santuario de masculinidad, pero era cálido, cómodo y estaba orientado hacia el sur, por lo que tenía las mismas vistas que su habitación.

Se detuvo un momento para agarrar bien el candelero y entornó los ojos. ¿Brillaba una luz al otro lado del pasillo o la engañaba el reflejo de su propia vela? Se quedó quieta, incluso aguantó la respiración, y entonces avanzó con mucha cautela.

—¿Iris?

Se quedó helada. Avanzó un poco más y asomó la cabeza en el despacho de Richard. Su marido estaba sentado en un sillón junto al fuego y tenía medio vaso de alguna bebida alcohólica en la mano.

Ladeó la cabeza despeinada en su dirección.

—Me ha parecido que podías ser tú.

—Lo siento. ¿Te molesto?

—En absoluto —le aseguró sonriéndole desde su cómodo sitio.

Iris pensó que parecía un poco bebido. No era propio de él eso de no levantarse cuando una dama entraba en una habitación.

También le resultó un poco extraño que le estuviera sonriendo. Teniendo en cuenta la forma en que se habían despedido la última vez y todo eso.

Iris se pegó la pila de libros al pecho.

—Iba a buscar algo para leer —le explicó señalando en dirección a la biblioteca.

—Ya me imaginaba.

—No podía dormir —le explicó.

Richard se encogió de hombros.

—Yo tampoco.

—Ya lo veo.

Su marido esbozó media sonrisa perezosa.

—Tenemos unas conversaciones muy ingeniosas.

Iris soltó una pequeña carcajada. Era muy raro que recuperaran el sentido del humor ahora que todo el mundo estaba durmiendo. O quizá no fuera tan extraño. Ella llevaba todo el día un tanto contemplativa, desde su inesperada reconciliación con Fleur. Lo cierto era que no habían llegado a ningún acuerdo, pero Iris consideraba que habían conseguido entenderse un poco.

Estaba segura de que podía conseguir lo mismo con Richard.

—Te doy un penique si me dices en qué piensas —le sugirió él.

Iris lo miró con las cejas arqueadas.

—Ya tengo muchos peniques, gracias.

Richard se llevó la mano al corazón.

—¡Tocado! Y con una moneda.

—En realidad no lo he hecho con ninguna moneda —lo corrigió ella.

Era incapaz de pasar por alto la ocasión de soltar una buena contestación.

Su marido se rio.

—La precisión es muy importante —le explicó, pero ella también sonreía.

Richard se rio y luego levantó el vaso.

—¿Quieres una copa?

—¿Qué es?

—Whisky.

Iris parpadeó sorprendida. No sabía que un hombre le pudiera ofrecer una copa de whisky a una mujer.

Quiso probarlo de inmediato.

—Sólo un poco —aceptó dejando los libros sobre una mesa—. No sé si me gustará.

Richard se rio y sirvió un dedo de líquido ambarino en un vaso.

—Si no te gusta esto, es que no te gusta el whisky.

Iris le lanzó una mirada interrogativa mientras tomaba asiento en la silla de respaldo recto que había frente a él.

—Es el mejor que existe —le aclaró sin modestia—. Estando tan cerca de Escocia como estamos, no cuesta mucho conseguir el mejor whisky.

Ella miró el vaso y olisqueó el contenido.

—No sabía que fueras tan entendido.

Richard se encogió de hombros.

—Por lo visto, últimamente no paro de beber.

Ella apartó la mirada.

—No lo he dicho para culparte, por cierto. —Guardó silencio un momento, parece que para tomar un sorbo—. Créeme cuando te digo que soy consciente de ser el único responsable de este lodazal.

—Y Fleur —añadió Iris en voz baja.

La miró a los ojos y sonrió. Sólo un poco. Lo justo para agradecerle que lo reconociera.

—Y Fleur —admitió.

Compartieron el silencio varios minutos mientras Richard se acababa su vaso de whisky e Iris daba tímidos sorbitos al suyo. Decidió que le gustaba. Era caliente y frío al mismo tiempo. ¿De qué otra forma se podía describir algo que ardía hasta estremecerte?

Iris pasó más tiempo mirando la bebida que a su marido, y sólo se permitió observar su rostro cuando él cerró los ojos y recostó la cabeza en el respaldo del sofá. ¿Estaba dormido? No lo creía. Nadie se dormía tan deprisa, en especial estando sentado.

Se llevó el vaso a los labios y probó a tomarse un trago más largo. El líquido se deslizó por su garganta con más suavidad, aunque podía deberse a todo el whisky que ya se había tomado.

Richard seguía con los ojos cerrados. Iris dedujo que seguía sin estar dormido. Tenía los labios sellados y relajados, y ella se dio cuenta de que reconocía esa expresión: su marido ponía esa cara cuando pensaba. Ya sabía que siempre estaba pensando, era lo que hacían los seres humanos, pero él ponía esa cara cuando pensaba en algo particularmente complejo.

—¿Tan mala persona soy? —le preguntó sin abrir los ojos.

Iris se quedó boquiabierta.

—Claro que no.

Richard suspiró y abrió los ojos.

—Hubo un tiempo en que yo tampoco lo pensaba.

—No lo eres —repitió Iris.

La observó un buen rato y luego asintió.

—Me alegro de saberlo.

Iris no sabía qué contestar a eso, así que se tomó otro trago de whisky inclinando el vaso para apurar las últimas gotas.

—¿Quieres más? —le preguntó Richard levantando la botella.

—No debería —dijo, pero le tendió el vaso de todas formas.

Él le sirvió, pero esa vez le puso dos dedos.

Ella miró el vaso y lo sostuvo ante sus ojos.

—¿Me voy a emborrachar?

—No creo. —Ladeó la cabeza y torció el gesto como si estuviera haciendo alguna operación de cálculo mental—. Pero supongo que podría ocurrir. Eres menuda. ¿Has cenado?

—Sí.

—Entonces no debería pasarte nada.

Iris asintió y volvió a mirar el vaso haciendo girar el líquido en su interior. Bebieron en silencio durante otro minuto y entonces ella dijo:

—No deberías pensar que eres una mala persona.

Él arqueó una ceja.

—Estoy muy enfadada contigo y creo que estás cometiendo un error, pero entiendo tus motivos. —Iris miró su whisky y se quedó momentáneamente hipnotizada por la forma que tenía de reflejar la luz de las velas. Cuando volvió a encontrar su voz, sonó reflexiva—. Nadie que quiera tanto a su hermana puede ser una mala persona.

Él guardó silencio un momento y luego dijo:

—Gracias.

—Supongo que el hecho de que estés dispuesto a hacer un sacrificio tan grande dice mucho en tu favor.

—Tengo la esperanza —dijo en voz baja— de que deje de parecerme un sacrificio cuando tenga el bebé en brazos.

Iris tragó saliva.

—Yo también.

Entonces Richard se inclinó hacia delante y se apoyó los antebrazos en las rodillas. Agachó la cabeza y la miró a través de sus gruesas y oscuras pestañas.

—Lo lamento mucho, ¿sabes?

Ella no dijo nada.

—Siento mucho lo que te has visto obligada a hacer —le aclaró, por absurdo que pareciera—. Es probable que no importe, pero tenía mucho miedo de decírtelo.

—Ya lo imagino —contestó antes de poder pensar que debía suavizar el tono.

Era evidente que él tenía miedo de decírselo. ¿Quién disfrutaría haciendo una cosa como aquella?

—No, me prefiero a que sabía que me odiarías. —Cerró los ojos—. No tenía miedo de hablar. En realidad no pensaba en ese momento. Lo que no quería era que me odiaras.

Iris suspiró.

—Yo no te odio.

Richard levantó la cabeza.

—Pues deberías.

—Bueno, te odié durante algunos días.

Su marido asintió.

—Eso está bien.

Ella no pudo evitar sonreír.

—Sería muy mezquino por mi parte que te negara ese derecho —le dijo con ironía.

—¿Mi enfado?

Él alzó el vaso. ¿Un brindis? Tal vez.

—Te lo mereces —dijo.

Iris asintió despacio y luego pensó «Qué narices», y también levantó un poco el vaso.

—¿Por qué brindamos? —preguntó su marido.

—No tengo ni idea.

—No me extraña. —Ladeó la cabeza—. Pues por ti, que tengas mucha salud.

—Salud —repitió Iris sofocando una carcajada.

Cielo santo, qué ocurrencia.

—Estoy segura de que será el embarazo menos peligroso de la historia —afirmó.

Richard la miró sorprendido y luego esbozó media sonrisa.

—Está claro que no tendrás fiebre después del parto —convino.

Ella tomó un sorbo de whisky.

—Y recuperaré mi figura a una velocidad sobrenatural.

—Las demás mujeres se pondrán muy celosas —opinó él con solemnidad.

Iris se rio y, por un momento, cerró los ojos con alegría antes de volver a mirar a Richard. La estaba mirando, estudiándola casi, y su expresión... No era romántica ni lujuriosa, era sólo...

Agradecida.

Ella bajó la vista y se preguntó por qué se sentiría tan decepcionada de advertir la gratitud de Richard. Él debería agradecerle todo lo que estaba haciendo y, sin embargo...

No parecía correcto.

No parecía suficiente.

Iris hizo girar el whisky dentro del vaso. No le quedaba mucho.

La voz de Richard sonó suave y triste a la tenue luz de la estancia.

—¿Qué vamos a hacer, Iris?

—¿Hacer?

—Tenemos toda una vida de casados por delante.

Iris se quedó mirando su bebida. ¿Le estaba pidiendo que lo perdonara? No sabía si estaba preparada para perdonarlo. Y, por algún motivo, sabía que acabaría haciéndolo. ¿Sería eso lo que significaba enamorarse? ¿Que perdonaría lo imperdonable? Si le hubiera ocurrido lo mismo a cualquiera de sus hermanas o primas, Iris jamás habría perdonado a su marido, jamás.

Pero se trataba de Richard. Y ella lo quería. Y al final, era lo único que importaba.

Al final.

Pero quizá todavía no hubiera llegado el momento.

Iris resopló. Era típico de ella: saber que lo perdonaría pero negarse a hacerlo todavía. Pero no se trataba de hacerlo sufrir. Ni siquiera era por guardarle rencor. El problema era que no estaba preparada. Richard había dicho que se merecía que ella estuviera enfadada, y tenía razón.

Levantó la vista. La estaba mirando con impaciencia.

—Nos irá bien —le dijo.

Era lo único que le podía ofrecer. Esperaba que lo comprendiera.

Richard asintió. Luego se levantó y le tendió la mano.

—¿Puedo acompañarte a tu habitación?

Una parte de ella se moría por sentir el calor del cuerpo de Richard junto al suyo, incluso aunque sólo fuera el contacto de su mano en el brazo. Pero no quería seguir enamorándose de él. Por lo menos esa noche. Lo miró y esbozó una sonrisa pesarosa mientras se levantaba.

—No creo que sea una buena idea.

—¿Entonces me dejas que te acompañe hasta la puerta?

Iris lo miró un tanto sorprendida. La puerta sólo estaba a tres metros. Era el gesto más innecesario que podía imaginar y, sin embargo, no se pudo resistir a su ofrecimiento y posó la mano en la de Richard.

Él se la estrechó y luego la levantó algunos centímetros, como si fuera a acercarse sus dedos a los labios. Pero entonces pareció cambiar de idea y prefirió entrelazar los dedos con los de Iris y acompañarla hasta la puerta.

—Buenas noches —le dijo, pero no le soltó la mano.

—Buenas noches —contestó ella, pero no intentó soltarse.

—Iris…

Ella levantó la vista. Iba a besarla. Podía verlo en sus ojos, calientes y rebosantes de necesidad.

—Iris —repitió, y ella no se negó.

Richard posó sus cálidos dedos en la mandíbula de Iris y le inclinó la cabeza. Luego esperó y al final Iris no pudo hacer otra cosa que agachar la barbilla. Fue apenas un centímetro, pero él lo notó.

Él le acercó la cara muy despacio, tanto, que Iris estaba convencida de que la Tierra habría tenido tiempo de girar dos veces sobre su eje. Sus labios se encontraron y el contacto fue suave y eléctrico. Richard se rozó contra ella y la suave fricción le provocó una oleada de sensaciones que viajaron hasta el centro de su cuerpo.

—Richard —susurró, y quizá él percibiera el amor en su voz.

Puede que en ese momento a ella no le importara.

Iris separó los labios, pero él no profundizó en el beso. Prefirió apoyar la frente sobre la de ella.

—Deberías irte —le advirtió.

Ella se permitió esperar un segundo más y luego dio un paso atrás.

—Gracias —dijo Richard.

Iris asintió y, cuando pasó junto a él, apoyó la mano en el marco de la puerta.

Le había dado las gracias.

Algo cambió en el corazón de Iris. «Pronto», pensó. Pronto estaría preparada para perdonarlo.

*R*ichard la vio marchar.

La observó cruzar el pasillo y desaparecer tras la esquina en dirección a las escaleras. Había muy poca luz en el pasillo, pero la que había parecía reflejarse sobre su pálida melena como si fuera el resplandor de una estrella.

Iris era muy contradictoria. Tenía un aspecto etéreo y una mente pragmática. Era lo que más le gustaba de ella, su implacable sensatez. Se preguntó si sería lo que le había atraído de ella. ¿Habría pensado que su racionalidad innata le permitiría superar el insulto de su matrimonio? ¿Que se encogería de hombros y diría «Está bien, tiene sentido»?

Qué tonto había sido.

Aunque ella llegara a perdonarlo, y estaba empezando a pensar que quizá lo hiciera, él jamás se perdonaría.

La había herido. La había elegido como esposa por el motivo más censurable. Era lógico que ahora la deseara con tanto ardor.

Con tal desespero.

Después de lo que había hecho, no podía comprender que ella llegara a quererlo algún día. Pero tenía que intentarlo. Y quizá bastara con que la quisiera él.

Quizá.

# 23

*L*a mañana siguiente

—¿Iris? ¿Iris?

Iris abrió un ojo. Pero sólo uno, el otro seguía cerrado y pegado a la almohada.

—¡Ay, qué bien, ya estás despierta!

«Marie-Claire», pensó Iris con su habitual mal humor de todas las mañanas. Por Dios, ¿qué hora era y por qué estaba en su habitación?

Iris cerró el ojo.

—Son las diez y media —anunció Marie-Claire con alegría— y fuera hace un calor excepcional.

Iris no comprendía qué tenía que ver con ella nada de todo eso.

—He pensado que podíamos salir a pasear.

Ah.

El colchón se hundió bajo el peso de Marie-Claire, que se sentó a los pies de la cama.

—Todavía no hemos tenido la oportunidad de conocernos.

Iris suspiró, fue la clase de resoplido que haría cerrando los ojos si no hubiera estado bocabajo sobre la almohada. Justo había estado pensando en eso la noche anterior. Pero no tenía ninguna intención de hacer nada al respecto antes del mediodía.

—¿Vamos? —preguntó la adolescente rebosante de molesta energía.

—Mmphghrg.

Se hizo un pequeño silencio y entonces:

—¿Disculpa?

Iris rugió contra la almohada. Era imposible hablar más claro.

—¿Iris? ¿Estás bien?

Se dio media vuelta y se obligó a anunciar:

—No estoy de muy buen humor por las mañanas.

Marie-Claire se quedó mirándola fijamente.

Iris se frotó el ojo.

—Quizá si nos vamos a... ¿qué?

En realidad la última palabra no fue más que un golpe seco.

—Emm... —Marie-Claire esbozó una mueca extraña—. Tu mejilla.

Iris soltó un suspiro ofendido.

—¿Tengo una arruga de la almohada?

—Ah. ¿Es eso?

Lo preguntó con tanta alegría que a Iris le dieron ganas de pedir una pistola.

—¿Nunca habías visto ninguna? —le preguntó.

—No. —Marie-Claire frunció el ceño—. Yo duermo bocarriba. Supongo que Fleur también.

—Yo duermo de muchas formas —rugió Iris—, pero básicamente... me voy a dormir tarde.

—Ya veo. —Marie-Claire tragó saliva, pero ese fue el único gesto de incomodidad que hizo antes de añadir—: Bueno, ahora ya estás despierta y ya te puedes levantar. No creo que quede nada para desayunar abajo, pero estoy segura de que la señora Hopkins puede prepararte algo frío. Te lo puedes llevar.

Iris miró la cama con pereza. Imaginó su cama hecha y la bandeja del desayuno esperándola encima de la colcha. Pero Marie-Claire había tenido un gesto amigable y sabía que debía aceptarlo.

—Gracias —le dijo esperando que su cara no reflejara el esfuerzo que debía hacer para hablar—. Sería estupendo.

—¡Genial! —exclamó radiante Marie-Claire—. ¿Nos vemos en el camino dentro de unos diez minutos?

Iris estaba a punto de negociar con ella para conseguir quince, o incluso mejor veinte, pero entonces pensó que ya se había levantado. Qué más daba. Diez minutos. Cielos. Y le dijo a la joven:

—¿Por qué no?

$\mathcal{V}$einte minutos después, Iris y Marie-Claire paseaban por los campos que se extendían al oeste de Maycliffe. Iris todavía no estaba muy segura de saber dónde se dirigían; Marie-Claire había mencionado algo sobre recoger moras, pero el año era demasiado joven para eso. De todas formas, a Iris le daba igual. Tenía un panecillo caliente untado con mantequilla en la mano, y estaba convencida de que era lo mejor que se había comido en la vida. Debía de haber alguna escocesa en la cocina. Le pareció la única explicación lógica.

No hablaron mucho mientras bajaban la colina. Iris estaba disfrutando de su desayuno y Marie-Claire parecía encantada paseando a su lado y balanceando la cesta. Pero en cuanto llegaron abajo y tomaron el camino, Marie-Claire carraspeó y dijo:

—No sé si alguien te ha dado las gracias como es debido.

Iris se quedó de piedra y, por un momento, se olvidó hasta de masticar. No había tenido el placer de conversar mucho con Marie-Claire y eso… Bueno, la sorprendió.

—Por… —Marie-Claire señaló la tripa de Iris y dibujó un extraño círculo en el aire con la mano—. Por eso.

Iris volvió a mirar hacia el camino. Richard le había dado las gracias. Había tardado tres días en hacerlo, pero para ser justa debía admitir que ella no le había dado la oportunidad de hacerlo antes de la conversación que habían mantenido la noche anterior. Y aunque lo hubiera intentado, si hubiera aporreado la puerta de su habitación con la intención de hacerse oír, no habría importado. Ella no habría querido escuchar ni una sola palabra. No estaba preparada para mantener una conversación de verdad.

—¿Iris?

—De nada —contestó fingiendo estar absorta tratando de extraer una pasa del panecillo.

No tenía ganas de hablar de aquello con Marie-Claire.

Pero la jovencita no pensaba lo mismo.

—Ya sé que Fleur parece una desagradecida —insistió—, pero acabará entrando en razón.

—Me temo que no puedo estar de acuerdo contigo —terció Iris.

Todavía no sabía cómo pensaba Richard que podría hacer todo aquello sin la cooperación de su hermana.

—Por muy rara que esté últimamente, Fleur no es tonta. En realidad, normalmente no es tan… Bueno, no es tan emocional. —Marie-Claire frunció los labios en un gesto pensativo—. Estaba muy unida a nuestra madre, ¿sabes?, mucho más que Richard o yo.

Iris no lo sabía. Richard no le había hablado mucho sobre su madre, sólo sabía que había muerto y que él la echaba de menos.

—Quizá ese sea el motivo de que Fleur sea tan maternal —prosiguió Marie-Claire. Miró a Iris y se encogió un poco de hombros—. Puede que por eso se sienta tan unida al bebé.

—Es posible —admitió Iris.

Suspiró y se miró la barriga. Pronto tendría que empezar a llevar un cojín. El único motivo por el que no lo había hecho todavía eran los casi trescientos kilómetros que separaban Yorkshire de Londres. Allí las damas no se preocupaban tanto por la moda y podía seguir llevando los vestidos del año anterior. En la capital estaban empezando a bajar las cinturas; las olvidadas ondas de la regencia dejaban paso a modelos más estructurados e incómodos. Iris vaticinó que para 1840 las mujeres llevarían los corsés tan ajustados que apenas se las vería.

Pasearon un rato más y entonces Marie-Claire dijo:

—Bueno, pues yo te estoy dando las gracias.

—De nada —repitió Iris volviéndose hacia la hermana pequeña de Richard con una pequeña y triste sonrisa en la cara.

La joven se estaba esforzando. Lo menos que podía hacer era ser simpática.

—Ya sé que Fleur dice que quiere ser madre —prosiguió la chica con alegría—, pero eso es muy egoísta por su parte. ¿Sabes que no me ha pedido perdón ni una sola vez?

—¿A ti? —murmuró Iris.

Estaba convencida de que ella debía ser la primera de la lista.

—Me va a arruinar la vida —afirmó Marie-Claire—. Ya lo sabes. Si tú no estuvieras haciendo esto…

«Hacer esto», pensó Iris. «Bonito eufemismo».

—…y ella siguiera adelante y tuviera al bebé estando soltera, nadie querría casarse conmigo. —Marie-Claire se volvió hacia Iris con una expresión casi beligerante—. Probablemente pienses que soy una egoísta, pero sabes que es cierto.

—Lo sé —respondió Iris en voz baja.

Quizá si Richard se llevara a Marie-Claire a Londres para que pasara allí una temporada… Quizá le pudieran encontrar a alguien, algún caballero que viviera lejos de Yorkshire. Los chismorreos viajaban, pero no solían llegar tan lejos.

—Es muy injusto. Ella comete un error y yo soy la que tiene que pagar el precio.

—No creo que ella se vaya de rositas —le recordó Iris.

Marie-Claire apretó los labios con impaciencia.

—Bueno, pero ella se lo merece, yo no.

No era la mejor actitud del mundo, pero Iris debía admitir que Marie-Claire tenía parte de razón.

—Créeme, por aquí hay chicas que se mueren por encontrar un motivo para crucificarme. —Marie-Claire suspiró y pareció perder un poco de fuerza. Miró a Iris con cierta melancolía—. ¿Conoces alguna chica de esa clase?

—Unas cuantas —admitió Iris.

Dieron unos diez pasos más y entonces Marie-Claire dijo:

—Supongo que puedo perdonarla un poco.

—¿Un poco?

Ella siempre había pensado que el perdón era absoluto: o todo o nada.

—No soy tan poco razonable —explicó la joven sorbiendo por la nariz—. Reconozco que está en una situación difícil. A fin de cuentas, tampoco es que se pueda casar con el padre.

Eso era cierto, pero Iris seguía pensando que Fleur estaba siendo muy obtusa. Tampoco es que pensara que Richard tenía derecho a hacer lo que proponía. Cualquier tonto se daría cuenta de que la única solución era buscarle un marido a Fleur. No podía esperar encontrar un caballero de alta cuna, Richard ya había explicado que no disponía de los fondos necesarios para comprarle un marido dispuesto a pasar por alto su estado. Pero Iris estaba convencida de que debía de haber alguien por la zona que estaría encantado de formar parte de la familia Kenworthy. Tal vez algún vicario a quien no le preocupara legarle sus tierras y propiedades al hijo de otro hombre. O algún terrateniente nuevo en la zona que quisiera mejorar su posición.

Iris alargó la mano para tocar una flor delicada que vio en un seto. Se preguntó qué clase de flor sería. No había visto ninguna como aquella en el sur de Inglaterra.

—Es difícil casarse con un hombre muerto —comentó intentando ser ocurrente.

Pero era difícil ser ocurrente cuando una tenía tanta amargura en la voz.

Mary-Claire se limitó a resoplar.

—¿Qué?

Iris se volvió y la miró con los ojos entornados. Había algo en el tono de Marie-Claire...

—Por favor —se burló la joven—. Fleur es una mentirosa.

Iris se quedó de piedra y su mano se quedó congelada sobre las hojas del seto.

—¿Disculpa?

La adolescente se mordió el labio inferior con nerviosismo, como si acabara de darse cuenta de lo que había dicho.

—Marie-Claire —dijo Iris agarrándola del brazo—. ¿Qué quieres decir con eso de que Fleur es una mentirosa?

La joven tragó saliva y miró los dedos de Iris, pero ella no la soltó.

—¡Marie-Claire! —exclamó con dureza—. ¡Cuéntamelo!

—¿Y qué más da? —replicó. Tiró del brazo con fuerza—. Está embarazada y no se va a casar, y al final es lo único que le importará a todo el mundo.

Iris reprimió el impulso de ponerse a gritar.

—¿En qué ha mentido?

—Pues sobre el padre —rugió la chica, que seguía intentando liberarse—. ¿Me puedes soltar?

—No —contestó Iris sin rodeos—. ¿No fue William Parnell?

—Oh, por favor. Hasta Fleur es lo bastante lista como para no acercarse a ese tipo. —Marie-Claire miró al cielo—. Que descanse en paz. —Luego se lo pensó—. Supongo.

Iris le apretó el brazo.

—Me da igual cómo descanse William Parnell —rugió—. O dónde. Quiero saber por qué mintió Fleur. ¿Te lo ha contado ella? ¿Te ha dicho que no era el padre?

Marie-Claire se sintió casi insultada por las suposiciones de Iris.

—Pues claro que no.

—¿Y entonces quién es?

La hermana pequeña de Richard eligió ese preciso momento para ponerse remilgada.

—No puedo decirlo.

Iris tiró de su cuñada deprisa y con fuerza y Marie-Claire apenas tuvo tiempo de respirar antes de encontrarse frente a frente con Iris.

—Mari-Claire Kenworthy —siseó Iris—, me vas a decir el nombre del padre ahora mismo. Quiero que sepas que si no lo haces sólo te librarás de la muerte porque sé que me colgarían.

La joven mantuvo la mirada fija en ella.

Iris le apretó el brazo de nuevo.

—Tengo cuatro hermanas, Marie-Claire, y una de ellas es muy pesada. Créeme cuando te digo que puedo convertir tu vida en un infierno.

—Pero por qué es tan…

—¡Dímelo! —rugió Iris.

—¡John Burnham! —gritó Marie-Claire.

Iris le soltó el brazo.

—¿Qué?

—Fue John Burnham —repitió Marie-Claire frotándose el brazo—. Estoy casi segura.

—¿Casi?

—Bueno, siempre se escapaba para ir a verlo. Fleur pensaba que yo no lo sabía, pero la verdad es que…

—Pero lo sabías —murmuró Iris.

Ya sabía cómo iban esa clase de cosas entre hermanas. Era imposible que Fleur se escapara para verse con un hombre sin que Marie-Claire lo supiera.

—Voy a necesitar un cabestrillo —anunció Marie-Claire malhumorada—. Mira qué cardenales. No tenías por qué ser tan bruta.

Iris la ignoró.

—¿Por qué no has dicho nada?

—¿A quién? —le preguntó la chica—. ¿A mi hermano? No creo que le hubiera gustado mucho más que William Parnell.

—Pero John Burnham está vivo —grito Iris—. Fleur podría casarse con él y quedarse el bebé.

Marie-Claire la miró con desdén.

—Es un granjero, Iris. Ni siquiera es terrateniente. No tiene tierras.

—¿De verdad eres tan estirada?

—¿Y tú?

Iris retrocedió al escuchar aquella acusación.

—¿Qué quieres decir con eso?

—No lo sé. —Marie-Claire la miró con frustración—. Pero dime, ¿a tu familia le habría gustado que te casaras con un granjero? ¿O en tu caso no cuenta porque tu abuelo era conde?

Se acabó. Iris ya había tenido suficiente.

—Cierra la boca —le espetó—. No tienes ni idea de lo que estás diciendo. Si el título de mi abuelo me diera la libertad de hacer lo que me diera la gana, no me habría casado con tu hermano.

Marie-Claire la miró boquiabierta.

—Richard me besó y me vi obligada a casarme con él —espetó Iris.

Odiaba recordarlo. No quería acordarse de haber pensado que quizá la deseara, que tal vez había sentido tanta necesidad por ella que no pudo contenerse. Pero la verdad no era tan romántica. Ya estaba empezando a darse cuenta de que nunca lo era.

Se volvió hacia Marie-Claire con un brillo duro en la mirada.

—Te aseguro que si me hubiera quedado embarazada de un granjero, me habría casado con él. —Guardó silencio un momento—. Asumiendo, claro está, que la intimidad compartida hubiera sido consensuada.

Marie-Claire no dijo nada, así que Iris añadió:

—Por lo que cuentas sobre tu hermana y el señor Burnham, asumo que sus relaciones son consensuadas.

La joven asintió con aspereza.

—Aunque yo no los vi —murmuró.

Iris apretó los dientes y los puños con la esperanza de que el gesto bastara para acallar las ganas que tenía de coger del cuello a Marie-Claire. No se podía creer que estuvieran manteniendo esa conversación. Aquella chica no sólo sabía que John Burnham era el padre del bebé de Fleur. No sólo había decidido no decir nada. Lo que más enfurecía a Iris era que Marie-Claire parecía estar convencida de haber hecho lo correcto guardando silencio.

Por el amor de Dios, ¿es que vivía rodeada de idiotas?

—Necesito volver a la casa —anunció Iris.

Se dio media vuelta y empezó a subir la colina. El sol estaba llegando a lo más alto del cielo y soplaba una brisa agradable y cálida, pero lo único que quería era encerrarse en su habitación, cerrar la puerta y no hablar con nadie.

—Iris —dijo Marie-Claire, y percibió algo en su voz que la hizo vacilar.

—¿Qué? —le preguntó con cansancio.

La joven se detuvo unos segundos y parpadeó muy deprisa. Y entonces dijo:

—Richard no ha… Quiero decir, él no…

—¡Claro que no! —exclamó Iris horrorizada ante la mera sugerencia.

Quizá Richard la hubiera sorprendido con sus avances, pero nunca la había forzado. Él jamás haría algo así. Era muy buen hombre.

Iris tragó saliva. No quería pensar en las virtudes de su marido.

—Y tú le quieres —dijo Marie-Claire en voz baja—. ¿Verdad?

Apretó los dientes y respiró hondo. Estaba muy furiosa. No podía negarlo, pero tampoco pensaba decirlo en voz alta. Tenía demasiado orgullo como para hacer una cosa así.

—Estoy cansada —le dijo.

Marie-Claire asintió y se volvieron hacia la casa. Pero apenas habían dado diez pasos cuando a Iris se le ocurrió algo.

—Espera un momento —dijo—. ¿Por qué Fleur no ha dicho nada?

—¿Disculpa?

—¿Por qué mintió?

Marie-Claire se encogió de hombros.

—Debe de preocuparse por el señor Burnham —la presionó Iris.

La joven se volvió a encoger de hombros. A Iris le dieron ganas de azotarla.

—Me has dicho que salía a escondidas para verlo —prosiguió Iris—. Eso parece indicar cierta preocupación.

—Bueno, nunca se lo pregunté —contestó Marie-Claire—. Era evidente que intentaba ocultarlo. ¿No lo harías tú también?

Iris soltó un suspiro cargado de frustración.

—¿Tienes alguna hipótesis? —le preguntó con una lentitud que resultaba casi insultante—. ¿Tienes alguna hipótesis para explicar que tu hermana haya mentido sobre la identidad del padre de su hijo nonato?

Marie-Claire la miraba como si fuera imbécil.

—Es un granjero. Ya te lo he dicho.

Iris tenía muchas ganas de darle una bofetada.

—Comprendo que no sea la clase de hombre con el que soñara casarse, pero si se preocupa por él, siempre será mejor que se case con John que tener un hijo siendo soltera.

—Pero no se va a casar con él —señaló Marie-Claire—. Te va a dar el bebé a ti.

—Yo no estaría tan segura de eso —murmuró Iris.

Fleur nunca había accedido al plan de Richard. Puede que él creyera que el silencio de su hermana significaba su aceptación, pero Iris no era tan crédula.

Marie-Claire suspiró.

—Estoy segura de que se dio cuenta de que no se podía casar con John Burnham por muy enamorada que estuviera de él. No pretendo ser poco comprensiva. De verdad que no. Pero tú no eres de por aquí, Iris. No sabes cómo son las cosas en este sitio. Fleur es una Kenworthy. Hace siglos que somos la familia con más tierras de Flixton. ¿Sabes qué clase de escándalo generaría que se casara con un granjero?

—No puede ser peor que la alternativa que tenemos —opinó Iris.

—Es evidente que ella debe de pensar lo mismo que yo —dijo Marie-Claire—. Y su opinión es la que cuenta, ¿no crees?

Iris la miró fijamente un buen rato y luego contestó:

—Tienes razón.

Luego se dio media vuelta y se marchó a toda prisa. Que el cielo ayudara a Fleur cuando la encontrara.

—¡Espera! —gritó Marie-Claire levantándose la falda para correr tras ella—. ¿Adónde vas?

—¿Adónde crees tú que voy?

—No lo sé. —El tono de Marie-Claire parecía un tanto sarcástico, cosa que hizo vacilar a Iris. Cuando la miró por encima del hombro, la joven le preguntó—: ¿Vas a hablar con Fleur o con Richard?

Y la puso en un brete. Ni siquiera había pensado en ir a contárselo directamente a Richard. Pero quizá fuera lo que debería hacer. Era su marido. ¿No debería ser su prioridad?

Debería… pero era Fleur a quien correspondía revelar su secreto.

—¿Y bien? —quiso saber Marie-Claire.

—Con Fleur —espetó Iris.

Pero si Fleur no hacía lo correcto y decidía no contárselo a Richard, Iris estaría encantada de hacerlo por ella.

—¿De verdad? —preguntó Marie-Claire—. Creía que irías directamente a hablar con Richard.

—¿Y entonces para qué preguntas? —terció retomando el paso colina arriba.

La adolescente ignoró su comentario.

—Fleur no te dirá ni una sola palabra, ¿sabes?

Iris se detuvo el tiempo suficiente como para lanzarle una furiosa mirada a la joven.

—Tú lo has hecho.

Marie-Claire se quedó de piedra.

—No le dirás que te lo he dicho yo, ¿verdad?

Iris se volvió y le lanzó una mirada de incredulidad. Y entonces dijo una palabra que no había dicho en su vida y retomó el paso.

—¡Iris! —gritó su nueva hermana corriendo junto a ella—. ¡Me matará!

—¿De verdad es eso lo que te preocupa?

Marie-Claire se vino abajo.

—Tienes razón. —Y luego lo repitió—. Tienes razón.

—Ya lo creo que tengo razón —reconoció Iris por lo bajo.

Siguió caminando a paso ligero. Era increíble la energía que daba blasfemar un poco.

—¿Y qué le vas a decir?

—Pues no lo sé. Puede que le pregunte si está mal de la cabeza.

La joven se quedó boquiabierta. Y entonces, después de dar unos brincos para seguirle el paso, preguntó:

—¿Puedo mirar?

Se dio media vuelta. Marie-Claire reculó un poco e Iris imaginó que la maldad debía de brillar en sus ojos.

—Estoy a un paso de arrancarte la cabeza con un palo de críquet —siseó—. No, no puedes mirar.

Marie-Claire adoptó una expresión casi reverente.

—¿Mi hermano ya sabe lo violenta que eres?

—Es posible que lo averigüe antes de que acabe el día —murmuró.

Apretó de nuevo el paso.

—¡Voy contigo! —gritó Marie-Claire por detrás de ella.

Iris resopló. No se molestó en contestar.

La joven apareció a su lado.

—¿No quieres saber dónde está?

—Está en el invernadero de naranjos.

—¿Qué… Cómo lo sabes?

—La vi paseando por el camino cuando tú y yo salimos de casa —espetó Iris. Y luego sintió la ridícula necesidad de defenderse y añadió—. Soy muy observadora. Es mi forma de ser.

Pero por lo visto no se le daba tan bien como ella creía. O quizá el único problema fuera que Fleur era muy buena mentirosa. Pero eso daba igual. La verdad había salido a la luz. E Iris estaba a punto de llegar al fondo de la cuestión.

# 24

$\mathscr{R}$ichard no había dormido. O por lo menos eso creía. Había cerrado los ojos una o dos veces en toda la noche, pero si había conseguido descansar, habría sido a ratos. Recordaba haberse dormido al alba; eran casi las diez y media cuando se levantó, y las once cuando estuvo listo para bajar al comedor.

Su ayudante de cámara había conseguido darle cierta apariencia de caballero, pero Richard sólo tuvo que mirarse una vez al espejo para darse cuenta de que se veía casi tan mal como se sentía, que era lo mismo que decir que estaba cansado.

Abatido.

Y básicamente desolado.

Cuando pasó por delante del dormitorio de Iris advirtió que la puerta estaba abierta y oyó el trajín de las criadas en el interior de la estancia, cosa que indicaba que su mujer ya se había levantado. Sin embargo cuando llegó al comedor no la vio por ninguna parte.

Tampoco había ni rastro del desayuno, pero eso no lo decepcionó tanto.

Tamborileó los dedos sobre el aparador mientras se preguntaba qué debía hacer. Supuso que lo mejor era que se dedicara a repasar las cuentas. Le rugía el estómago, pero podía aguantar hasta el mediodía. Tampoco es que tuviera tantas ganas de comer.

—¡Ya estás aquí, muchacho!

Miró en dirección a la puerta que conducía a las cocinas.

—Buenos días, señora Hopkins.

Richard sonrió. Sólo lo llamaba «muchacho» cuando estaban a solas. Y a él le gustaba. Le recordaba a su infancia.

JULIA QUINN

Le lanzó una mirada un tanto reprobadora.

—¿Buenos días? Es un poco tarde, ¿no crees? Hacía años que no te levantabas tan tarde.

—No he dormido bien —admitió pasándose la mano por el pelo.

Ella asintió con complicidad.

—Tu mujer tampoco.

A Richard le dio un brinco el corazón, pero se obligó a disimular.

—¿Has visto a lady Kenworthy esta mañana?

—Un momento. Ha salido con tu hermana.

—¿Con Fleur?

Le costaba de creer.

La señora Hopkins negó con la cabeza.

—Con Marie-Claire. Me ha dado la impresión de que lady Kenworthy no tenía la intención de levantarse tan temprano.

¿Temprano? ¿Iris?

—Aunque no era temprano para mí, claro —prosiguió la señora Hopkins—. Cuando la he visto ya eran más de las diez. No ha desayunado.

—¿No le han subido el desayuno a la cama?

La señora Hopkins lanzó una carcajada desaprobadora.

—Marie-Claire la estaba apremiando. Pero le di algo para que comiera por el camino.

—Gracias.

Richard se preguntó si debía hacer algún comentario para dejar claro que una mujer en el «estado» de Iris debía comer bien. Parecía la clase de comentario propio de un buen marido.

Y, sin embargo, se escuchó decir:

—¿Dijeron adónde iban?

—Me parece que sólo han salido a pasear. Me encanta verlas actuar como dos buenas hermanas. —El ama de llaves se inclinó hacia delante y esbozó una sonrisa cálida y maternal—. Me gusta mucho tu esposa, señor.

—A mí también —murmuró Richard.

Pensó en la noche en que se conocieron. En principio él no tenía la intención de asistir al concierto de su familia, ni siquiera lo habían invitado. Pero cuando Winston Bevelstoke le contó dónde iba, Richard pensó que podría ser una buena oportunidad para encontrar novia.

Estaba convencido de que Iris Smythe-Smith había sido la mejor casualidad de su vida.

Cuando la besó se quedó prendado. No se trataba sólo de deseo, aunque era evidente que era una emoción que sentía en abundancia. Se había sentido abrumado por la necesidad de percibir la calidez de su cuerpo y respirar el mismo aire que ella.

Quería estar a su lado. Quería estar con ella, en todos los sentidos.

La amaba. Amaba a Iris Kenworthy con cada rincón de su alma, y era muy probable que hubiera destruido la única oportunidad que tenían de ser felices para siempre.

Richard estaba convencido de que estaba haciendo lo correcto. Quería proteger a su hermana. Estaba dispuesto a sacrificar incluso su derecho de nacimiento para salvar la reputación de Fleur.

Pero ahora Fleur parecía decidida a autodestruirse. No sabía cómo salvar a una mujer que no quería que la salvaran. Pero debía intentarlo. Era su hermano y había jurado protegerla. Pero quizá hubiera otra forma de hacerlo.

Tenía que haber otra forma.

Richard amaba demasiado a Iris como para que no hubiera otra salida.


*I*ris había cruzado los campos de Maycliffe en un tiempo récord, pero cuando llegó al invernadero de los naranjos, no vio a Fleur por ninguna parte. Probablemente fuera lo mejor. Había tardado casi una hora en deshacerse de Marie-Claire. Era evidente que la amenaza del palo de críquet no había bastado para que la dejara en paz.

Cuando Iris encontró a Fleur, la joven estaba podando un rosal que crecía al sur de la casa. Era evidente que se había vestido para practicar la jardinería. Llevaba un vestido marrón desgastado y viejo, se había recogido el pelo de cualquier manera y algunos mechones se descolgaban por sus hombros. Había dejado una manta azul sobre un banco de piedra junto a tres naranjas poco maduras y un pedazo de pan y otro de queso.

—Has encontrado mi rincón secreto —anunció Fleur levantando un momento la vista cuando entró Iris.

Examinó el zarzal con una mirada crítica antes de acercar unas tijeras con el mango muy largo a la planta. Las hojas de la cizalla se unieron con un salvaje silbido y cortaron una rama.

Iris entendía muy bien que hubiera quien considerara la jardinería una actividad muy satisfactoria.

—Mi madre hizo construir este lugar —explicó Fleur valiéndose de la cizalla para coger la rama muerta y arrancarla del amasijo de zarzas.

Iris miró a su alrededor. El rosal crecía en círculo y sus ramas creaban un pequeño espacio escondido. Todavía no habían florecido del todo, pero Iris imaginaba lo exuberante y fragante que sería cuando pasaran algunos meses.

—Es precioso —reconoció—. Muy apacible.

—Lo sé —respondió Fleur con sequedad—. Suelo venir aquí cuando quiero estar sola.

—Qué bien —dijo Iris.

Esbozó una sonrisa inexpresiva y se adentró en el círculo.

Fleur la miró apretando los labios.

—Tú y yo tenemos que hablar —espetó Iris.

—¿Ah, sí? —se oía el ruido de las tijeras al cortar—. ¿Acerca de qué?

—Acerca del padre de tu bebé.

Fleur dejó de cortar ramitas, pero se recuperó en seguida y alargó la mano para agarrar una rama particularmente fea.

—No sé de qué hablas.

Iris no dijo nada. Era demasiado hábil para caer en eso.

La hermana de Richard no se dio la vuelta, pero no pasaron ni diez segundos cuando repitió:

—No sé de qué hablas.

—Ya te he oído.

El ruido de los cortes de la tijera aceleró.

—¿Y entonces qué…? ¡Au!

—¿Una espina? —preguntó Iris.

—Podrías demostrar un poco de compasión —rugió Fleur chupándose el dedo herido.

Iris resopló.

—Apenas sangras.

—Pero duele de todas formas.

—¿Ah, sí? —Iris le lanzó una mirada inexpresiva—. Tengo entendido que el parto es bastante más doloroso.

Fleur la fulminó con la mirada.

—Aunque no para mí, claro —comentó Iris con serenidad—. Mi primer parto será sin dolor. Supongo que no me costará mucho dar a luz a una almohada.

Fleur se quedó helada. Se llevó el dedo herido a la boca muy despacio. Cuando habló lo hizo con firmeza y ferocidad.

—No pienso darte mi bebé.

Iris recibió su comentario con la misma intensidad y le siseó:

—¿De verdad piensas que lo quiero?

Fleur abrió la boca sorprendida, aunque Iris imaginó que su asombro no se debía a lo que le había dicho. Ella ya había dejado bien claro que era reticente a participar de los planes de Richard. Pero el tono que había empleado… bueno, no se podría haber definido como amable. A decir verdad, no estaba segura de que pudiera adoptar un tono amable para mantener aquella conversación.

—Eres muy fría —la acusó Fleur.

Iris estuvo a punto de poner los ojos en blanco.

—Al contrario, seré una tía cálida y amorosa.

—Las dos queremos lo mismo —protestó Fleur—. Las dos queremos que yo me quede con el bebé. ¿Por qué estamos discutiendo?

—¿Por qué lo estás haciendo todo tan difícil? —contestó Iris.

Fleur levantó la barbilla con aire desafiante, pero estaba empezando a perder parte de su valor. Miraba hacia un lado, luego bajaba la vista y acabó posando la vista en la hierba cerca de sus pies.

—Quiero que me digas la verdad —exigió Iris.

La joven no dijo nada.

—La verdad, Fleur.

—No sé de qué hablas.

—Deja de mentir —espetó Iris—. Marie-Claire me lo ha contado todo.

Fleur levantó la cabeza de golpe, pero parecía recelosa. Entonces Iris recordó que la joven no sabía que su hermana estaba al corriente de su relación con el señor Burnham. Iris sabía que no conseguiría ninguna respuesta si no empezaba a hacer preguntas más específicas.

—Marie-Claire me ha dicho quién es el padre de tu bebé —dijo—. Lo sabe. Y ahora yo también lo sé.

Fleur palideció, pero seguía sin admitir nada. Su fortaleza resultaba casi admirable.

—¿Por qué no le dices a Richard que John Burnham es el padre? —preguntó Iris—. ¿Por qué narices quieres que piense que el niño es de un sinvergüenza como William Parnell?

—¡Porque William Parnell está muerto! —espetó Fleur. Se sonrojó. Estaba muy enfadada, pero tenía una mirada desesperada, casi perdida—. Richard no puede casarme con un hombre muerto.

—Pero el señor Burnham está vivo. Y es el padre de tu bebé.

Fleur estaba negando con la cabeza, aunque no parecía que lo negara.

—Eso no importa —repetía—. Eso no importa.

—Fleur…

—Me puedo ir a otro sitio. —La joven alargó el brazo y dibujó un enorme e histérico círculo en el aire. No se dio cuenta de que Iris tuvo que agacharse para esquivar la punta de las tijeras—. Puedo fingir ser viuda. ¿Por qué Richard no me deja hacer eso? Nadie lo sabrá. ¿Quién se va a enterar?

Iris se agachó cuando Fleur volvió a agitar las tijeras.

—¡Suelta esa maldita cizalla!

Su cuñada respiró hondo y se quedó mirando la cizalla horrorizada.

—Lo siento —tartamudeó—. Lo siento mu-mu… —Dejó la cizalla encima del banco con las manos temblorosas. Sus movimientos eran len-

tos y cuidadosos, como si fueran premeditados—. Me voy a marchar
—anunció con sosegada histeria—. Me convertiré en una viuda. Será lo
mejor para todos.

—Por el amor de... —Iris guardó silencio y trató de controlarse.
Respiró hondo un par de veces y soltó el aire muy despacio—. No estás
pensando con claridad —le dijo—. Sabemos mejor que nadie que si
quieres ser la madre de este niño tienes que estar casada.

Fleur se rodeó con los brazos y desvió la mirada hacia el horizonte,
que se atisbaba por la puerta del cenador.

Entonces Iris formuló por fin la pregunta clave.

—¿Él lo sabe?

Fleur se quedó tan quieta que se puso a temblar. Negó con la cabeza
tan despacio que el movimiento apenas fue perceptible.

—¿Y no crees que deberías decírselo?

—Le rompería el corazón —susurró.

—¿Porque...? —la animó Iris.

No fue su intención hablarle con un tonó burlón. La verdad era que
tampoco tenía mucha paciencia cuando empezó aquella conversación. Y
ya no le quedaba ninguna.

—Porque él me quiere —reconoció Fleur.

Iris cerró los ojos y trató de recuperar la paciencia y la tranquilidad.
Entonces preguntó:

—¿Y tú a él?

—¡Claro que sí! —gritó Fleur—. ¿Qué clase de mujer crees que
soy?

—No lo sé —reconoció Iris. Y cuando vio que Fleur la miraba ofen-
dida, añadió un tanto enfadada—: ¿Acaso tú sabes qué clase de mujer
soy yo?

Fleur se quedó tiesa como una tabla, pero al final bajó la barbilla y
dijo:

—Tienes razón.

—Si quieres al señor Burnham —dijo Iris con más paciencia de la
que tenía en realidad—, estoy segura de que comprenderás que debes decirle lo del bebé para que se case contigo. Soy muy consciente

de que no es la clase de hombre que tu familia habría querido para ti, pero...

—¡Es un buen hombre! —la interrumpió Fleur—. No pienso dejar que lo menosprecies.

«Ayúdame, Dios mío», pensó Iris. ¿Cómo podía mantener una conversación con sentido cuando cada frase que decía Fleur contradecía lo anterior que había afirmado?

—Jamás se me ocurriría hablar mal del señor Burnham —admitió Iris con mucha cautela—. Sólo estaba diciendo que...

—Es un hombre maravilloso. —Fleur se cruzó de brazos con agresividad e Iris se preguntó si la joven sería consciente de que nadie se lo estaba discutiendo—. Es honorable y sincero.

—Por supuesto...

—Es mucho mejor que cualquiera de esos que asisten a las reuniones locales y se hacen llamar caballeros —espetó con un tono burlón.

—Pues cásate con él.

—¡No puedo!

Iris inspiró hondo por la nariz para tranquilizarse. Nunca sería la clase de mujer que abrazara a sus amigas y hermanas y les dijera «tranquila, ya pasó».

Decidió que no le importaba aceptarlo.

Pero sí era una mujer directa e incluso feroz y, desde luego, muy capaz de gritar:

—¡Por el amor de Dios, Fleur! ¿Qué narices te pasa?

Su cuñada parpadeó. Y dio un paso atrás. Retrocedió con verdadera preocupación en los ojos.

Iris tuvo que esforzarse para dejar de apretar los dientes.

—Ya has cometido un error. No le sumes otro.

—Pero...

—Dices que le amas, pero no lo respetas lo suficiente como para decirle que va a ser padre.

—¡Eso no es verdad!

—Sólo se puede deducir que tu rechazo se debe a su estatus social —razonó Iris.

La joven asintió con amargura.

—Pues si ese es el caso —espetó Iris sacudiendo un dedo peligrosamente cerca de la nariz de Fleur—, deberías haberlo tenido en cuenta antes de entregarle tu virginidad.

La hermana de Richard se plantó.

—No fue así.

—No te voy a discutir eso porque yo no estaba allí. Sin embargo —prosiguió Iris cuando vio que Fleur abría la boca para discutir—, lo que sí es cierto es que te acostaste con él y ahora estás embarazada.

—¿Crees que no lo sé?

Iris decidió ignorar su pregunta; era absurda.

—Deja que te pregunte algo —prefirió decir—: si tan preocupada estás por tu posición, ¿por qué te niegas a la posibilidad de que Richard adopte tú bebé? Supongo que serás consciente de que esa es la única forma de proteger tu reputación.

—Porque es mi hijo —protestó Fleur—. No puedo abandonarlo sin más.

—Pero no se lo entregarías a un extraño —le recordó Iris con toda la crueldad que pudo.

Tenía que presionarla todo lo que pudiera. No se le ocurría otra forma de hacerla entrar en razón.

—¿Acaso no te das cuenta de que eso es casi peor? —Fleur enterró la cara en sus manos y empezó a llorar—. Tendré que sonreír cuando mi hijo me llame «tía Fleur». Tendré que fingir que no me muero cada vez que te llame «mamá».

—Pues cásate con el señor Burnham —le suplicó Iris.

—No puedo.

—¿Por qué narices no puedes?

El horrible lenguaje de Iris pareció sorprender momentáneamente a Fleur, que la miró parpadeando.

—¿Es por Marie-Claire?

La joven levantó la cabeza muy despacio, tenía los ojos húmedos, rojos y rebosantes de desolación. No asintió, pero no hacía falta. Iris ya tenía su respuesta.

Marie-Claire lo había dejado muy claro aquella mañana. Si Fleur se casaba con el granjero de su hermano, el escándalo sería mayúsculo. La hermana mayor de Richard nunca volvería a ser bienvenida en ninguna de las casas de las buenas familias de la zona. Todas las familias con las que había socializado se darían media vuelta y fingirían no verla cuando se cruzaran con ella en el pueblo.

—Los británicos no vemos con buenos ojos a los que deciden cambiar una clase social por otra —comentó Iris con ironía—, ya sea hacia arriba o hacia abajo.

—Exacto —confirmó Fleur esbozando una pequeña y vacilante sonrisa desprovista de humor. Tocó un capullo de rosa cerrado y deslizó los dedos por los pálidos pétalos de color rosa. Se volvió de repente y miró a Iris con una expresión tan vacía que resultaba desconcertante—. ¿Sabes que existen más de cien especies de rosas?

Iris negó con la cabeza.

—Las plantó mi madre. Me enseñó muchas cosas. Estas de aquí —Fleur pasó la mano por las hojas de las trepadoras que tenía detrás— son rosas centifolias. A la gente le gustan mucho porque tienen muchos pétalos. —Se inclinó hacia delante e inspiró por la nariz—. Y huelen bastante.

—Rosas repollo —murmuró Iris.

Fleur alzó las cejas sorprendida.

—Tú también sabes mucho sobre rosas.

—Bueno, eso es casi todo lo que sé —admitió Iris.

No sabía adónde quería llegar su cuñada con aquel argumento, pero por lo menos había dejado de llorar.

Fleur guardó silencio un momento mientras miraba las flores. La mayoría todavía eran capullos y sus pétalos eran de unos tonos de rosa más oscuros que las que ya se habían abierto.

—Piensa en esto un momento —prosiguió—. Todas estas rosas son de la misma variedad. Cada una de ellas. Cuando florecen todas son del mismo tono de rosa. —Miró por encima de Iris—. A mi madre le gustaba la uniformidad.

—Es muy bonito —le concedió Iris.

—¿Verdad que sí? —Fleur dio algunos pasos y se detuvo a oler las flores—. Pero no es la única forma de cultivar un jardín bonito. Podría haber elegido cinco clases distintas de centifolias. O diez. Podría haber plantado algunas de color violeta. Distintos tonos de rosa. No hay ningún motivo por el que tengan que ser todas iguales.

Iris asintió. Era evidente que Fleur ya no estaba hablando sobre rosas.

—Podría plantar flor de seda. O rosa francesa. Sería un poco raro verlas en este jardín, pero crecerían.

—Incluso podrían extenderse —añadió Iris en voz baja.

Fleur se volvió con brusquedad hacia ella.

—Podrían extenderse —repitió. Y luego dejó escapar un cansado suspiro y se sentó en el pequeño banco de piedra—. Las rosas no son el problema. El problema son los ojos de quienes las miran.

—Normalmente sí —admitió Iris.

La hermana de Richard levantó la vista, ya no tenía la mirada triste.

—En este momento mi hermana pequeña es la señorita Kenworthy de Maycliffe, hermana de Richard Kenworthy, *baronet*. Quizá no llamara mucho la atención en Londres, pero aquí, en nuestro rincón de Yorkshire, será una de las jovencitas más codiciadas cuando cumpla la mayoría de edad.

Iris asintió.

Fleur se levantó de repente. Le dio la espalda a Iris y se rodeó el cuerpo con los brazos.

—Aquí también tenemos fiestas, ¿sabes? Y bailes, y reuniones. Marie-Claire tendrá la oportunidad de conocer a docenas de caballeros. Y espero que se enamore de alguien. —Entonces levantó lo suficiente la cabeza por encima del hombro como para que Iris le viera el perfil de la cara—. Pero si me caso con John…

—Tienes que casarte con John —dijo Iris con suavidad.

—Si me caso con John —prosiguió Fleur levantando la voz, como si pudiera llevarle la contraria a Iris con sólo elevar el tono—, Marie-Claire se convertirá en la hermana de esa chica de los Kenworthy, la que se casó con un campesino. No la invitarán a ninguna fiesta y no tendrá la oportunidad de conocer a ningún joven. Si llega a casarse algún día, será con algún mercader gordo y viejo que sólo codiciará su nombre.

—Debo advertirte que varios de esos caballeros entre los que podrá elegir esposo también serán gordos y viejos —le advirtió Iris—, y también habrá quien la quiera sólo por su nombre.

Fleur se volvió con aspereza e ira en la mirada.

—Pero no se verá obligada a casarse con ellos. No es lo mismo. ¿No te das cuenta? Si me caso con John, no, seamos sinceros, si elijo casarme con John, Marie-Claire ya no podrá elegir. Mi libertad acabaría con la de mi hermana. ¿En qué clase de persona me convertiría eso?

—Pero tú no tienes elección —le recordó Iris—. Por lo menos la que tú crees. O bien te casas con el señor Burnham o nos dejas fingir que el bebé es nuestro. Si te marchas y finges ser viuda, te encontrarán. ¿De verdad piensas que nadie se dará cuenta de lo que has hecho? Y cuando eso suceda, arruinarás la reputación de Marie-Claire mucho más profundamente que si estuvieras casada con el señor Burnham.

Iris se cruzó de brazos y aguardó a que Fleur pensara en lo que le había dicho. Era probable que estuviera exagerando. Inglaterra era un país muy grande, quizá no fuera tan extenso como Francia o España, pero se tardaba una semana entera en cruzarlo de punta a punta. Si Fleur se marchaba a vivir al sur, era muy probable que consiguiera vivir toda la vida fingiendo ser viuda sin que lo descubriera nadie.

Pero esa no podía ser la mejor solución.

—Ojalá... —Fleur se volvió con una triste sonrisa en los labios—. Me gustaría... —Suspiró—. Quizá si fuera de tu familia, si mi primo fuera conde y mi prima se hubiera casado con uno...

Iris pensó que eso no supondría ninguna diferencia. Y menos para una señorita de buena cuna que quisiera casarse con un granjero. Sin embargo, le dijo:

—Yo te apoyaré.

Fleur la miró sorprendida.

—Y Richard también —afirmó Iris con la esperanza de estar en lo cierto—. Provocaremos un escándalo y habrá personas que yo no querrán relacionarse contigo, pero Richard y yo nos quedaremos a tu lado.

Tú y el señor Burnham siempre seréis bienvenidos en nuestra casa, y cuando demos fiestas, seréis nuestros invitados más especiales.

Su cuñada le sonrió agradecida.

—Eres muy amable —le dijo, pero tenía una expresión condescendiente.

—Eres mi hermana —le recordó Iris.

A Fleur se le iluminaron los ojos y asintió como si no confiara en su voz. Entonces, justo cuando Iris se estaba preguntando si la conversación habría terminado, la hermana de Richard levantó la vista con una renovada claridad en los ojos y dijo:

—Nunca he estado en Londres.

Iris parpadeó confundida por el repentino cambio de tema.

—¿Disculpa?

—Nunca he estado en Londres —repitió Fleur—. ¿Lo sabías?

Iris negó con la cabeza. Londres era un hervidero, estaba lleno de gente. Parecía imposible que existiera alguien que no hubiera estado allí.

—La verdad es que nunca he querido ir. —La joven se encogió de hombros y miró a Iris con complicidad—. Ya sé que crees que soy una desconsiderada y una frívola, pero yo no necesito seda, satén ni que me inviten a las mejores fiestas. Lo único que quiero es un hogar cálido, buena comida y un marido que me pueda proporcionar todo eso. Pero Marie-Claire…

—¡Ella puede ir a Londres! —espetó Iris levantando la cabeza de golpe—. Cielo santo, ¿por qué no había pensado antes en eso?

Fleur se quedó mirándola.

—No te entiendo.

—Mandaremos a Marie-Claire con mi madre —explicó Iris emocionada—. Ella se encargará de presentarla en sociedad.

—¿Tu madre estaría dispuesta?

Iris agitó la mano ignorando la ridícula pregunta. Para cuando Marie-Claire tuviera la edad adecuada, Daisy ya estaría casada y se habría marchado de casa. La madre de Iris estaría desolada sin una hija que poder pasear por el mercado del matrimonio.

Sí, Marie-Claire encajaría a la perfección.

—Yo tendría que acompañarla durante un tiempo —dijo Iris—, pero eso no supondría ningún problema.

—Pero la gente hablaría… Incluso en Londres. Si me caso con John…

Fleur no fue capaz de acabar la frase. Por primera vez desde que Iris la conoció había esperanza en sus ojos.

—La gente sólo sabrá lo que nosotros les contemos —afirmó Iris con firmeza—. Para cuando mi madre acabe con tu hermana, tu señor Burnham será conocido como un pequeño pero respetable terrateniente, justo la clase de hombre sobrio y serio con el que debería casarse una chica como tú.

Y quizá para entonces fuera terrateniente. Iris pensaba que Mill Farm sería una buena dote. John Burnham pasaría de ser granjero a terrateniente y, después de haberse casado con Fleur Kenworthy, pasaría a ser un auténtico caballero.

La situación provocaría un buen escándalo, de eso no había duda. Pero no sería tan duradero como el que les perseguiría si Fleur diera a luz a un hijo bastardo, y nada que Marie-Claire no pudiera evitar a trescientos kilómetros de distancia, en Londres, y arropada por toda la familia de Iris.

—Ve a decírselo —la animó Iris.

—¿Ahora?

Iris estuvo a punto de ponerse a reír de felicidad.

—¿Hay algún motivo para esperar?

—Bueno, no, pero… —Fleur la miró con desesperación—. ¿Estás segura?

Iris alargó el brazo y le estrechó las manos.

—Ve a buscarlo. Dile que va a ser padre.

—Se va a enfadar —susurró Fleur—. Le molestará que no se lo haya dicho antes.

—Y tiene todo el derecho. Pero si te quiere lo comprenderá.

—Sí —contestó Fleur como si tratara de convencerse a sí misma—. Sí. Sí, creo que sí.

—Ve —la animó Iris cogiéndola por los hombros y dirigiéndola a la salida del cenador—. Ve.

Fleur empezó a caminar, pero entonces se dio media vuelta y abrazó a Iris. Ella intentó devolverle el abrazo, pero antes de que pudiera siquiera moverse, la hermana mayor de Richard ya se había marchado y corría con la falda y el pelo al viento, preparada para embarcarse en su nueva vida.

# 25

Richard pensó que la situación tenía cierta ironía. Por fin estaba dispuesto a declararse, transformar su vida, abandonarse a la clemencia de su mujer, y no la encontraba por ninguna parte.

—¡Iris! —gritó.

Se dirigió hacia el oeste siguiendo la dirección que le había indicado uno de los mozos, pero el único rastro que encontró de ella fue medio panecillo que vio junto a unos arbustos, tesoro que estaba siendo atacado por una pequeña bandada de cuervos.

Se irritó, pero no se desanimó. Subió de nuevo la colina en dirección a la casa y, una vez dentro, la recorrió en un tiempo récord, dando portazos y asustando a las criadas. Al final se topó con Marie-Claire, que estaba enfurruñada en el salón. Observó su postura: la niña se había cruzado de brazos y estaba dando golpecitos con el pie muy enfadada. Al verla decidió que no quería saber el motivo de su enfado.

Pero necesitaba su ayuda.

—¿Dónde está mi mujer? —le preguntó.

—No lo sé.

Richard hizo un ruido que debió de parecer un rugido.

—¡Que no lo sé! —protestó Marie-Claire—. Estaba con ella hace un rato, pero se marchó.

A Richard se le encogió el corazón.

—¿Se marchó?

—Me puso la zancadilla —la acusó Marie-Claire muy enfadada.

—Un momento, ¿qué? —Richard intentó comprender lo que le estaba diciendo—. ¿Que te puso la zancadilla?

—¡Sí! Salíamos del invernadero y estiró el pie para ponerme la zancadilla. Me podría haber hecho mucho daño.

—¿Te has lastimado?

Marie-Claire frunció el ceño y reconoció a regañadientes:

—No.

—¿Y adónde ha ido?

—No lo sé seguro —espetó Marie-Claire—, estaba demasiado ocupada comprobando que todavía podía caminar.

Richard se pasó la mano por la frente. No debería ser tan difícil encontrar a una mujer tan menuda.

—¿Por qué estabais en el invernadero? —le preguntó.

—Buscábamos a Fle…

Marie-Claire cerró la boca, pero Richard no entendió el motivo de su repentino silencio. Normalmente sospecharía de la actitud de su hermana. Pero en ese momento no tenía paciencia para esas cosas.

—¿Y qué quería de Fleur?

Marie-Claire apretó los labios con firmeza.

Richard suspiró con impaciencia. No tenía tiempo para tonterías.

—Bueno, si la ves, dile que la estoy buscando.

—¿A Fleur?

—A Iris.

—Ah. —Su hermana pequeña inspiró enfadada—. Claro.

Richard asintió y se marchó hacia la puerta.

—¡Espera! —lo llamó Marie-Claire.

Pero no lo hizo.

—¿Adónde vas?

Él siguió caminando.

—Al invernadero.

—Pero no está allí —le indicó la adolescente casi sin aliento.

Richard supuso que estaría corriendo para seguirle el paso.

—En casa no está —le recordó encogiéndose de hombros—. Voy a probar en el invernadero.

—¿Puedo acompañarte?

La pregunta hizo que se parara en seco.

—¿Qué? ¿Por qué?

Marie-Claire abrió y cerró la boca varias veces.

—Es que... Bueno, no tengo nada más que hacer.

Su hermano la miró con incredulidad.

—Mientes fatal.

—¡Eso no es verdad! Miento muy bien.

—¿De verdad quieres hablar de esto con tu hermano mayor que además es tu tutor?

—No, pero... —Jadeó—. ¡Allí está Fleur!

—¿Qué? ¿Dónde? —Richard miró hacia donde señalaba su hermana y vio a Fleur, corriendo campo a través—. ¿Qué narices le pasa? —murmuró.

Marie-Claire volvió a jadear, pero esa vez lo hizo con más intensidad. Parecía una acordeón deshinchándose.

Richard se protegió los ojos del sol y los entornó mirando a Fleur. Parecía disgustada. Probablemente debiera correr tras ella.

—¡Adiós!

Sin embargo, antes de que pudiera pestañear, Marie-Claire salió corriendo detrás de Fleur.

Richard se volvió hacia el invernadero, pero luego lo pensó mejor. Lo más probable era que Iris estuviera donde estaba Fleur. Cambió de rumbo hacia el sur, se dirigió colina abajo y volvió a gritar el nombre de Iris.

*No* la encontró. Miró junto al arroyo, en el huerto de fresas que tanto le gustaba a su hermana, regresó hasta el cenador de rosas de su madre, donde advirtió señales de una reciente ocupación, y por fin se rindió y regresó a la casa. Su ridícula ruta le había restado parte de urgencia a su búsqueda y, para cuando entró en su habitación y cerró la puerta tras él, estaba más exasperado que otra cosa. Habría recorrido unos tres kilómetros, la mitad de los cuales los había hecho por el mismo camino y, ahí estaba, otra vez en su habitación sin nada que...

—¿Richard?

Se dio media vuelta.

—¿Iris?

Su mujer estaba en la puerta que conectaba sus habitaciones y tenía la mano apoyada en el marco; se notaba que estaba nerviosa.

—La señora Hopkins me ha dicho que me estabas buscando.

Por poco se le escapa la risa. Buscarla. Por algún motivo le parecía un eufemismo.

Iris ladeó la cabeza y lo miró con una mezcla de curiosidad y preocupación.

—¿Qué pasa?

—Nada.

Richard la miró y se preguntó si alguna vez recuperaría la capacidad de hablar sin necesidad de utilizar monosílabos. Estaba preciosa allí plantada y rodeada de los suaves tonos de rosa procedentes de su dormitorio, que la envolvían como una nube.

No, no estaba preciosa. La palabra «preciosa» ni siquiera se acercaba al término exacto que necesitaba para definir la belleza de su mujer.

No encontraba la palabra. No sabía si existiría alguna palabra adecuada para describir lo que sentía en ese momento y para explicar cómo se le encogía el corazón cada vez que ella lo miraba.

Richard se humedeció los labios, pero ni siquiera parecía capaz de hablar. Lo que tenía era la apremiante necesidad de ponerse de rodillas delante de ella como si fuera un caballero medieval y suplicar su devoción.

Ella dio un paso y se internó en su habitación, luego dio un segundo y se detuvo.

—En realidad —dijo sin poder contenerse—, yo también necesitaba hablar contigo. No te vas a creer lo que...

—Lo siento —espetó Richard.

Ella parpadeó sorprendida y le habló con un hilo de voz desconcertado:

—¿Qué?

—Lo siento —repitió con la voz entrecortada—. Lo siento. Cuando urdí todo el plan, no pensé... No sabía que...

Se pasó la mano por el pelo. ¿Por qué le costaba tanto? Ya había pensado en lo que quería decirle. Mientras recorría los alrededores de la casa gritando su nombre, había practicado un discurso en su cabeza, había puesto a prueba cada frase y cada sílaba. Pero cuando tuvo que enfrentarse a los cristalinos ojos azules de su mujer se sintió perdido.

—Richard —dijo ella—. Debo decirte…

—No, por favor. —Tragó saliva—. Déjame seguir. Te lo suplico.

Ella se quedó de piedra y Richard advirtió en sus ojos que estaba sorprendida de verlo actuar con tanta humildad.

Dijo su nombre, o por lo menos le pareció haberlo dicho. No recordaba haber cruzado la habitación, pero de alguna forma se encontró delante de ella y cogiéndole las manos.

—Te quiero —le dijo.

No pretendía decir eso, por lo menos todavía, pero lo había hecho, era lo más importante y más valioso de todo.

—Te quiero. —Se puso de rodillas—. Te quiero tanto que a veces me duele, pero aunque supiera cómo borrar ese dolor, no lo haría, porque eso por lo menos es algo.

A Iris le brillaron los ojos llenos de lágrimas y Richard advirtió que se le aceleraba el pulso.

—Te quiero —repitió, porque no sabía cómo dejar de decirlo—. Te quiero, y si me dejas hacerlo, pasaré el resto de mi vida demostrándotelo. —Se puso de pie sin soltarle las manos y la miró a los ojos con solemnidad—. Me ganaré tu perdón.

Iris se humedeció los labios temblorosos.

—Richard, no tienes que…

—No, claro que sí. Te he hecho daño. —Le dolía hacer esa terrible afirmación en voz alta—. Te mentí, te engañé y…

—Para —suplicó ella—. Por favor.

¿Estaba viendo el perdón en sus ojos? ¿Aunque sólo fuera una pizca?

—Escúchame —le pidió Richard estrechándole una mano—. No tienes por qué hacerlo. Encontraremos otra forma de arreglarlo. Convenceré a Flor para que se case con otro hombre, o buscaré la forma de reunir los fondos necesarios para que pueda hacerse pasar por viuda. No la veré tanto como me gustaría, pero...

—Para —le interrumpió Iris posándole un dedo en los labios. Estaba sonriendo. Le temblaban los labios, pero era evidente que estaba sonriendo—. Lo digo en serio. Para.

Richard meneó la cabeza sin comprenderla.

—Fleur mintió —dijo Iris.

Él se quedó de piedra.

—¿Qué?

—No me refiero al bebé, sino al padre. No fue William Parnell.

Richard parpadeó tratando de encontrarle algún sentido a sus palabras.

—¿Y entonces quién fue?

Iris se mordió el labio inferior y desvió la mirada con aire vacilante.

—Por el amor de Dios, Iris, si no me lo dices...

—John Burnham —confesó.

—¿Qué?

—Fue John Burnham, tu arrendatario.

—Ya sé quién es —contestó con más aspereza de la que pretendía—. Yo sólo... —Frunció el ceño y se quedó boquiabierto, y era completamente consciente de que parecía un idiota con orejas de burro—. ¿John Burnham? ¿De verdad?

—Me lo ha dicho Marie-Claire.

—¿Marie-Claire lo sabía?

Iris asintió.

—La voy a matar.

Iris frunció el ceño dudosa.

—Para ser justos, la niña no estaba segura de...

Richard la miró desconcertado.

—Fleur no se lo dijo —le explicó—. Marie-Claire lo dedujo sola.

—Lo dedujo —dijo sintiéndose más idiota que nunca—. ¿Y yo no he sido capaz?

—Tú no eres la hermana de Fleur —le recordó como si eso lo explicara todo.

Él se frotó los ojos.

—Por todos los santos. John Burnham. —La miró intentando dejar de poner cara de sorpresa—. John. Burnham.

—Dejarás que se case con él, ¿no?

—No creo que tenga otra elección. El bebé necesita un padre... El bebé tiene un padre. —Levantó la mirada con brusquedad—. ¿No la forzó?

—No —dijo Iris—. En absoluto.

—Claro que no. —Negó con la cabeza—. Ese chico nunca haría una cosa como esa. Un poco sí que lo conozco.

—¿Entonces te cae bien?

—Sí. Ya te lo dije. Es sólo que... tiene... —Suspiró—. Supongo que por eso no me dijo nada. Fleur debió de pensar que yo no lo aprobaría.

—Ese fue uno de los motivos, pero también sufría por Marie-Claire.

—Oh, Dios —rugió Richard.

Aún no había pensado en Marie-Claire. Cuando pasara todo lo que tenía que suceder, su hermana pequeña ya no encontraría una buena pareja.

—No, no te preocupes —lo tranquilizó Iris con la cara iluminada de excitación—. Ya me he ocupado de eso. Y sé cómo resolverlo. La mandaremos a Londres. Mi madre se encargará de ella.

—¿Estás segura?

Richard no comprendía la extraña presión que notaba en el pecho. Se sentía completamente abrumado por Iris, era una mujer brillante con un corazón compasivo. Era todo lo que jamás había comprendido que necesitaba encontrar en una mujer y, gracias a algún milagro, había acabado siendo suya.

—Mi madre no ha dejado de tener una hija en edad casadera desde 1818 —le explicó Iris muy sonriente—. El día que Daisy se marche de casa, no sabrá qué hacer con su vida. Confía en mí, es mejor no cruzarse con ella cuando se aburre. Es una verdadera pesadilla.

Richard se rio.

—No bromeo.

—Ya me imagino —le contestó—. Como bien recordarás, conozco a tu madre.

Iris sonrió con astucia.

—Ella y Marie-Claire harán buenas migas.

Richard asintió. Estaba convencido de que la señora Smythe-Smith lo haría mucho mejor que él. Volvió a mirar a Iris.

—Espero que comprendas que tengo que matar a Fleur antes de dejar que se case con él.

Su esposa sonrió al escuchar aquella tontería.

—Perdónala. Yo ya lo he hecho.

—Pensaba que habías dicho que no eras devota de la caridad cristiana y el perdón.

Iris se encogió de hombros.

—Estoy pasando página.

Richard le cogió la mano y se la llevó a los labios.

—¿Crees que podrás perdonarme?

—Ya lo he hecho —susurró.

Se sintió tan aliviado que fue un milagro que siguiera sosteniéndose en pie. Pero entonces la miró a los ojos, vio sus pálidas pestañas humedecidas por las lágrimas y perdió la cabeza. La cogió de la cara, se la acercó y la besó con la urgencia propia de un hombre que ha estado frente a un precipicio y ha sobrevivido.

—Te quiero —le dijo con aspereza besándola con las palabras—. Te quiero mucho.

—Yo también te quiero.

—Pensaba que nunca te oiría decirlo.

—Te quiero.

—Otra vez —le ordenó.

—Te quiero.

Richard se llevó sus manos a la boca.

—Te adoro.

—¿Es una competición?

Él negó con la cabeza muy despacio.

—Te voy a adorar ahora mismo.

—¿Ahora… mismo?

Iris miró por la ventana. La luz alegre y brillante del sol de la tarde se colaba en la habitación.

—Ya he esperado más que suficiente —rugió cogiéndola en brazos—. Y tú también.

Iris dio un pequeño grito de sorpresa cuando la soltó en la cama. No la soltó desde muy arriba, pero sí lo suficiente como para que rebotara sobre el colchón. Richard aprovechó el momento para tumbarse encima de ella y disfrutó de la primitiva sensación de sentirla debajo de su cuerpo.

Estaba a su merced.

Por fin la podía amar.

—Te adoro —murmuró enterrando la cara en su cuello. Besó el delicado hueco que encontró en su clavícula y disfrutó del suave gemido de placer que se le escapó a Iris. Luego tiró del encaje de su corsé—. He soñado con esto.

—Yo también —admitió ella temblorosa, y jadeó cuando oyó el inconfundible ruido que hizo la tela al romperse.

—Lo siento —dijo Richard lanzando una mirada fugaz a la pequeña rotura que le había hecho al corpiño del vestido.

—No es verdad.

—Pues no —admitió con alegría mordiendo la tela.

—¡Richard! —gritó.

Él levantó la vista. Era como un perro con un hueso y no le importaba nada.

La risa contenida hizo que a ella le temblaran los labios.

—No lo empeores.

Él esbozó una sonrisa de lobo y tiró de la tela con los dientes muy suavemente.

—¿Así?

—¡Para!

Soltó la tela y le bajó el vestido con las manos para dejar al descubierto uno de sus perfectos pechos.

—¿Así?

A Iris se le aceleró la respiración.

—¿O así? —le preguntó con la voz entrecortada para después meterse su pecho en la boca.

Ella gritó y enterró las manos en el pelo de Richard.

—Está claro que tiene que ser así —murmuró él provocándola con la lengua.

—¿Por qué lo siento…? —susurró desesperada.

Richard levantó la vista divertido y repitió:

—¿Por qué lo sientes…?

El rubor que había brotado en las mejillas de Iris se extendió por su cuello y siguió extendiéndose por todo el cuerpo.

—¿Por qué lo siento… ahí abajo?

Quizá fuera un granuja. Puede que fuera muy travieso, pero no pudo evitar humedecerse los labios y susurrar:

—¿Dónde?

Iris se estremeció de deseo, pero no dijo nada.

Él le quitó la zapatilla.

—¿Aquí?

Ella negó con la cabeza.

Richard le deslizó la mano por la pierna hasta llegar a la cara interior de la rodilla.

—¿Aquí?

—No.

Richard sonrió para sí. Ella también estaba disfrutando del juego.

—Y qué me dices… —subió los dedos y los posó en el suave pliegue que anidaba entre la cadera y el muslo de Iris— …¿aquí?

Ella tragó saliva y contestó con un hilo de voz.

—Casi.

Él se acercó un poco más a su objetivo deslizando los dedos por la suave tela que cubría su feminidad. Quería volver a mirarla, a observar esos rizos rubios imposibles a la luz del día, pero eso tendría que esperar. Estaba demasiado ocupado mirándole la cara mientras internaba un dedo en su interior.

—Richard —jadeó.

Él rugió. Iris estaba muy húmeda, completamente preparada para él. Pero era diminuta y, como los dos sabían bien, todavía era virgen. Tendría que hacerle el amor con mucho cuidado, moviéndose despacio y con una suavidad muy alejada del ardiente fuego que rugía en su interior.

—No tienes ni idea de lo que me haces sentir —susurró dándose un momento para recuperar parte de su compostura.

Iris le sonrió y él vio algo tan alegre y abierto en su expresión… Notó cómo se contagiaba de su felicidad hasta que empezó a sonreír como un tonto. Por poco se pone a reír de lo feliz que se sentía sólo de estar con ella.

—¿Richard? —dijo Iris imprimiendo esa misma sonrisa en su voz.

—Estoy muy feliz. —Se sentó y se quitó la camisa—. No puedo evitarlo.

Iris le tocó la cara y deslizó su pequeña y delicada mano por su mandíbula.

—Levántate —le ordenó de repente.

—¿Qué?

—Que te levantes.

Richard se levantó de la cama y tiró de ella.

—¿Qué estás haciendo?

—Me parece —dijo dejando resbalar el vestido de Iris por sus caderas—, que te estoy desnudando.

Ella le miró los pantalones.

—Sí, ya llegaremos a eso —le prometió—. Pero primero…

Encontró los delicados lazos de su camisola y tiró de ellos. Cuando la prenda aterrizó en el suelo como una nube de seda blanca, Richard se quedó sin respiración. Su mujer todavía llevaba las medias puestas, pero no estaba seguro de poder esperar lo suficiente como para quitárselas y, además, Iris le agarró de la cintura y le empezó a desabrochar los botones.

—Vas demasiado despacio —murmuró estirándole de los pantalones.

Richard se puso tenso.

—Intento ser delicado.

La agarró de las nalgas, se la pegó al cuerpo y cayeron juntos sobre la cama. Iris separó las piernas y, sin apenas intentarlo, Richard se encontró en su abertura. Tuvo que emplear hasta el último ápice de su fuerza de voluntad para no penetrarla.

La miró y le preguntó si estaba preparada con los ojos.

Ella lo agarró del trasero y dejó escapar un grito de frustración. Quizá hubiera dicho su nombre. No lo sabía. Lo único que oía mientras embestía hacia delante y se internaba en ella era el rugido de su propia sangre cabalgando por sus venas.

Todo ocurrió muy deprisa. Notó que Iris se ponía tensa y se irguió todo lo que pudo.

—¿Estás bien? ¿Te he hecho daño?

—No pares —rugió ella y entonces dejaron de hablar.

Richard la embistió una y otra vez con una urgencia que no acababa de comprender. Lo único que sabía era que la necesitaba. Necesitaba llenarla, dejar que ella lo consumiera. Quería sentir cómo lo rodeaba con las piernas, notar cómo ella elevaba las caderas para unirse a sus movimientos.

Iris estaba hambrienta, quizá casi tanto como él, y eso potenció el deseo de Richard. Estaba cerca, mucho, ya casi no le quedaban fuerzas para resistir, iba a explotar. Y entonces, y gracias a Dios, porque no creía que hubiera podido aguantar ni un segundo más, notó cómo ella se contraía a su alrededor, se ciñó a él con la fuerza de un puño, y gritó. Richard llegó tan rápido al orgasmo que cuando ocurrió ella seguía palpitando a su alrededor.

Se dejó caer encima de Iris y se quedó allí una par de segundos antes de rodar hacia un lado para no aplastarla. Se quedaron allí tumbados un buen rato y se fueron enfriando. Entonces ella suspiró.

—Dios mío.

Richard esbozó una lenta y satisfecha sonrisa.

—Ha sido…

Pero Iris todavía no había terminado.

Él se puso de lado y se apoyó en un codo.

—¿Ha sido qué?

Ella negó con la cabeza.

—No sé ni cómo describirlo. No sabría por dónde empezar.

—Se empieza —le dijo inclinándose para besarla—, diciendo «Te quiero».

Su mujer asintió. Sus movimientos eran lentos y perezosos.

—Y me parece que termina de la misma forma.

—No —respondió él con delicadeza pero sin discutírselo.

—¿No?

—No termina —susurró—. No termina nunca.

Ella le acarició la mejilla.

—No. Me parece que no.

Y entonces la volvió a besar. Porque quería hacerlo. Porque tenía que hacerlo.

Pero, por encima de todo, lo hizo porque sabía que cuando sus labios se separaran, seguiría notando ese beso.

Y nunca terminaría.

# Epílogo

Maycliffe
1830

—¿*Q*ué estás leyendo?

Iris levantó la vista de su correspondencia y sonrió a su marido.

—Una carta de mi madre. Dice que Marie-Claire asistió a tres bailes la semana pasada.

—¿A tres?

Richard se estremeció.

—Puede que para ti sea una tortura —le contestó ella riendo—, pero tu hermana está en el paraíso.

—Ya me imagino. —Se sentó a su lado en el banco que empleaba para escribir—. ¿Hay algún pretendiente?

—Nada serio, pero me parece que mi madre no se está esforzando todo lo que debería. Creo que quiere pasar otra temporada con Marie-Claire. Tu hermana está demostrando ser una debutante mucho más astuta que ninguna de sus hijas.

Richard puso los ojos en blanco.

—Que Dios las asista a ambas.

—Y además —añadió Iris entre risas—, Marie-Claire está recibiendo clases de viola tres veces por semana.

—¿De viola?

—Puede que ese sea otro de los motivos por los que mi madre se resista a dejarla marchar. Marie-Claire tiene un puesto entre las intérpretes del concierto del año que viene.

—Que Dios nos asista a nosotros también.

—Ya lo puedes decir. Mi madre no permitirá que nos lo perdamos por nada del mundo. Tendría que estar embarazada de nueve meses para...

—Entonces deberíamos ponernos ahora mismo —dijo Richard con entusiasmo.

—¡Para! —protestó Iris.

Pero no dejó de reírse ni cuando su marido posó los labios en un punto particularmente sensible de su clavícula. Siempre parecía saber dónde tenía que besarla.

—Cerraré la puerta —murmuró Richard.

—¿Está abierta? —se alarmó Iris.

Se apartó de él.

—Sabía que no tendría que haber dicho nada —susurró.

—Luego —le prometió Iris—. De todos modos ahora tampoco tenemos tiempo.

—Puedo ser muy rápido —le recordó Richard esperanzado.

Iris lo besó despacio.

—No quiero que seas rápido.

Él rugió.

—Me estás matando.

—Le he prometido a Bernie que lo llevaríamos de paseo para que probara su barco nuevo en el lago.

Richard sonrió, suspiró y cedió; Iris ya sabía que claudicaría. Su hijo tenía tres años. Era un adorable niño gordito con las mejillas sonrosadas y los ojos oscuros de su padre. Era el centro de su mundo, incluso a pesar de que ellos no fueran el centro del suyo. Ese honor lo tenía su primo Samuel. Tenía cuatro años, uno más que Bernie, y era más alto y más astuto. El segundo hijo de Fleur, Robbie, era seis meses más pequeño que Bernie y completaba el travieso trío de primos.

El primer año de matrimonio no fue fácil para Fleur y John Burnham. Como ya esperaban, su boda provocó un gran escándalo y, a pesar de que ahora eran propietarios de Mill Farm, todavía había quien no estaba dispuesto a permitir que John olvidara que no había nacido siendo caballero.

Pero la hermana de Richard no mintió cuando dijo que ella nunca había codiciado una vida de riquezas. Ella y John habían construido un hogar muy feliz, e Iris estaba encantada de que sus hijos pudieran crecer en compañía de unos primos que vivían tan cerca. De momento sólo tenían a Bernie, pero ella esperaba... había notado algunas cosas...

Se llevó la mano a la tripa sin darse cuenta. Pronto lo sabría.

—En ese caso, supongo que tenemos una embarcación que botar —afirmó Richard tendiéndole la mano mientras se ponía en pie—. Sin embargo, me parece que debería decirte —le dijo cuando ella se levantó y lo cogió del brazo—, que yo tenía un barco parecido cuando era niño.

Iris se estremeció al percibir su tono de voz.

—¿Y por qué crees que no acabará bien?

—Me temo que los Kenworthy no estamos hechos para navegar.

—Pues me parece muy bien. Te echaría mucho de menos si te hicieras a la mar.

—Ah, ¡casi me olvido! —Richard le soltó la mano—. Tengo una cosa para ti.

—¿Ah, sí?

—Espera aquí. —Salió de la habitación y regresó un segundo después con las manos detrás de la espalda—. Cierra los ojos.

Iris los puso en blanco y después los cerró.

—¡Ábrelos!

Y cuando lo hizo jadeó. Richard tenía un lirio de tallo largo, era la flor más bonita que había visto en su vida. Era de un color muy brillante, no era violeta del todo, pero tampoco era rojo.

—Es de Japón —le explicó Richard. Parecía extrañamente orgulloso de sí mismo—. Los hemos cultivado en el invernadero. Nos ha costado mucho conseguir que no entraras.

—De Japón... —dijo Iris negando con la cabeza desconcertada—. No me puedo creer que...

—Iría hasta el fin del mundo —murmuró Richard inclinándose para besarla.

—¿Por una flor?

—Por ti.

Su mujer lo miró con brillo en los ojos.

—Pero yo no querría, ¿sabes?

—¿Que me fuera al fin del mundo?

Ella negó con la cabeza.

—Tendrías que llevarme contigo.

—Bueno, eso es evidente.

—Y a Bernie.

—Pues claro.

—Y...

Ups.

—¿Iris? —dijo Richard con cautela—. ¿Hay algo que quieras contarme?

Ella esbozó una sonrisa avergonzada.

—Es posible que necesitemos espacio para cuatro personas en ese viaje.

Richard esbozó una lenta sonrisa.

—No estoy segura del todo —le advirtió—. Pero creo... —Guardó silencio—. ¿Dónde está el fin del mundo?

Su marido sonrió.

—¿Acaso importa?

Iris le devolvió la sonrisa. No pudo evitarlo.

—Supongo que no.

Richard le cogió la mano, se la besó y luego la acompañó hacia el pasillo.

—No importa donde estemos —le susurró—, siempre que estemos juntos.

# ECOSISTEMA DIGITAL